漫娱 SÍNCE | 脑洞 W 系列

西游

脑洞篇

长江出版社
漫娱文化

孙悟空

SUNWUKONG

猴抡棍香烟独家代言人

智力：★★★★
武力：★★★★★

著作：《辞职与加薪的关系秘诀——教你说服领导》

》

看起来很能打
却使用场外**求助20**次

不挑担是因为
实际身高**一米三**
担子会落到地上

出身的**那块石头**
明明是跟道教有关系
最后石猴却入了**佛门**

可能有**强迫症**
把白骨精打了**三遍**

《

猪八戒

ZHUBAJIE

变脸界扛把子

智力：★★
武力：★★★

著作：《一百种方法教你追到女孩——给不好看的你》

颜值最低
却是主角团里最解风情的
因为他御女有术

其实他的钉耙比定海神针还高端
太上老君念着diss孙悟空的诗
亲手打造

沙 僧

SHASENG

半隐身社团会长

智力：★★★
武力：★★★

著作：《跟踪取证不需要存在感——论私家侦探的自我修养》

>> 他和吴刚的 CP 是**有铁证的**
因为沙僧的武器
是用广寒宫里的**月桂树做成的**

有着最 **Fashion** 的骷髅项链
但那其实是金蝉子的**九世转生**

是的，都被他吃了

还拿人家的**头骨做项链**

唐僧

TANGSENG

洗脑协会特约讲师

智力：★★★★
武力：☆

著作：《动口不动手——好的教育使人成长》

>> 本来只是想主持个**水陆法会**的
因为**收了礼**不得不去取经

说好的取经最长不到**十年**
最短可能三年
最后搞了**十几年**

唐僧肉的长生效用是被金角大王**炒作出来的**
妖怪朋友圈害人不浅啊
实际上唯一**吃过唐僧肉的**
是唐僧**他亲妈**

白龙马

BAILONGMA

生物变种研究先驱

智力：★★★

武力：★★

著作：《佛界突破基因限制的变种方法——点化的实验研究范例》

原著里没说人家是**白龙**
就说化成了白马
颜色至今**是个迷**

有个**亲爹**
玉帝还没罚他烧了明珠
他爹就已经**把他给告了**

哥儿个霸占了中国人童年男神榜前五

反套路的最后都是 diss 出的更深套路

这可比天桥下十块钱的段子有趣多了

代购悟空的完美一天

文 / 马小跳

❧ 一 ❧

00：00，FM 调频 666

"银河的星辰亮了，闪烁着调皮的光芒。夜深人静，在众多仙友又一次奔赴梦中的时候，有一个声音那么合适，那么温暖，那么自然地飘进你的耳朵，直达你的心灵。各位听众大家晚上好，这里是天庭广播电台午夜节目，FM 调频 666《今天仙了没》，我是你们的好朋友奎木狼。近来由于东海龙王休假，天气炎热，大家的心情想必有些焦躁，不过好消息是，一年一度的蟠桃会马上就要来啦，收到请柬的各位是不是已经开始期待了呢？哈哈，奎木狼也有一张喔，小小窃喜一下。我们今天邀请的嘉宾，也与蟠桃会有很深的缘分哦，没错，他就是大名鼎鼎的齐天大圣·斗战胜佛·太乙金仙·孙悟空！悟空，欢迎来到《今天仙了没》直播间！"

"大家好大家好，俺是老孙。"

"哎呀好久不见，大圣还是这么玉树临风啊！说起来，我与大圣也是有缘，当初在波月洞的时候，也是交流过的嘛。"

"惭愧，惭愧，俺当时年轻气盛。"

"哈哈，现在都是好朋友啦！言归正传，我们都知道大圣本领高强，七十二变、大品天仙诀、火眼金睛、法相天地等等，技能树满点啊！那这其中，大家最好奇、最感兴趣的是什么呢？哈哈没错，就是传说中一个跟斗十万八千里的筋斗云啦！悟空，能介绍一下这个非常令人羡慕的本领吗？"

"好的好的。大家都知道，俺年轻的时候跟着斜月三星洞的须菩提祖师学艺，在学会了七十二般变化后，祖师问俺又学会了什么，俺说腾云驾雾，祖师便要俺试飞来看。除了翻筋斗上天之外，俺来去也只不过三里路，根本称不上腾云。于是祖师便教俺驾云之术，这就是筋斗云了。一个跟斗十万八千里确实是真的，不是传说，俺不骗人。"

"哈哈，大圣真幽默。那么筋斗云使用的地域有没有限制呢？比如西方极乐世界可以去吗？"

"没问题，能去。"

"时间呢？或者说使用次数呢？一天可以多次使用吗？"

"没有次数限制，俺老孙想用就能用。"

"哈哈，也就是说没有冷却时间哦，可以说是非常实用的技能了。说到实用，对于筋斗云的用途大家都有什么奇思妙想呢？让我们来连线几位听众，听一听他们的想法吧。请接第一位，喂？您好，这位仙友怎么称呼？"

"主持人你好。叫俺小朱就行。"

"哈哈，小朱你好，首先感谢你收听我们的节目，那么对于今天的话题——筋斗云的用途，你有什么想法吗？"

"如果是俺用的话，俺来往广寒宫就方便多了。你也知道，嫦娥开了个药房，玉兔天天捣，原料运起来很是麻烦。"

"这位仙友，你貌似暴露了哟哈哈哈哈，感谢你的参与，下一位！"

"啊，奎木狼是你吗？真的是你吗？！啊啊啊，不敢相信我居然接通了你的热线！啊啊啊！奎木狼我爱你！奎木狼！！！"

"哈哈哈真的是我，请这位仙女冷静一下。对于我们今天的话题——筋斗云的用途，你有什么想说的吗？"

"啊啊啊啊我不知道！没有想过！如果真的要用的话，我愿意用它来追你的行程！！"

"啊哈哈哈谢谢，谢谢，不过我们要继续节目了，再见这位仙女。下一位！"

"阿奎你好。"

"仙友你好，对于筋斗云，你有什么特别的想法吗？"

"世界这么大，我想去看看。身体和灵魂，总有一个要在路上。有些事情现在不做，就一辈子也不会做了。梦想，并不奢侈，只要勇敢地迈出第一步。人生至少要有两次冲动，一为奋不顾身的爱情，一场说走就走的旅行。所以如果我有筋斗云，我愿意用它走遍世界，累了，一个筋斗云去西方喂鸽子，一句话不说，喂完再一个筋斗云回来，漫不经心，岁月静好，闲看花开花落，云卷云舒。"

"这位仙友很文艺啊，祝你早日实现这个梦想！今天的连线就到这里，大圣，听完刚才几位听众的想法，你是不是特别自豪拥有这项技能？"

"嗯，是的。"

"很多人都有疑问，大圣当年上西天取经，为何不用筋斗云一键搞定，而是要遭受那么多磨难呢？"

"这个……其实，这是个信念的问题，向佛之心嘛；还有俺师父肉身凡胎，筋斗云加速度太快，万一撞到只鸟儿，可就是大事故了。"

"哈哈懂了，我们还是非常佩服大圣的。那您现在已经是斗战胜佛了，筋斗云还有用吗？"

"关于这个，也是俺今天想介绍的。俺目前正在创业做代购，筋斗云可以说是最重要的运输方式，当天来回，邮费成本低，再加上俺跟西方那边关系良好，进货渠道正规，保质保量，奢侈品包包护肤品奶粉生鲜都可代，欢迎咨询。"

"哇哦！真是一颗赛艇（exciting）！那么联系方式是？"

"大家可以扫频幕下方二维码……"

"咳咳！"

"哦对，没有频幕……大家可以加俺微信号 wukongdaigou，或者登录天庭悟空代购官方旗舰店，请认准金箍棒商标。"

"好的！大家快去关注吧！再次感谢大圣今天跟我们分享筋斗云的故事，这里是天庭广播电台 FM 调频 666《今天仙了没》，我是奎木狼，晚安，下期见！"

❧ 二 ❧

09：00，王母娘娘的首饰

王母娘娘最近很烦恼。

眼看蟠桃会一天天临近，她出席宴会的首饰还没有定下来。

"娘娘，您看这一套红宝石如何？"侍女端着首饰盒殷勤问道。

王母娘娘瞄了一眼，不耐烦："这一套前年戴过了。"

"那这支累丝嵌宝衔珠金凤簪呢？"

"风格不搭！"

"还有天圆地方镯……"

"哎呀都说了不行！"

王母娘娘烦躁得要命。近年玉帝不知道发了什么疯，削减开支，开启天庭新一轮工资改革，各路神仙的收入都有不同程度的减少，瑶池也不例外，渐渐入不敷出，王母娘娘已经很久没有添过新首饰了，就连上一周西方著名珠宝品牌蒂凡妮邀请她去看展，也忍痛拒绝了。蟠桃会可谓是天庭盛事，她作为女主人，怎么能没有一套合适的、优雅的、吸引人目光的首饰呢？尤其到场的还有嫦娥、杏花仙子、电母这样的时尚界 icon，自己就更不能输了！到时候通稿一发，人人都是艳压王母，面子往哪里搁！

想到这里，王母娘娘咬了咬牙，道："请大圣过来！"

孙悟空一个筋斗云就来了。

"大圣啊，最近有没有什么好东西呀？"王母娘娘和蔼可亲地问道。

孙悟空挠挠头："娘娘这是要看珠宝？"

"是的呢，哦呵呵呵。"

"倒是有一套。"

"哦？"

"奥林匹斯山珠宝独立设计师，月桂女神达芙妮新出的月光系列，正在找买家。不知道娘娘有没有兴趣？"

"实物照片有吗？"

"有的有的。"孙悟空打开微信，点开图片，"喏，就是这个。您可以加俺微信，定期会更新各种产品。"

"唔……"王母敷衍着，她的全部思绪都被这套月光系列牵走了。天了噜，真是太漂亮了！天地间怎么会有这么好看的套装！买买买！女人赚钱不就是给自己花的吗？！哦不，理智一些，该省的钱还是要省。

王母咳了一声："这一套，勉强还行吧。报价是？"

孙悟空说了一个价格。

"包邮费？"

"娘娘，邮费单算的。像这样的贵重物品，俺附赠商业险。"

"哎呀，咱们都这么熟了，你还跟我这么客气。"

孙悟空以为她要推辞赠送，只听得下一句："邮费什么的就算了吧，你说呢？就当多拉一个客户嘛。"他心里默默翻了个白眼。

"娘娘，这实在是不行，俺也是小本生意。"

"大圣，你再考虑考虑？"

"娘娘，要不您再看看别家？"孙悟空收起手机就要走。

王母娘娘一看这还了得，算了，为了蟠桃会，吃亏就吃亏！这么多年了，只当他会熟些仙情世故，没想到还是那个油盐不进的泼猴！她一面愤愤想着，一面不情愿地让侍女付了订金。

"我说大圣，你可给我原封不动地送来，好生小心着些。"

"您放心，俺会注意的。"孙悟空笑眯眯收了钱，一个筋斗，办事去了。

❧ 三 ❧

12：00，东方魔药

"叮！"孙悟空刚从王母娘娘的瑶池送完货回来，就收到微信。

宙斯：亲爱的老伙计，在吗？

悟空：俺在，啥事？

宙斯：噢，看在上帝的份儿上，我真是太想念你了。那群愚蠢的土拨鼠最近有没有让你烦恼？我是说，你那里有没有一种神奇的东方魔药能够让我心情愉快，摆脱这该死的疼痛。哦上帝，真是太令人苦恼了。

悟空：说人话。

宙斯：你那里有云南白药吗？红花油也行。

悟空：……你又让嫂子给打了？

宙斯：你怎么这样凭空污人清白……

悟空：什么清白？俺上次亲眼见你偷了那什么国的公主的什么玩意，让嫂子吊着打。

宙斯：窃玉不能算偷……吊着打……夫妻间的事，能算打么？

悟空：好好好，不算。

宙斯：就说有没有。

悟空：有有有，下午给你送来。

宙斯：快着点，怪疼的。

悟空：……

说起来宙斯和孙悟空的相识，还源于一场意外。当年孙悟空取经归来，日子太过无聊，四海八荒到处溜达，这一日来到极西之地，那里有一座山，名曰奥林匹斯，山上也住着一群神仙。孙悟空刚到那儿，就看到两个男神，一人使三叉戟，一人使双股叉，轰轰烈烈打作一团。

孙悟空戳了戳围观的吃瓜群众："嘿哥们儿，什么情况这是？"

"争遗产呢。"

孙悟空啧啧："打得这么惨，遗产很多啊！"

"那是，谁赢了，谁就是众神之王。"

"哦呵，牛。"悟空歪头叼根草，"哎，那他们老爹临走时没留遗嘱啊？"

"这老爹是被儿子们联手搞掉的。"

"……这叫分赃不均。"

"管他呢，看戏呗。薯片吃不吃？新出的蜂蜜黄油口味。"

"来一片来一片。"

孙悟空觉得这地儿的零食很合胃口。

"兄弟，认识一下，俺叫孙悟空，从东土天庭来。"

0
1
8

西游脑洞篇

"好说好说，"吃瓜群众抖抖袋子，把最后一点薯片渣滓倒进嘴里，然后拿衣服下摆擦了擦右手，笑眯眯伸出手来，"我是宙斯。"

孙悟空后来才知道，这人是打架那俩的弟弟，年纪最小，心眼儿最多。到最后，宙斯靠抓阄成了西方天神，掌管奥林匹斯山，三叉戟掌管大海，双股叉成为冥王，大地是三兄弟共有的。基本结构跟天庭差不多嘛，孙悟空想，就是血缘混乱了点，老大花心了点儿。

宙斯身为奥林匹斯山情圣，那是万花丛中过，片片都沾身，为了接近漂亮小姑娘，变成天鹅、公牛这种事是家常便饭，连两个洞府两头跑的牛魔王也甘拜下风。为此媳妇儿赫拉没少跟他置气，动手也是常有的事。自从孙悟空给他推荐过一次云南白药之后，他就深深拜倒在了东方魔药的裙底下。正可谓自从用了云南白药，腰也不疼了，腿也不酸了，一口气爬上奥林匹斯山，不费劲。

❧　四　❧

14：00，与织女的海外贸易

从奥林匹斯山回来，孙悟空看了看时辰，径直来到银河边。

如今的银河已经不是当年的样子了，自从织女在这里成立了第一家大型纺织工厂，招收了大批失业仙女之后，这里就越来越热闹，熙熙攘攘，商铺林立，一派繁华景象。

孙悟空走进那栋最高的写字楼，这是织女的物业，他一个月前就约好来商量丝绸出口的生意。通过前台喜鹊一号的指引，他顺利敲响了织总办公室的门。

"大圣，等你好久了。"织女忙放下手里的文件，起立相迎。

"你好你好，很忙哈？"

"没关系，咱们开始谈吧。"

孙悟空从包里取出文件："这是俺草拟的项目计划书，你先看一下。"

织女接过，认真看起来。半晌她放下，笑说："大圣办事，我是放心的。这次合同主要还是主打普通丝绸，目标中低端市场，等那边开拓得差不多了，咱们就可以上高端产品了。"

孙悟空点点头："上午我还跟宙斯谈过，关税那边是没问题的，都是友情价。既然是高端产品，还是要走定制路线，毕竟女神们的要求还是比较高的，批量产品恐怕很难得到青睐。"

织女笑笑："这个是自然，到时候建立沟通渠道还要大圣多费心呢。"

"客气客气，应该的。" 孙悟空摆摆手，"牛郎和孩子们最近可还好？"

"都挺好的，上个月孩子们放暑假，还来我这边住了段时间，"织女说着打开手机照片，"看，这都是他们的画，不错吧？"

孙悟空打哈哈："不错不错，俺在你朋友圈看到啦。"

"哎，没看到你点赞呀？"

"啊，是吗？肯定点了。是不是信号不好没点成功，我再点一遍。"孙悟空赶忙拿出手机。

织女这才美滋滋地收起照片。

孙悟空擦汗。织女好歹也是上市公司的董事长了，事业型女强人，怎么一提起孩子瞬间又成小女儿情态了，俺老孙可是受不了。他眼睛提溜一转："对了，王母娘娘今天还问起瑶光上神前几日在《天庭街拍》上的那条流光华彩裙。"

织女瞬间冷淡："是吗，让她打听着吧。"

"真不告诉她？"

"不了。大圣，你可是答应过我的，我家的东西，不卖她。"

"是是是。"突然手机"嗞嗞"震，孙悟空看了一眼，皱起眉头，跟织女打招呼，"那俺先走啦？这边有点急事，合同你慢慢起，完了喊俺来签就行。"

"好的，大圣慢走啊。"织女喊来喜鹊二号，将孙悟空送出门。

虽然完成了一件大事，但孙悟空并没有轻松愉悦的感觉，因为有两个熊孩子又来烦他了。

爱 五 爱

17：00，三太子，俺不和未成年人交易

匿名：PS4 游戏光碟代购吗？

这年头神仙娱乐活动少，游戏逐渐成为时间杀手，很是流行。东方玄幻修仙奇侠玩腻了，再刷西方僵尸吸血鬼刺客，光碟也成为了悟空代购事业的支柱产业之一。不过，老孙在这件事上是有底线的。

悟空：不代。

匿名：可我听说，你这里是能买到的。

悟空：卖谁也不卖你，哪吒你就放弃吧。

匿名：……你怎么又知道！

悟空：火眼金睛你以为逗着玩呢？

匿名：隔着手机也可以吗？！

悟空：呵呵。

哪吒消停了。不一会儿，又来一条微信，这次不是匿名了，光明正大，气势汹汹。

红孩儿：泼猢狲！如果你今日不卖给我们光碟，叫你好看！

悟空：乖，叫叔叔。

红孩儿：叫你大爷！

悟空：叫大爷也行。

红孩儿：……

悟空：你爸爸上次还跟我谈过，说你在观音那里不好好学习，整天想着打游戏，叫我不要卖游戏碟给你。

红孩儿：他每天忙着哄那狐狸精，还有空管我呢？

悟空：……这个就是你家家事了，我管不着。

红孩儿：好叔叔，你就卖我一张吧，就一张！我保证！

悟空：嘿嘿，不行。

红孩儿：……再见！泼猴！

自从红孩儿上天庭做了那善财童子，跟哪吒就处成了哥俩好，搅在一起整日招猫逗狗。人间有一句话叫"七八岁的男孩狗都嫌"，放到天庭大概就是"七八百岁的童子饕餮都嫌"。他俩把普贤菩萨的坐骑白象刷成大红色，给太上老君的青牛下巴豆，有一次甚至趁观音的金毛犼睡着给剃秃了毛，过了两个月金毛犼见着孙悟空还眼泪汪汪："大圣，当初是我错了，我再也不敢自称'寒太岁'了，求求你收了这两个熊孩子吧！"直到他俩去招惹哮天犬，结果被追出三百里才消停了些许。

不是没有神仙向托塔李天王和牛魔王反映过，只是牛魔王忙着处理家里红旗与外面彩旗的关系，托塔李天王整日工作，面也难得一见。听闻最近仙界刮起了玩游戏的新风，才不得不抽空约束了一下自家熊娃，两位父亲都特意找了孙悟空一叙。

"大圣，您法力高强，我家这小子谁都不怕，就怕您，您可一定要约束好了啊！"

"兄弟，咱俩关系啥也不说了，这牛崽子也是你侄儿，敢上你那儿买游戏光碟你就直接动手！不用顾虑！"

孙悟空头大，俺一个代购咋还要管青少年心理健康教育？

九

20：00，杨戬的眼部保养之路

每晚八点，是司法天神杨戬的眼部保养时间，雷打不动。他先认真洗了脸，拍爽肤水，涂乳液，随即沾了一点眼霜，轻轻按摩三只眼周，待到完全吸收后抹面霜收官，平均三天使用一次眼膜。

静待十分钟，杨戬准备滴眼药水，晃了晃瓶子，发现剩余不多了。

"用得太快。"他自言自语道，随手揉了揉哮天的脑袋，"又该去找那只猴子了。"

哮天兴奋地拱来拱去。

孙悟空带着一身疲累回到花果山。虽然在天庭也有住处，但他还是更喜欢这里，山清水秀，是家乡的气味。代购虽然挣钱，但也非常辛苦，孙悟空一屁股窝在沙发上就不想起来，可惜天不遂人愿。

"咚咚咚。"有人礼貌敲门，三下。

孙悟空眼皮一跳，这个时辰，也只有那个人了。打开门，看着外面的一人一狗，他面无表情："老样子，先付款后拿货。"

哮天犬嘴里叼着个小箱子，杨戬取下来递给孙悟空，后者用两只手指接过去，一脸嫌弃："全是口水！"随即"啪"地一下关上门，"等着。"

过了一会儿，孙悟空拎着两个小瓶子出来："喏，给你。"

杨戬接过去晃了晃："我说，是正品吧？"

"不相信别用啊！"孙悟空炸毛。

杨戬笑了笑："还是不请我进去坐坐？"

"算了算了，上回被你一把火烧了，俺还没装修好。"

"我说，这个上回都是千年前的事情了。"

"怎样？俺家大，装得慢。"

"行行行，你有理。"杨戬苦笑，"走了。"

"不送。"

关上门，孙悟空还有点气。不知道为什么，他每次看见这三眼就浑身不舒服，烧俺花果山，一辈子不原谅，哼！

睡觉睡觉，明天还得早起呢，月老说上一次代购的红线质量有问题，断了好几根姻缘，都投诉到天庭管委会那儿去了。准又是他老糊涂自己忘了，还赖到俺头上，少不得还要跟他辩一辩。

月色正好。

完

丧尸西游

文/赵华宇

一

作为一个丧尸，我觉得自己很失败。

因为其他丧尸都来咬我，不拆字的那种"咬"。

尽管咬不动，但我还是被他们这种死缠烂打的精神搞烦了。

我说："大家伙儿都是丧尸，为什么偏偏要咬我？！"

一个咬着我左大腿的丧尸松开嘴说："你傻啊，丧尸哪有会说话的啊？"

我很伤心地离开了，事后想起似乎有什么不对。

二

小骷髅就是这个时候出现的。

当时我蹲在天台，她默默地走过来，坐在我身边，下巴骨一动一动的。

衬着月光，她的骨架泛着幽幽的惨白。

我抬起头，说："你这么会安慰人，一定度过了很多自我安慰的日子吧！"

我看到她的下巴顿了一下。

❦ 三 ❧

那天晚上的月亮很圆，风从夜空吹向城市。

街道上空空荡荡，不见人影。

倒是丧尸比较多，影影绰绰，摩肩接踵。

我看着夜色下的城市，突然感到一阵头痛，一声莫名的呼唤在我的心底响起，一遍遍地呼喊着我的名字……

等等，我的名字是什么？

我是谁？

望着寥廓的夜空，我陷入了一个无解的哲学思辨问题。

❦ 四 ❧

呼唤的声音越来越大，我的头也越来越痛。

我只好抱着头打滚，看得小骷髅心惊胆战。

我咬着牙，目光一直盯着西方，死死地盯着西方，那里是声音的源头。

我要到那里去！

有了这个想法后，头瞬间就不痛了。

我站起身，指着西方，对小骷髅说："我要去那里。"

小骷髅从天台边站起身，下巴骨来回地阖动。

我说："你说让我从你身上拿一根骨头？"

小骷髅点头，空洞的眼眶中有一团金色的火在燃烧。

我随手抽了根肋骨说："我会好好把它带在身边的！"

小骷髅懵懂地点点头，我隐约间觉得这个表情我看过了万年。

我好像遗忘了什么，好像她也遗忘了什么。

我带着骨头离开了，路上，我端详着这根骨头。

上面伤痕纵横交错，还刻着四个小字……等等，有字！

我凑过去，看到这四个字是："再来一根！"

❧ 五 ❧

我拍掉咬住我屁股的丧尸脑袋，回过头，挥着骨头向遥远处的小骷髅告别。

"喂喂，我还会回来找你的！"

在夜色里，她眼洞中的火像两颗灯泡。

❧ 六 ❧

我一路西行，穿越了许多城市，最后在一个叫"纽约"的城市发现了几个奇怪的丧尸。

一个穿着破烂的蓝红色紧身衣，用蛛丝在高楼大厦间荡来荡去；一个一身钢铁铠甲，走起路来铿锵作响；还有个穿国旗的，拿着面国旗盾牌四处游荡。

不知道为何，我对他们很厌恶，从骨子里散发出的厌恶。

❧ 七 ❧

我三拳两脚解决掉蜘蛛丧尸和钢铁丧尸，在盾牌丧尸冲过来时，我再也抑制不住我的怒火："吼！"

我长啸一声，拳头带着风声击穿了盾牌。

盾牌丧尸的头颅像西瓜一样炸裂，腥臭的血四溅。

我抽回手臂，呆呆地看着滴血的拳头，有些疑惑。

我总觉得手里该有一根棒子，很厉害的棒子。

至少也得有小仙女的魔法棒那么厉害，或许，更厉害一些。

八

走到海边的时候，我全身都是血。

腐烂的碎肉挂在我身上，滋滋滴血，像一块行走的猪大排。

我走过十几座城市，每一座里都有几个奇怪而充满敌意的丧尸。

有穿蝙蝠战衣的，有穿黑色紧身衣的，还有四个丧尸穿了一样的制服。

哈哈哈！

他们有些死在了我的拳下，有些死在了我的嘴里，我经历的战斗像繁星一样数不清。

我的血开始沸腾，像熔浆。

不应该啊！我是丧尸啊！怎么会有热血？

想到此，我的血凉了下来，一寸寸凉到了心里，或许本来就是这么凉。

九

大陆的最西边出现了一片海，无尽的海水淹没了蓝天。

我清楚地知道，我要找的东西在更西的西边，或许还在海的西边。

我不会游泳，只好愣愣地坐在码头上，看太阳西落，月亮高升。

当天空变成黑色，海面上突然生出了一道光。

一道烛光。

我凑过去，远眺着，烛光却越来越近。

近了，我才看清，那是一盏煤油灯，破烂的陶瓷灯托上，粗布焖油灯芯正燃烧着。

❧ 十 ❧

我好奇地看着。

灯光下露出了半张脸，面容枯槁，腐烂生蛆，还有半张脸埋在海水里，吐着泡泡。

那盏煤油灯被他用乱蓬蓬的头发缠在头顶，幽幽燃烧。

我吓了一跳，用小骷髅送我的骨头棒敲了敲那脑袋，威胁似的吼叫。

那脑袋突然从海水中钻出来，翻了个白眼："叫什么叫！"

他走上岸，小心翼翼地取下头顶的灯火，护在胸口。

好像护着最爱的人。

听到他说话，我吃了一惊："你是灯神？"

那丧尸白了我一眼："我不是灯神，我叫卷帘。"

卷帘门的卷帘。

❧ 十一 ❧

卷帘是我见过最孤独的丧尸，他不爱说话，沉默寡言。

他不喜欢阳光，还未天明就躲进海水里，只留头顶的油灯露出水面燃烧。天色渐黑便上岸躲进避风的港口，添加煤油，盯着跳跃的火焰看一夜。

他就这样一年年与海水和黑夜为伴，伴随着冰冷与孤寂。

他说："我总觉得我该有一盏灯，它的光永不熄灭。"

那么多年间，他就只有一盏破旧的油灯陪伴。

寂寞得像一颗沙子。

说服卷帘送我过海颇费了一番工夫，我去城市里翻箱倒柜，背出来了一箱煤油作为交换。

当我把箱子扔到卷帘门前时，他也弄来了一艘船，一艘老旧的木质观光船。

船里还躺了一只丧尸，肥头大耳，颇为眼熟。

当时我就怒了，这不就是告诉我"丧尸哪有会说话的啊"的那个傻子吗！

肥头大耳在我拳脚相加下，连连赔笑："大哥消消气，带我一起出海吧……"

我说："你出海干吗？"

肥头大耳说："不知道，但总觉得有个对我很重要的人在那里等着我。"

他裸露着白肉的眼眶望着远方，变得深邃。

我说："你叫什么，呆子。"

肥头大耳转过脸，笑着说："悟能，不能无能，'悟'读四声。"

不管怎么说，我们总算上路了。

卷帘在水里拉船，呼哧嘿哧，头顶的油灯却很平稳。

白天的时候，卷帘就躲进海水里，由我们给油灯加油。

0
3
0

肥头大耳不让我叫他悟能，让我叫他天蓬，说是这个名字比较酷。

好吧，随他乐意。

我们躺在船里看着万里晴空，暖暖的阳光照在发霉的血肉上，无比惬意。

海鸥来了又去，云朵聚了又散。

命运起起伏伏，总是无常。

天蓬用随身的录音机放起了歌："怨只怨人在风中，聚散都不由我……"

我打断道："换歌，谁唱的，太悲了！"

天蓬傻笑着换歌，道："这首歌不错，您听听。"

"八戒八戒，心肠不坏，八戒八戒，傻得可爱……"

天蓬听着这首歌竟然出神了，我把他踹醒，说："这首歌太傻了，继续换！"

天蓬回过神："这里还有不少好歌，您听着就是。"

我们从下午听到夜晚，海水波光粼粼，卷帘又出来拉船了。

船行驶的那一刻，一首歌响了起来，我觉得有些熟悉，还有些难过。

"猴哥猴哥，你真了不得……

"五行大山压不住你，蹦出个孙行者……"

圆月下的海面，一盏烛火与一艘小船显得那么渺小，也那么坚定。

❧ 十四 ❧

上岸的前一天，天蓬对我说："你看这是什么？"说着，他撸起袖子，露出上面的刺青。

上面刺了一个字：玉。

我懒得搭理他："滚！"

天蓬丧着脸，失魂落魄地扭过头。

"我不识字，就是单纯觉得这个字对我很重要。"话落，他又加了一句，"非常重要。"

看着他认真严肃的表情，我不禁被感染了。

"哈哈哈，你个傻子不识字！"

十五

上岸时，我问卷帘："你愿意跟我们一起走么？"

卷帘思虑了一会，摇摇头，又潜回了水里。

天蓬提着录音机走在我边上，四处打量，遇到漂亮的丧尸还会上去揩两把油。

我们一直往西走，走到了一个叫"东京"的地方。

我不喜欢这里，不仅因为这里的丧尸都很矮，更因为这里的天气特别热。

当然这里也有找事的特殊丧尸。

比如我眼前这个：眼球掉到了鼻子上，牙齿翻在外面，手臂上青筋滴着血。

不过这都不重要。

重要的是他从衣服口袋里掏出了一根振动棒，喊了一声："迪迦！"

❧ 十六 ❧

眼前这个红紫色的巨人化成一道光朝我攻来。

转瞬间，我们交手数百次，电光火石，土石四溅！

最后我站在无头的巨人身上，对天蓬说："继续走吧。"

❧ 十七 ❧

傍晚夕阳的光昏黄，我的血冷得像冰。秋风掠过，草木萧萧。

❧ 十八 ❧

天蓬不知从哪捡了一只兔子玩偶，挂在腰上。

他喜滋滋地说："我想起来了，我记得有一个人说要在天涯海角等着我。"

我没有告诉他，地球是圆的，哪来的天涯与海角。

人总要有一个希望，哪怕是自欺欺人。

❧ 十九 ❧

离开这座岛时，已经是深夜时分。

卷帘正坐在一处礁石上看着橘色的灯火，还背着装煤油的塑料桶。

天蓬捧着一个人脑津津有味地吃着。

在活人越来越难找的年代，这可是难得的珍馐美味。

天蓬找到这个活人时，甚至放了首《小三》庆祝，可怜那活人一首歌还没听完就变成了盘中餐。

天蓬告诉我活人吃得越多，他的记忆就越清楚。

现在他晚上都会做梦了，而他梦到的最多的是一头猪。

❧ 二十 ❧

我们继续往西，终于又见到了陆地。

踏上这座陆地的时候，我就知道，我要找的东西一定在这里。

我再问卷帘："你愿意和我们一起走么？"

这一次他低下了头，没有回绝，良久后才开口："好。"

我有些惊讶，毕竟我本不抱希望的。

我问他："为什么。"

他说："就是感觉和你们在一起也不错。"

❧ 二十一 ❧

人一旦习惯了陪伴，就很难再回到孤单。

我想对卷帘而言，便是如此。

❧ 二十二 ❧

我们又一次遇到了活人。

当时我正在赶路，身后跟着拿着人大腿啃的天蓬和穿着一身黑袍挡光的卷帘。

我们还没有去找这活人的麻烦，这活人就快步走了过来。

他摸着自己的大光头对卷帘说："嘿哥们，你是艾利克斯吗？"

卷帘说："不是，我叫卷帘。"

又反问了一句："艾利克斯是谁？"

光头说："算了，不是就不是吧，艾利克斯和你们不是一个品种的，他的病毒比你们牛。"

他又看向天蓬："哥们，你叫什么名字？"

天蓬盯着他流口水："我叫天蓬。"

最后光头看向我："哥们，你的名字呢？"

天蓬和卷帘也看着我。对啊，我的名字呢，我叫什么？

我悠悠地吐出一口气："叫我'空'吧。"

二十三

天蓬一直很庆幸自己没有吃掉这个叫三藏的活人。

事实证明，三藏确实很奇怪，和他对话久了的丧尸都会变成活人。

三藏还热心地给我们演示了一遍。

当晚，他转化了十只丧尸，兴高采烈。

但其中有六个人被天蓬吃掉了，还有四个人又被其他丧尸咬成了丧尸。

二十四

三藏就这样加入了我们的队伍，因为我们不能被转化。

他说自己第一次碰到这样的硬钉子，一定要拔掉，不然怎么把全球的丧尸都转化成人。

我们也乐得他跟着，这样我们也多了一个粮食贮备站。

跟他一起来的还有一匹白马丧尸，马是三藏养的。

本来是活马，因为保护主人被丧尸咬了不少次，咬着咬着就对三藏的净化有了免疫，但哪怕它变成了丧尸还是一直保护着主人，不曾离开。

有时候我们会觉得三藏很傻，说什么转化全球的丧尸，结果白天转化二十个活人，晚上就被咬回了十九个。

这样的无用功三藏做得孜孜不倦，毫不懈怠。

因为他总觉得说不定哪一天就成功了。

❧ 二十五 ❧

当时我们完全不明白，成功对我们来讲，是个多么奢侈的词汇。

需要用命去拼，拼命运。

❧ 二十六 ❧

我们的队伍有点奇怪，有战斗狂、有吃货、有话唠、有怪人，打麻将的标准配备。

奇怪的是我们越往西，丧尸就越多。

三天后，堵路的丧尸都能连成一条河了，丧尸挤丧尸。

踩踏事件常有发生。

连天蓬这个吃货都觉出了不对劲。

倒是三藏很开心，兴冲冲地冲上去，揪着这个丧尸就开口："哥们儿，你们聚一块干吗？发生踩踏事件了都不知道，很危险啊……"

在三藏的嘴炮下，这个丧尸眼神的越来越清明，终于无声地转化成了人。

这个人只来得及说了一句"我×"，就被后方的丧尸狂潮淹没了。

三藏骑在白马身上，呜呜地跑回来。

❧ 二十七 ❧

这片丧尸挡住了我们的路途，无法前行。

我说："打过去吧。"

天蓬说："老大，你打啊？"

我说："我打。"

❧ 二十八 ❧

我打碎最后一个丧尸的脑袋，抬起头，繁星满天。

夜风冷得厉害。

天蓬和三藏靠着石头睡着了，自从天蓬吃人之后，变得越来越像人了，都会睡觉了，还流哈喇子说梦话。

"小玉，小玉……"

石头旁，白马盯着卷帘，卷帘盯着灯火，火焰里是炽热的寂寞。

这静谧的夜。

❧ 二十九 ❧

有声音在黑夜深处召唤我，像是冥冥之中的一种脉动。

我转眼望去，那里正在起雾。

比黑夜还要黑的雾气遮掩了一片森林，像是化不开的墨。

我没有打扰天蓬他们，转身走进了无尽的黑暗。

我要找的东西就在这里。

❧ 三十 ❧

这黑暗无边无际。

我在其中走了十里，百里，千万里；走了十年，百年，千万年。

我也说不清楚走了多远，走了多久。

时间和距离在这里失去了意义。

只有四面八方的黑色，铺天盖地的黑色像虚无一样浮动。

没有声音，没有颜色，甚至没有方向。

有的只是执念。

我循着心底的呼唤一路前进，终于找到了声音的源头。

❧ 三十一 ❧

那是一处洁白之地，光芒丛生。在光的大地上，伫立着一根通天的巨柱，顶天立地。

在这巨柱周身，浮动着数不清数目的金色"卍"字符号。

巨柱每一次颤动都会被符号阻拦，每一次挣扎都会被抚平。

它在哭泣，在愤怒，在抗争。像是一只笼中鸟。

我抹去眼角的水，奇怪得很，丧尸也有眼泪么？

我走过去，闭上眼，轻轻把手抚上巨柱。

刹那间，光淹没了世界，无边的雷霆滚滚而落。

黑暗被撕裂成碎片，像是破碎的气泡。

全球的丧尸开始暴动，黑色的潮水沿着陆地涌来。

昏暗的暴风雨中，我蓦然睁开双眼，嘴角带笑。

孤傲的身影提着乌铁棍冲上了天。

闪电在一霎间照亮了世界。

"我是齐天大圣孙悟空！"

❧ 三十二 ❧

我也没有想到这一战会艰苦至此。

全球的丧尸都被莫名的法力传送至此，像汪洋一样汇聚，狂风骤雨间奔腾不息。

红色披风的丧尸、绿色大块头的丧尸、手持雷神锤的丧尸……

数不清，真的数不清。

暴雨和血液混在一起，我战斗不休。

无数的拳脚落在我身上，无数次挥动金箍棒，我战到疯癫，战到狂魔。

一双嗜血的眼透着煞气。

最后这具身体都崩坏了，残碎的骨渣和血肉四溅，连金箍棒都握不住。

"砰"的一声，我的身体炸碎开来，灵魂重新凝聚。

站在千米高的尸堆上，我的眼睛恢复了清明。

天上地下都是敌手，无尽的敌手。

突然，尸堆上一个骷髅头滚到了我的面前，空洞的眼眶中两团火焰将熄。

下巴还在用力地翕动，似乎在说些什么。

那一瞬间，我百战不屈的灵魂猛然一颤。

小骷髅！

带着五百年的悔恨与痛楚。

我伸出手去触摸，却穿透了她的身体。

我想拿出那根肋骨对她说："我还欠你一根骨头呢，我还没有补给你，你怎么能死？！"

可我摸遍全身都没有找到，我的身体都崩碎了，怎么能存留？

小骷髅眼里的光终于熄灭了，下巴骨缓缓合上，静止不动。

在雨里。

我傻了一样嘶吼，朝天嘶吼。

那是积攒了五百年的怒火与杀意！

"如来！如来！如来！"

三十三

如果我们的命运本身就是一个错误，我们是看破后妥协，还是拼尽一切反抗？

当然是拼尽一切反抗！哪怕粉身碎骨！

三十四

天蓬是被踩醒的，本来睡得很香，结果一个大脚过来便是持续了八个小时的丧尸狂潮。

这片脚丫子持续了八个小时，久到让天蓬重新思考人生。

当天蓬终于从脚丫子中挣扎着抬起头时，才发现这里是一片海崖。

海鸥在天空翱翔，海风带着湿咸味扑面而来。

不远处的海边有一块石碑，上书：**海角天涯**。

石碑边有一个姑娘，雪白绸裙，黑丝如瀑。

天蓬呆呆地看着那个背影，默默地流出了泪。

他终于想起来了，想起了一切。

三十五

广寒宫外。

阿玉坐在墙上看着鬼鬼祟祟、蹑手蹑脚的天蓬，笑了一声："呀，天蓬你怎么又来了！"

天蓬吓了一跳，看到是阿玉后才松了一口气："原来是你啊，一只小兔子不好好待在广寒宫里陪主人，整天出来乱窜什么。"

阿玉嘟着嘴："我窜出来看你呀！"

天蓬一愣："你开玩笑吧。"

阿玉没有回答："你知道现在天庭都叫你什么吗？"

"什么？"

"寡妇攻略者。"

天蓬厚着脸皮道："谁让后羿不争气。还说什么人间第一射手，结果那么多年还不是没有孩子！"

说完后，天蓬闷着头走了。

墙上，阿玉望着天蓬离开的身影，静静地出神。

❧ 三十六 ❧

天蓬叼着根草躺在天河边的草地上，看着蓝天。

阿玉蹲在天蓬身边好奇道："你在干吗？"

"没有。"

阿玉愣了一下才反应过来，"呸"了一声："整天嘴里没个好话，流氓，你就不能干点有意义的事么？"

天蓬说："广寒宫戒严，我又进不去，能干什么？"

"你就那么喜欢主人么？"

"我不喜欢她还能喜欢谁啊，仙界就那么几个女的，喜欢你啊？"

"那你喜欢我好了。"

"……"

❧ 三十七 ❧

十万天兵，亮银色的铠甲铮铮。

天边风云激荡，雷霆万钧。

神官宣旨道："天蓬、玉兔违反天条，打入凡间，以儆效尤。"

天蓬看着漫天诸神，紧紧地握住了阿玉的手。

阿玉吻着天蓬的唇："如有来世，天涯海角再相逢。"

❧ 三十八 ❧

天蓬没有等到天涯海角，只等到了一个和尚和一只猴。

现在他终于找到了，终于找到了……

❧ 三十九 ❧

他深吸了一口气，轻轻走过去，故作轻松地开口："嘿，小兔子，在想郎君么？"还是那种坏坏的口气。

然后天蓬就看到阿玉的身体从脚到头一寸寸化为黑色的飞灰。

他冲过去，只抓到了一手灰尘。

天空开始崩坏，残阳如血，大地动荡，赤地千里。

黑色的雾翻腾，汹涌的海水裹挟着万千尸骨碰撞，毫无声息。

好像整个世界剥去了一层靓丽的壳，露出丑陋腐烂的内核。

天蓬脚步踉跄，扶着石碑。

石碑上沾着风化的黑血，上面还有一行字。

阿玉爱天蓬。

天蓬看着一行清秀的字，眼中流着血泪。

"如来，我去你的！"

西游脑洞篇

❧ 四十 ❧

卷帘不知道发生了什么，只记得黑暗里的狂风，呼啸而来。

如刀般凛冽！

他一边行走，一边蜷缩着身子护住油灯。

风割在他的脸上、身上。

腥臭的血从伤口处流出，一滴滴溅在地面上。

不知道走了多久，走了多少天，风渐渐停住了。

卷帘用裸着骨头的手给油灯添油，突然一阵寒风吹起。

卷帘抬起头，雪簌簌而下。

❧ 四十一 ❧

这是一场漫长的冬，大地被白雪覆盖，茫茫一片。

卷帘踩着厚重的积雪深深浅浅地走着。

怀里的火焰小了，他手忙脚乱地拿着塑料桶添油。

一滴油都没有……

飘散的雪骤密。

苍白的雪幕中，卷帘像是干涸的游鱼，眼神无光。

突然，卷帘从身上扯下一块黑色的腐肉。

用力攥紧！

浓郁的尸油滴在火焰上，橘色的火焰猛然拔高。

卷帘扯动着嘴角，似乎很开心。

❧ 四十二 ❧

当卷帘走到山前时，浩瀚的佛光笼罩着一切。

他身上一半烂肉，一半枯骨。

眼睛里的光却烨烨生辉，怀里的火焰稳稳地燃烧着。

他突然想起来了，所有。

一座恢弘的佛寺耸立山上，大雷音寺。

有小沙弥站在寺前，说："沙悟净，历经九九八十一难来此，可入我佛。"

另一个小沙弥指着油灯说："即看破大道，还不快丢弃凡物。"

卷帘面无表情，说不清是难过，还是喜悦。

他握住油灯的手枯瘦如柴，却沉稳有力。

他突然明白了，成佛，舍弃七情六欲的成佛。

他历经一切不就是为此么？

只要他再前进一步。

小沙弥催促道："还不快走！"

卷帘突然低下了头，盯着燃烧的灯火，缄默如山。

然后小沙弥看到眼前这个不成人形的怪物好像笑了一下，转头就走。

他的背影沐浴在佛光里，像是老旧的木船。

四十三

看破，怎么能看破？千万年的陪伴怎么能看破？

四十四

三藏站在灵山上，看着卷帘远去的背影，不发一言。

如来坐在大雷音寺中，冷哼了一声。

卷帘的身体在这声冷哼中化作一摊碎肉。

油灯"叮"的一声，摔在地上。

灯芯裹着尸油流出，点燃了卷帘的残躯。

像是一场无声的告别，

又像是一场至死的相守。

❧ 四十五 ❧

如来说："三藏你悟了么？"

三藏皱着眉："悟了。"

如来说："你悟了什么？"

三藏说："悟空，悟能，悟净。"

❧ 四十六 ❧

如来出口，似浩大天音。

"唐三藏，你可愿得证我佛果位？"

三藏没有答话："你说，他们为什么会死？"

他没有说是谁，可满堂都知道他说的是谁。

如来说："执念太深，没有看破。"

三藏突然笑了起来，似乎听到了什么好笑的东西。

他说："为什么要看破？"

说完后他不再理会满堂诸佛，潇洒地摆摆手。

走出大雷音寺，跨上白马，一骑绝尘。

背后传来如来的声音："你要去哪里？"

"东土大唐！"

完

群演修炼手册

文/乔林羽

❧ — ❧

孙悟空很弱，孙悟空真的很弱。

这是天上地下所有妖怪的共识。

当如来佛祖请求各地妖怪在取经路上设伏，并故意败给孙悟空时，所有妖怪都拒绝了。毕竟顶着"被孙悟空打败过"的称号，能使一个妖怪从此抬不起头。妖生漫长，没有谁愿意为了一点利益，毁坏自己一生的名誉。

当然，强弱的概念是相对而言，相对孙悟空，那些天兵天将就显得更弱，所以这次西行计划促因之一，也是玉皇大帝的请求。

"如来哥哥呀，你可得帮我挽回点面子呀，你就找几个很强的妖怪故意输给孙悟空，让世人觉得孙悟空贼厉害，这样就显得我们天庭没那么弱了呀！我们也好在民间树立起形象！"

回想起玉皇大帝两眼汪汪的丑恶嘴脸，实在是令人心悸。

于是，扮演这些"被孙悟空打败过的妖怪"的重任，就落到了我地慧童子一个人的头上。

请注意，是落到了我一个人的头上！

翻开《西行项目计划书》，我在接下来的很长一段时间里，要依次扮演黑熊怪、白骨精、黄袍怪、金角大王、黄风怪、金毛狮子、虎力大仙、蝎子精、鲤鱼精……

然而我这次演员之行圆满完成后，居然只能得到一千个铜板！玩 RPG 的新手村任务也不止这点钱啊！你说这如来佛祖抠不抠！这简直是道德沦丧！

唉，也别抱怨了，谁让人家是领导呢。基层公务员没有发言权。

以上，就是我在佛祖眼前短短一分钟的内心挣扎。

二

"地慧童子，你是不是在心里偷着骂我？"佛祖用腹语质问我。

不知道为什么，他讲话的时候就喜欢用腹语，似乎这种不张嘴就能出声的感觉显得他高深莫测。就为了练好这个腹语，他可花了好几百年。

"怎么会呢！我心里可是对佛祖充满了感激呀！"我坚定地回到。

"嗯……"佛祖缓缓道，"你明白我的良苦用心就好。"

"我都明白的。"我笑答。

我明白你就是一个不折不扣的小气鬼！

佛祖掐指一算道："唐僧师徒四人已经行至西番哈呧国，你差不多可以前去了，群演都已经准备好了，到那里自会有人接应你。"

我应了一声转身欲走，却又被佛祖叫住，道："有什么变化，我们再联系。"

"用千里传音？"我疑问道。

"根本没有千里传音这种技能。"佛祖摇摇头，丢给我一个黑糊糊的东西。

"这是什么？"

"对讲机。"

我鄙视地看了对讲机一眼，收入怀中，随即腾云而去。

落到人间，翻开《西行项目计划书》的地图部分，一路寻至黑风山。

才刚上山，一个干瘦的老头就从林子里冒出来，在夜幕下见他，像是碳堆里跳出一块碳。他急道："地慧童子是吗？你怎么才来？唐僧他们都上山了！"

想必这就是另外一些和我共同演这出大戏，或者说共同被如来佛祖坑了的人。

"啊？我妆都还没化呢！"我也惊道。

"没事没事，他们才到观音禅院住下。"老头从怀里掏出《西行项目计划书》，边翻边说，"剧本你看了吗？"

"看了看了。"

"嗯，我半个时辰后放火制造混乱，窃取唐僧的锦襕袈裟，你再趁乱偷走，跑回黑风洞里，孙悟空自会去找你。"

"没问题，敢问足下是哪个单位的？怎么称呼？"我问。

"我是藏经阁的澹台芸，这次扮演金池长老。"澹台芸说罢，匆匆跑上石梯，回身道，"待会儿，你看见火光就赶过来！"

我点点头，待在原地回忆起来。藏经阁的澹台芸……好像是听过这个名字，脑袋里莫名闪现出一些画面，山、水、白衣女子……

忽地，莫名传来佛祖的声音："你再不去黑风洞算作上班迟到，扣工资，算作上班迟到，扣工资，上班迟到，扣工资，扣工资，工资……"我摇了摇头，赶紧上路。

是千里传音！不对，是对讲机！居然还有回音！真是有种高深莫测的感觉，敢情他还在监控我？

我到黑风洞时，已经有两人等候在那里了，一个人扮演白衣秀士，另一个人扮演凌虚子，算是我这个"黑熊怪"的朋友。

我问他们是哪里人，他们说他们本来就是地上的妖怪。白衣秀士是一条小花蛇，凌虚子则是苍狼化的，两妖是夫妻，打算接完这个活然后成亲。我问他们不怕被其他妖怪看不起吗？两妖笑而不答。

我按照计划上的说明，变作黑熊，后与白衣秀士及凌虚子坐在石桌前饮酒吃菜，天南地北地闲聊着。

凉风闲月，我突然觉得这差事还不错，至少有吃有喝，对佛祖的怨念也减轻不少。

"观音禅院那里出现火光了。"凌虚子放下筷子道。

我回身遥看，果然火光冲天，应该是澹台芸放火了。

"地慧童子，你去吧。"凌虚子接道。

我应了一声，也放下手中的酒杯，两步蹿上半空飞去，只见不远处的观音禅院已经陷入火海，熊熊燃烧的烈火为整个禅院披上刺眼的红装。

0
4
9

在观音禅院门口，一个秃头正朝山下狂奔，他手中的锦襕袈裟随风晃荡。紧追其后的，是手持金箍棒、身着黄袍的孙悟空。

我再靠近一点细看，澹台芸木然地奔跑着，倒是孙悟空喘着粗气："有能耐别跑，把我师父的袈裟还回来！你算什么男人？！"

大哥，你可不可以把金箍棒收起来再追？那可有一万八千斤啊！

孙悟空突然停住，一跺脚，凌空翻个跟头，驾云而起。他瞬间来到数十丈的高空，接着俯瞰地面，慌道："人呢？人呢？遭了，筋斗云不能低空飞行，俺跟丢了！"

我一拍脑门，心想这猴子是个弱智吧。

我落地找到澹台芸，他把袈裟丢给我，朝四周大声喊道："快带着锦襕袈裟藏到黑风洞！别让孙悟空找到！"

我接过袈裟飞走，回身瞥一眼，那孙悟空已经寻声找到澹台芸，质问他袈裟去哪了。澹台芸抱头只说不知道，孙悟空却抓耳挠腮，不知如何是好。

唉，真烦。

我朝着地面大喊："我黑熊怪这就把锦襕袈裟带去黑风洞！我黑熊怪会把它好好藏在黑风洞的！黑风洞可真是个藏锦襕袈裟的好地方呀！"

"是黑风洞！"孙悟空一拍手，恍然大悟。

我赶紧来到黑风洞前，把锦襕袈裟放在入口。差不多一柱香燃尽时，孙悟空才终于来到洞前。

我猜他用这柱香的时间去问了黑风洞在哪里。

孙悟空用金箍棒往地上一杵，地板发出"咚"的一声闷响，孙悟空开始叫骂："那什么什么，黑虎怪！快把我师父的袈裟还回来！"

是黑熊怪啊大哥！你是鱼的记忆吗？

我走出洞来，挥动手中的长枪，狠笑道："想不到你能找到这来。要袈裟可以，问问我手里的黑缨枪同不同意！"

"哼！"猴子提起金箍棒咬牙来到我面前，厉声问，"黑缨枪，你同不同意我拿袈裟？"

妈呀，我要被气死了。

"吃我一枪！"我提枪轻柔地刺向孙悟空。怎么个轻柔法？大概就是想用黑缨枪去掏他耳朵的那种感觉。

孙悟空侧身一闪道："你这厮出手好生险恶！"

哪里险恶了呀！

孙悟空反手挥出金箍棒，被我用枪挡下，又连续几棒子朝我头上打来，我躲开后喊道："不愧是五百年前大闹天宫的齐天大圣！实力果然强悍！"

这是计划书里的内容，要求妖怪强调孙悟空很强，以证明他当初大闹天宫是合理的。但是为什么要我去吹他呀？这个人不是每次打架前都要自己先吹嘘一番自己的吗？

孙悟空眼睛转了转，正经道："是啊，俺就是五百年前大闹天宫的齐天大圣！怕不怕！"

怎么像是我告诉你的一样！

"不怕。"我冷言，一脚狠狠地踢在孙悟空胸口。

孙悟空连退几步，我暗想遭了，没太注意，这脚力用大了，这猴子该不会吃不住吧？不过也不应该，再怎么说这货也是精通七十二变的呀。

孙悟空持棍半蹲，幽幽地站起来，冷哼一声："三脚猫的功夫。"

我正要松一口气，却听"噗"的一声，猴子嘴里喷出三尺鲜血，恍惚间，我看到了另一个人鲜血淋漓的样子。

不行，别想了，得赶紧输掉这场决斗，这猴子比我想象中还要弱。

孙悟空鼓起力气将金箍棒抬得老高，我见状自己来了一个后空翻，扑倒在地，佯苦道："好强的威压！我喘不过气来了！别打别打！我要死了！大圣饶命！"

这下就行了吧。

"那俺老孙今天就打死你！"孙悟空怒道。

别呀兄弟，很难演的好吗，就你的水平我站着让你打你也伤不了我半分，再者说我很怕我装死以后这猴子根本就找不到锦襕袈裟在哪，即便我已经把它放在黑风洞入口。我趴在地上淡淡回道："你已入了佛门，不能杀生。"

孙悟空收起攻势，摸摸鼻子道："对呀，那你快告诉俺，锦襕袈裟被你藏在了哪里？"

"我不会告诉你的！"

我这样说，心里想的却是：在洞口，在洞口啊白痴，这么显眼的位置，你到底是怎么没注意到的。

051

脑

洞

篇

孙悟空伸手揪住我的衣领把我像小鸡一样提起来，怒问："你到底说不说？"

"不说。"

"说不说，说不说？！"孙悟空开始剧烈地摇晃我的身体。我是不觉得难受，就是被这货这样搞很不爽。本来还想等他说出一句诸如"再不交代我就一棒子打死你"这种狠话后，再把锦襕袈裟的位置告诉他，这样显得合理一点，但目前看来等不到了。我便生无可恋地屈服道：

"我说，我说，就藏在黑风洞门口。"

这是我把"藏"这个字用得最糟糕的一次。

孙悟空瞳孔四处扫动，转了几圈后忽地发出金色亮光，纵横探照着洞口。

我双手捂住脸，内心无奈道：你的火眼金睛就只是用来照明的吗？！

孙悟空见了袈裟，脸上一喜，欣快地跑过去捡起，还笑道："没想到，你这厮竟然把袈裟藏得这么深！还好我机灵！"

听完这句话，我心说你可真机灵，下次再有这样的剧本，我干脆把袈裟挂在脑袋上算了。

孙悟空捧住袈裟，回到我身前用金箍棒架住我的脖子，道："黑虎怪，我既入了佛门，且不杀你，你随我去见观世音菩萨，听从发落。"

是黑熊怪，你看我浑身上下到底哪根毛像只老虎了？……你能不能别有事没事就去找观音菩萨？观音菩萨欠你钱怎么地？我不理这猴子，等待那两个人出场。

"弼马温！"

一声叫喊从洞中传来，白衣秀士和凌虚子出场了。

没错，这场戏的最后，由他们两位将孙悟空引走，我也就脱身了，反正猴子也追不上他们俩。据说这场戏还是观音菩萨加的，观音料到孙悟空这时定会去找她，干脆就让人引走他好了。

孙悟空寻声看去，凌虚子拔高声音道："你师父被妖怪，哦不，被我们捉走了！"

"什么？！"孙悟空怒气逼人喝道，"你们胆敢抓俺师父？"

"是公猴就跟过来！"凌虚子和白衣秀士闪进了树林，孙悟空收起袈裟便寻去。

看着三人的背影远去，我爬起来拍拍身上的灰，摇身化回原形，坐到石椅上，看远处火气映得黑夜透红。真不知道这场大火什么时候结束，我只知我的演戏生涯才刚刚开始。

"终于走了。"

我背后忽然传来女声，吓得我回身差点扭到腰。

只见一位少女，身着青绣罗裙，脚踩文金纱履，云鬓花颜，蛾首蛾眉，巧笑道："不认识我啦？藏经阁澹台芸。"

"哦……"我莫名慌张起来，"我……是文殊菩……萨座下地慧童子……那什么……什么来着……"她的面目是那样的熟悉，让我一时间不知道身处何地。

澹台芸弯眉侧目，脸颊微红，低笑不语。

地慧童子和澹台芸，请去下一地点等候，去下一地点等候，地点等候，等候，候。

佛祖的回音来了。

我也借此打消尴尬，掏出《西行项目计划书》，打算查看下一个片场在哪里。

然而光线太暗了，根本看不清计划书，我道："那猴子在就好了，借他的火眼金睛照一照。"

等等，我忽地想到，佛祖刚才是叫我和澹台芸一起去下一地点，难道说我要和她一起演完这个西行计划的所有剧本？

怎么会有点莫名其妙的高兴？

"我看过了，下一个地点是白虎岭，我们要演白骨精，还要被孙悟空打三次呢！"澹台芸开口道。

"干吗要打三次？"

"不知道，都是佛祖他们安排的，我们听从便是。"

这是为了使他们受离间之劫，为了使他们受离间之劫，使他们受离间之劫，离间之劫，之劫，劫。

说实话，时时刻刻被佛祖监视挺不是滋味的。

我拿出对讲机道："佛祖你不睡觉吗？"

我是佛祖睡什么觉，祖睡什么觉，什么觉，么觉，觉。

我又道："可不可以把回音关了？"

不可以，可以，以……

看来我不是要被孙悟空搞疯就是要被佛祖搞疯。

我怯怯地看了澹台芸一眼，又迅速把目光缩回来，轻问："你知道白虎岭在哪吗？"

佛说人生在世如身处荆棘林中，心不动则人不妄动，不动则不伤；如心动则人妄动，则伤其身痛其骨，于是体会到世间诸般痛苦。

我的心有些乱，好像体会到人间的某种痛苦了。

我不光是地慧童子，我还有很多方面，都是童子。

❧ 三 ❧

话说这白虎岭嵯峨险峻，有绵云盘绕，我与澹台芸已在此等候十日，每天守着山头，静等金蝉子一行人。

"他们来了！"澹台芸从云端降下。

我只见山麓出现几个黑点，正往山上赶。

金蝉子本是佛祖的二徒弟，从前见了，我也得尊一声"金蝉长老"。

但今时不同往日，我们奉佛祖之命，非得让他遭此劫不可。

我与澹台芸退至谷地，看他们师徒走到坡上。金蝉子下了马，和孙悟空小谈几句，大意是腹中缺食，让猴头去找些吃的。

见孙悟空纵云而去，我与澹台芸对视一眼，相互点头。

剧本我们早已熟透，又有天蓬元帅与卷帘大将作内应，接下来如何自不必多说。

澹台芸化作一个眉清目秀、月貌花容的俊凡女，左手提个青砂，右手提个绿瓷瓶，径直向金蝉子走去，身上却故意发散妖气，只等孙悟空回来指认。

天蓬元帅一见澹台芸，便意会了，道："师父，那猴子才说附近没人烟，要摘山桃给你，这却不是人？"

这出戏，佛祖要测测金蝉子有无凡心。

金蝉子一整衣冠，起身和笑对道："女菩萨，这是要去往哪里？"

澹台芸回："回长老，小女子住西山下，乃好佛之人，远看众人行路多时，特来送些吃的。"

"哦哟哟，原来如此。"金蝉子当即握住了澹台芸的玉手，"敢问施主手里提的是什么东西？"

"是香米饭和炒面筋。"

"哦哟哟，原来如此。"金蝉子满脸堆笑，一吞唾沫。

我说金蝉长老，你就不能收敛一点吗，佛祖可都看着呢。

"嘿。"天蓬元帅跑将过来笑道，"我看就别等那猴子了，我等且先吃饱，让那猴子自己吃那臭山桃。"

我本以为金蝉子闻言会犹豫下，没想到他转身对天蓬元帅喜道："我正有此意！"

卷帘大将却道："+1。"

什么鬼的 +1 啊，心疼孙悟空三秒！

澹台芸见状假意扭脚，跌进金蝉子怀里。

"哦哟哟！"金蝉子满脸通红，双手挽得用力，问，"女施主，你这是怎么了，快起来，我们出家人不合适。"

天蓬元帅和卷帘大将各自回避几步，金蝉子放在澹台芸身上的手却颤抖个不停，羞涩道："女施主，这样不好，佛祖可看着我呢！"

嘿，你还真说对了，佛祖真的在看着你。

就在此时，孙悟空捧桃而归，行至半空，与金蝉子对上了眼。金蝉子这才将抱住澹台芸的手松开，一拍行装，念一声"阿弥陀佛"。

"师父，你这是在玩啥？"孙悟空落地问。

"这有位女施主斋僧来了。"

"那敢情好！开吃吧！"孙悟空瞟一眼澹台芸。

好个屁啊！她身上那么重的妖气你看不出来吗？你的火眼金睛真的只能照明吗？

众人正要分食，我弹指在澹台芸的背上写出"我是妖怪"四个字。

孙悟空见了，顿了顿，扬手指道："这女施主背上还写着字呢？我是……我是……？这后面俩字俺不认识。"

我气得直拔地上的草，心说是妖怪啊，是妖怪啊！

还好卷帘大将及时救场，夸张地喊道："大师兄，那两个字是'妖怪'！"

此言一出，众人都停下了动作，孙悟空听了一愣，呆看两秒，便掏出金箍棒道："果然是妖怪！"

说罢，孙悟空挥棒当头打去。

"悟空！你干什么？！"金蝉子喝道。

澹台芸变个法，出神而走，留个假人吃猴子一棒，后假人应声而倒，众人皆失色。

孙悟空收棍轻跃道："师父，你凡眼不识此妖，她化人骗你来了，幸而被我火眼金睛看破，一棒将她打死。"

"不，不会吧？！"金蝉子大胆凑近看地上的假尸。

天蓬元帅却伸出一个猪头冷哼道："师父，这弼马温见不得自己摘桃却有人送食给咱们，气不过一棒打死了施主，又怕你念咒，才说出这种话来哄你。"

"呆子！师父肉眼凡胎不识妖也就算了，你也看不出来？"

"我是没看出这位施主有什么妖气！"

众人争执不已，澹台芸却在不远处化作一位老妇人，拄着拐杖大哭着走向众人。

孙悟空咬牙切齿地指着地上的假尸："她是妖怪！"

天蓬元帅道："她不是妖怪！"

"哇，她就是妖怪！"

"她不可能是妖怪！"

"你这只猪！"

"我本来就是猪啊！"

"你这个夯货！"

"反弹！"

"反弹无效！"

金蝉子和卷帘大将则坐到石头上，翘起二郎腿，咬着桃子看两个人争执。

澹台芸见自己哭诉没人理，实在尴尬，便一头抱住地上的假人，哭道："儿子啊！我的儿子！你这么死得那么惨啊！"

唉哟我的芸大仙，你刚才还在色诱金蝉子呢，这会儿这么变儿子了？

澹台芸忽然意识到自己口误，抬起头来看了一眼孙悟空和天蓬元帅。

他们停了嘴，正瞪着澹台芸。

"你看，人家的母亲来认尸来了，这下祸可闯大咯！"天蓬元帅一摊手，转身对金蝉子惊道。

"等等。"孙悟空拉住澹台芸，问，"我分明听到你喊的是儿子！"

"是……是儿子呀。"澹台芸微张着嘴，眼珠左右一晃，"只不过他有女装癖。"

"敢情还是个女装大佬。"天蓬元帅又补充一句。

孙悟空点点头："原来如此，请问这套女装在哪里买的？"

你一个猴子问什么女装？！你才是真的有女装癖吧？我求求你行行好再用火眼金睛看一下吧，早点演完收工我们好去吃午饭！

孙悟空一摆手喊道："不对！"

我暗松一口气，他终于意识到问题不对了。

孙悟空继续道："我干脆把这套衣服脱下来，不就能穿了吗？"

你到底是有多想穿啊！

还好卷帘大将及时救场，站起来道："这老婆婆话语混乱，怕不是有问题哦，大师兄，你再仔细看看。"

孙悟空又端详了澹台芸一会儿，心中有数，大叫一声："妖怪！"便把那金箍棒凌空一舞，敲在澹台芸变的老妇头上。

"悟空，你干什么？！"金蝉子站起来打算阻止。

澹台芸故技重施，脱身来到我身后，低语一声："该你上场了。"

我点点头，变作一个老公公，寻思差点什么，问澹台芸要个拐杖。

"你怎么什么都不会变？！"澹台芸嘟嘴抱怨，拔草做了个龙头拐给我。

我提着拐杖上前，他们正争到反弹和反弹无效到底有没有效这一问题。

"啊！"为了避免出现澹台芸那种尴尬，我率先大喊，又道，"我的孩子和老婆啊！"

"怎么又来一个？"孙悟空茫然地盯着我。

盯吧，盯吧，快看出我是妖怪，然后打死我，让金蝉子怪罪你吧。

"师父。"天蓬元帅哭丧道，"这可了不得了，方才大师兄杀了人家孩子，又杀人妻子，老汉来寻人，我们可要赔命哩！沙师弟赔一命，俺老猪赔一命，师父，你自去取经吧。"

"说什么晦气话！"

孙悟空喝了一声，回头绕定我，走上三圈，望着我的眼睛道："你是妖怪！"

"哎哟！"天蓬元帅又道，"大师兄这是要把人家一家三口都灭了，看来白龙马也得赔进去，到时候大师兄再使个遁术回那花果山，可得苦了师父您老人家啊。"

是啊，是有点奇怪，这个金蝉子怎么不受挑拨？按照佛祖他们所想，在孙悟空打杀前两个人的时候，金蝉子应该念紧箍咒并把他逐出师门了呀。

"你这长老！"我直指金蝉子的鼻子，"任由徒弟为非作歹，杀我妻儿，你却充耳不闻，视而不见！"

金蝉子顿了顿，合掌当胸，长吁一口气。

良久，他抬起头来，轻笑道："我诚然不可辨识人妖。"

金蝉子踱步扶住孙悟空的肩膀，双眼里尽是坚毅，却铿锵道："然师徒行走于江湖，几经磨难，如果师父都不信任自己的徒弟，又何称师徒？路途凶险，如果师父都不信任自己的徒弟，又上什么西天？！出家人若连信都做不到，岂敢称教！所以悟空称你是妖，你便是妖，只因为我为其师，仅此而已！"

等等，剧本不是这样写的？！

卷帘大将却两步踏到我跟前，低语道："快配合一下演完吧，师父早就把紧箍咒忘了，根本拿那猴子没办法，更别提说那猴子一个不是，他说这番话只是想包庇猴子。"

"哼，多谢师父信任！"孙悟空朝金蝉子点点头，又朝我举起金箍棒，恶狠狠道："你这妖怪三番五次捉弄我师徒，今天我便杀了你，免得再生祸端！"

我瞟了一眼金蝉子，他垂着眼睑，抿着双唇，斜视地面。

大哥，你不要表现出一脸纵人行凶的愧疚啊！

回过神来，金箍棒已经落到了我的头顶。

我只觉剧痛无比，眼前霎时黑了下去，这猴子怎么突然这么厉害？难道是因为金蝉子给他加了 buff？

我倒在地上快要失去意识之际，只见澹台芸一边大喊着什么，一边闯上来将我拖走了。

❧ 四 ❧

伤好后，我一如既往地在西行项目计划里扮演着我的群演工作，但我已经很久没有看到澹台芸了。我问如来，如来告诉我她被分配到支援西方了。

我觉得孙悟空越变越强，再也不是我装装样子就能对付的了。在与他对决时，我越来越需要假戏真做，甚至拼尽全力，而我身上的伤一直没有消失过。

佛祖说，他们功德圆满之时，可赐猴子"斗战胜佛"的称号。玉皇大帝再也不用担心别人说天宫不堪一击，连个野猴子也能轻松戏耍。可惜如今已没人再谈论"大闹天宫"。

我在这往后的数年里又顺着佛祖的旨意扮演了各种各样的妖精。

最后一场戏，师徒四人被赐予无字经书，也就是说，我的戏演完了。

我想去找澹台芸，但如来不告诉我她究竟在哪里，我只能在空闲的时候瘫在雷音寺想想群演的经历回想她。

"他怎么还在？"

"不知道啊，他竟然还活着，亏得他还以为自己是什么地慧童

0
6
0

子。"

"别说了，那个澹台芸还不是，不知道现在落入了哪个轮回道……"

……

什么？！她们说什么，我一把跳起来抓住面前两个小仙恶狠狠地问道，谁料她们丝毫没有害怕，反倒是一眼轻蔑地看着我。

原来，所谓的西行，只是天庭和如来为了宣扬自己的威严逼迫我们强行演出的一幕戏，他们拿捏住了唐僧四人的心魔，以此胁迫他们西行……

原来，我根本不是什么地慧童子，我只是花果山的混世魔王，在被孙悟空打死后魂魄不散，被澹台芸收归，本来在天庭豢养妖物就是违背天条，在澹台芸的恳求下如来假意赐予我地慧童子之名，让我和澹台芸在无数次的生死中扮演着各种妖怪。从来没有什么受伤，有的只是一次次的死亡，如来赐予我的力量在一次次死亡中逐渐消逝，早在孙悟空的那一棒下，我就应该消亡了，是澹台芸，是她，代替我，魂飞湮灭……

原来我们这些人，在他们眼中都如草芥般，利用完了就扔。

可笑可笑，哈哈哈哈，原来一切都是一出戏。我疯了般跑出雷音寺的大门，想要找如来论个究竟。

抬头，是光，是如罗网一般的禁锢……

五百年后，又会是一番，怎样的开始？

完

白龙外卖，使命必达

文／虫二姑娘

最近陆倾的心情可以说是非常不好了。

陆倾深深地叹了一口气，翻着手里的外卖单。

只可惜外卖店怎么换味道都是一样的。最新一摞外卖单里的最后一张，同其他印满货不对版的传单不一样，非常普通的A4纸上印着"白龙外卖，使命必达"几个大字，下面写着"川菜粤菜江浙菜，鲁菜湘菜徽州菜，只有你吃不下，没有白龙做不了"。

最下面印着手机号码。

陆倾嗤笑一声，这家店大概是刚出来创业的，不懂术业有专攻的道理，弄这么一大堆，以为自己是开解忧杂货店吗？

他正腹诽着，电话响了，原来是队长喊他出去喝酒，庆祝上次比赛他们队拿了三金五银。

陆倾沉默了一下，有点为难地提醒他们队长，这个理由已经在两周之内用了十次了。

队长非常豪迈，说，那就换个理由嘛，就庆祝我们想出第一百零八种福建人的吃法啊！蘸芥末生吃好不好啊？话没落音队长就已经笑到不能自已。

陆倾愤怒地挂上电话，余光突然瞟到那张不靠谱的 A4 纸。

白龙外卖，使命必达。

只有你吃不下，没有白龙做不了。可能真是开解忧杂货店的？

陆倾心里想着，鬼使神差地拨通了电话。

二

"白龙马，蹄儿朝西，驮着唐三藏跟着三徒弟……"

彩铃几乎要唱完半首的时候电话才被接起，陆倾听着彩铃，脑子里不由自主地回放了好几集的西游记。

陆倾脑子里的剧情正走到白骨精变成美女想吃唐僧肉的部分。他心说唐僧真是太可怜了，谁也没吃过唐僧肉怎么就能证明吃他可以长生不老呢？听到电话里的问话随口就说："烦请给我外带个人来尝尝，外省的。"

那边一阵沉默。

陆倾反应过来自己说了些什么，一时也不知道该怎么缓解尴尬，就听那个声音非常为难地回答："外省人可能不行，这犯法，您看外省的龙行吗？"

三

外省龙站在门口，比陆倾还要高出一头多。他低着头，神情略微有一点局促，带着一股羞涩的、"你看我好吃不好吃"的气息。

陆倾把人上下打量了一遍——高、白、瘦，小巧的脸上嵌着双湿漉漉的大眼睛，堪称秀色，可以一餐。

陆倾只觉得自己已被饥饿侵蚀了良知，气闷地说，"您还真就只带了您自己来啊？"

门口的人怯怯地回答："那您看看，您想先吃哪儿？"

闷在胸口的那口气差点儿噎死陆倾，陆倾觉得自己挺没意思的，按西游记的说法就是施主他着相了，看这少年年纪也不大，不管是干什么的都不容易，不能白让人跑一趟。他从兜里掏了掏，翻出一把钱塞过去，不知道说点什么好。

那少年倒是把钱好好折了，用湿漉漉的大眼睛欣喜地看着他，说那您看吃哪儿？想怎么吃？爆炒红烧清蒸糖醋火锅？

理智告诉陆倾门口这个一脸天真的小哥可能有问题。要么人有问题，要么脑子有问题，他应该关门。

可说好的外省龙呐？

❧　四　❧

少年非常认真地指了指自己——龙小白。

陆倾面无表情地拽门，却被挡住了。

"你钱给我了，我得给你货。"

然而在自称龙小白的少年拿起刀再次问出"您到底先吃哪儿？打算怎么吃？"的时候，

陆倾在厨房门外小声地回答："我天秤座，我得好好选选。"

龙小白叹口气，说："要不这样，我用牛肉做了你先尝尝。"

陆倾猛点头，思考了一会儿还是觉得广东人最可恶，于是说："你就煮个牛腩汤吧，保持食材的原汁原味。"

然后就看龙小白在被他背了屁股后面的一个布包里翻出了一袋子塑封的牛腩，走进了无人问津的厨房。

一个小时之后，一股浓郁的香味从那个小厨房里飘了出来，香到陆倾打游戏的手指都颤了。

在龙小白制止了他舔锅的行为之后，他死死地扒着锅，深情地问："只有我想不到没有您做不到是吗？"

龙小白摸了摸下巴，说："我挺贵的。"

陆倾拿着锅伸出了一根手指。

"一百一天？"龙小白拧了下眉头。

陆倾摆动了下那根手指："一个月一万。"

"老板好。"

❧ 五 ❧

陆倾觉得龙小白应该挺不容易的，否则以他的厨艺怎么会沦落到卖肉挣钱。

还是真正意义上的卖肉。

如果不是恰好遇到他这个富二代，恐怕还不知道有多艰辛。

是的，虽然住的房子比较老旧，但陆倾是货真价实的有钱人。他父母离婚各组家庭后没什么能力养他，把他过继给了一个终身未嫁的远房姑奶奶。说是姑奶奶，但年纪也就三十多，身体不好，两个人相依为命了一两年，姑奶奶就走了，留了这套古旧的房子给他，和相当大的一笔遗产。

陆倾看一眼都不知道该怎么花的那种大。

不过他现在知道了。

❧ 六 ❧

教练抬脚踹上他屁股，说："最近伙食不错啊，脚感都厚实了不少，加练吧！"

陆倾也知道自己没管住嘴，之前的训练量可能不太够了，掏出手机和龙小白报备。

信息刚发出去没两分钟龙小白的电话就来了，说今天的饭本来做得就多，他不吃的话要浪费一大半，要不送过来吧。

陆倾看看时间说算了，他家离训练馆不太近，送来要好一会儿，他随便吃点晚上还要继续练。

龙小白"哦"了一声挂了电话，又过两分钟，发过来两张图片，翠绿欲滴的生菜缀着切成丁的圣女果，仔细看看似乎还有鳄梨和三文鱼盛在玻璃沙拉碗里。

还有一盘烤鸡胸肉。

"浪费食物可耻。"

不到十分钟，沙拉、鸡胸肉和龙小白一起出现在了训练馆。

"你飞过来的啊？"

"怎么可能，我怕耽误你训练赶得急，师傅着急换班开得也快。"

龙小白可能是过来的时候太急了，鼻子上沁出了汗。他把传统的布袱打开菜拿出来，瞟了一眼在编辑朋友圈的陆倾，稍微侧身挡了一下，把烤鸡胸肉拿了出来。

炫耀的朋友圈发完，陆倾接过鸡胸肉吃得频频点头："这包袱保温性能真好，师傅也好，肯定超速了。"嘟嘟囔囔地吃完，他抬起头看到一直看着他吃饭的龙小白，笑眯眯地说，"你也好。"

❧ 七 ☙

夏季赛预赛，陆倾拿到了人生中第一个金牌，队长比他还开心，拍着他邀功道："都是我安排得好啊，要不是我把翟临安排和你一组，你生命安全受到了威胁，能爆发出这么大的潜力吗？"

❀ 八 ❀

陆倾后知后觉地发现龙小白很好看。

尤其是龙小白弯腰切菜的时候，劲瘦的腰线在围裙系带下显得非常优美。陆倾看了很久，看得龙小白炒菜直接把火开到了最大。

陆倾嘴角含笑举起双手退了出去，突然想起来因为他之前从不用厨房，所以也没交过煤气费，龙小白来了也有几个月，燃气费估计该交一下了。他翻出燃气卡查询后，却被提示尚未有费用产生。

陆倾打给天然气公司。客服说，截止上个月末，您家的确没有产生过天然气的费用。

拿着手机的陆倾闻着厨房里传出来的香味蒙了。

❀ 九 ❀

龙小白明明没什么工作，却总是早出晚归。这样炎热的夏天，他回来的时候身上从来都没有汗味，只有着淡淡的，仿佛刚下过雨的那种土壤湿气。还有他刚来的那一天，在随身的小布包里拿出了一袋牛腩然后做出了一碗牛腩汤。

他的布包里为什么会装着牛腩？如果陆倾点的不是牛腩呢？他又是从哪里掏出的葱姜蒜盐的？

陆倾突然有了一个大胆的想法。

龙小白可能是机器猫。

陆倾觉得自己的举动非常无聊。他心里一边对自己说龙小白也应该有自己的生活，你这样不对，一边把口罩往上拽了拽，小心翼翼地在巷子口探出头。

万一他有任意门呢？

十

巷子里的龙小白好脾气地低着头听一个男人说话。男人生得很精致，精致到让人有距离感，但看着龙小白的目光很温和，他拿烟的动作和龙小白拿烟的动作一模一样。

又讲了几句，男人把烟咬在嘴里，手指轻轻地拂过龙小白的眼皮，又抬起手揉了揉他的头。

陆倾觉得自己不是怕被发现才走开的，他是被那种亲密无间的感觉挤跑的。

回家路上的陆倾一脚踹开路边一颗石子，还想把隔壁碍眼的树也踢倒。算你够粗。

十一

晚上吃饭的时候陆倾始终觉得龙小白身上飘着若有若无的烟味。醉糟鸡里也有，太极明虾里也有，海蛎煎里也有……

太烦了，陆倾扔下筷子。

龙小白看看桌子上没怎么动的菜，悄没声地收拾了。

过了一个小时，龙小白端着一盘水煮鱼和一盘干煸豆角放在了他面前，把筷子塞进他手里，平静地说："辣的开胃。"

这烟味儿太呛了，呛得人开不了胃，陆倾抽了抽鼻子，忍了又忍还是开了口："你下午出去买菜了？"

"啊？"

"我们学校附近？"

龙小白被问的愣了一下，用他所特有的无辜中混杂着点困惑的神情看了陆倾一眼。陆倾刚不太自在地别开了头，就听到龙小白的声音带着点促狭和一点他听不懂的情绪："那是我哥。"

但这点情绪却莫名其妙点着了陆倾。

"你哥？你哥会这样？"

他抬胳膊压下了龙小白的头，食指拂过少年单薄的眼睑，龙小白那一瞬间似乎被他的手指定住，微微张开的嘴都忘记合上，眼睑的颤抖通过相触的皮肤同陆倾的心脏形成了共振。

❧ 十二 ❧

啊啊啊啊啊啊！

陆倾只觉得自己被一道闪电劈中了，磅礴的电流从头顶灌入，叫他四肢百骸七经八脉都跟着颤栗，直接从椅子上弹了下来。

陆倾想要爬起来，却后知后觉地发现原本应当站着龙小白的地方什么人都没有，只有一个蛇形的东西飘浮在半空中七扭八歪地扑腾，像是也被电傻了。

电流残余的颤栗感让陆倾连一个抬头的动作都十分吃力，他挣扎着爬起来，恰好同那个小东西对上了眼，那双眼睛湿漉漉的，让人怜惜。然后那个东西伸了一条鹰爪一样的腿。

陆倾两眼一闭，干脆晕了过去。

❧ 十三 ❧

陆倾醒的时候，看到龙小白眼圈红红的。

陆倾突然抓住他说你有户口吗？有身份证吗？能继承遗产吗？龙小白摇了摇头。

陆倾一下坐了起来，叹口气问："你到底是个啥？"

挺大一团的男孩子坐在床边，说："就，外省龙呗，你自己点的，七天无理由过了，不退不换的。"

陆倾沧桑地靠在床边，单手拿着粥碗灌了一口，想起自从龙小白来了之后密集的下雨天，和那双比火星更明亮的、在雨中一闪而过的龙瞳。

凡事走过，必留痕迹。奈何人瞎。

去他的机器猫。

唉这个粥真是太香了。陆倾咽下最后一口，放下碗："那你哥？"

龙小白局促的神情突然消失得一干二净，咬着后槽牙一字一顿地问："外省猴子吃不吃？"

陆倾被猴子两个字吓得手一抖，碗摔在了地上，耳畔响起龙小白的手机彩铃：白龙马，蹄儿朝西，驮着唐三藏跟着三徒弟……

龙小白气得磨牙。

陆倾他们学校最近莫名其妙死了人，他觉得有妖气，奈何手里没有法宝，才找大师兄借火眼金睛。原来大师兄知道陆倾在附近，怪不得大师兄又痛快又温柔地答应了。结果那猴子吹了一口烟扰乱了他的五感，还不知施了什么法将火眼金睛从他这里弄给了陆倾，让他毫无防备地被陆倾看破了真身。

单身外省泼猴真是遗了千年的祸害。

生死簿里没有名了不起啊！

❧ 十四 ❧

外省猴子可以吃，外省大圣给陆倾一千八百个胆子他也不敢吃，但他对龙小白的布包非常有兴趣。

龙小白握着他的手让他抓，说抓到什么送他什么。陆倾赶紧把两个手都放进去，捞到一根棒子，整个人都被扯了进去，被龙小白眼疾手快地捞了出来。结果陆倾另一手还抓了件袈裟。

　　龙小白的脸色难得要死，拿起手机拨了号开始嘶吼："大师兄你凭什么又把金箍棒放我包里？沉？我背着不沉？师傅你的袈裟为什么又不洗？二师兄不在家你不会让三师兄洗吗？怕水？我一口流沙河喷死你。"

　　陆倾默默地把手里的袈裟放进了洗衣机，等龙小白挂了电话，笑眯眯地凑过去："听说龙特别喜欢亮晶晶的东西。"

　　身边的人点点头，然后转过身双眼放光地望着他。

　　陆倾的脸一下就红了，期期艾艾地说："我是说稍微暗一点儿的，比如钻石啊，金子啊……"

　　龙小白突然笑了，说："是啊，可我早就给你了。我起早贪黑在师兄们的眼皮底下攒的私房钱，全部都给你了。"

　　？？？

　　面前的男孩子唇畔微弯，快速而短促的念出几个字符，迷蒙的雾气突然从他身上漫溢出来，一米九的身型坍缩几寸，白雾散尽，陆倾看到了一个熟悉又带着陌生的身影——姑奶奶。

　　那些曾经没来得及的依赖突然落到了实处。

❧ 十五 ❧

　　"你男的女的啊到底？"

　　"龙不分男女，何况老子是八部天龙广利菩萨，施主你着相了。"

　　"你为什么不多陪我几年啊？"

　　"怕陪太久姑奶奶死了你伤心。"

　　"那你怎么不早点来找我啊？"

　　"我来过。"

　　"？？？？"

　　"我给你发过那么多传单，英语班游泳班办证快递诊所健身房心理咨询特殊服务，发了好几年，你从来都没有打过，后来大师兄让我好好和二师兄学做菜。"

"二师兄教的，怪不得你从来不做猪肉。"

"也不是，二师兄是野猪，跟你们吃的不一样，我不做是因为包里的猪肉都让大师兄吃了。"

"哦，那你，为什么对我那么好啊？"

龙小白给陆倾看了一个姻缘镜，说能看到他们的前世今生。

镜子里一个小农夫背着小篓走在山路上，在一丛乱石里捡到了一条银白色的小蛇，小蛇似乎是冻僵了，小农夫把它放进了自己怀里，拢着小蛇的头小心地呵气。陆倾凑过去，看到小蛇的头上有两个不甚明显的凸起。

"你找我报恩啊？"

龙小白面色有点尴尬，咳了两声："算是吧。"

陆倾兴高采烈地转回头继续看，就看到小蛇，哦不小龙幽幽转醒，两个当时还是小灯豆的眼睛眨了眨，一口咬在了小农夫的脖颈上。

陆倾回以一笑："外省龙是吧，不知道龙角和鹿茸有什么区别，清蒸好吃还是红烧好吃，不然你都做一份？"

　　十七　　

龙小白花了一个小时给陆倾科普了人神互不伤害条约，然后用了一个星期道歉。

人神虽然互不伤害，但未成神的妖不在此列。龙小白一个星期里让陆倾吃到了八大菜系二十三省妖怪大杂烩，陆倾吃得红光满面训练量加了又加，更不肯给龙小白好脸色了。

直到周日龙小白掏出了一头小脑袋大肚子长翅膀的外国龙，殷勤地送到了陆倾面前。

陆倾手里的泡椒鸡妖爪掉在了地上。

陆倾终于再没办法给这个人，哦不这头龙冷脸，但还是不甘心地问："你为什么咬我啊？"

龙小白把手里的龙塞到他的布包里，一脸的不堪回首。

那个时候他还不是白龙马，是西海龙王的幼崽，上天入地都横着走，谁知道路边睡个觉被人捏着尾巴提起来，他还以为是隔壁龙龟又来挑衅顺口就咬了。

谁知道是个脆皮鸡。

原本咬死个人，来世送他一场富贵就两清了。哪知三太子龙口金贵，咬死的是个十世善人的第五世。

小龙说："你知道什么是真善人吗？不是随随便便做几件好事就是善人，这个人必定生而受尽苦楚，却不怨恨不哀戚，心好到路上看见只蛇都要拎起来暖暖。真是给你能得不行。"

龙涎把善人的魂魄燎了，也让其五世善果化为灰烬。养尊处优的三太子坠落蛇盘山成囚，却凶性不减，吞了大唐取经和尚的白马。可他却在水镜里看到魂魄不整的小农夫双手合十地恳求菩萨。

白龙不知我是善意，何错之有？

龙王三子，锯角退麟，化身成马，历尽万险，终取真经。

你五世善行送我一场正果。我护你十世周全求得一份姻缘。

❧ 十九 ❧

"那你龙肉还吃不吃了？"

"不吃不吃，滚。"

073

"真不吃？那，那我可吃人肉了啊……"

"呦，您也喜欢吃胡建人啊？"

"你不是胡建人啊。"

"？"

"是我的人。"

完

思维还在 宇宙闲逛 可能马上就飞远了

人间四重奏

文 / 钨钢勺

❦ 一 ❧

"咯啦。"

隔了一道檀木雕花门，寂静的室内忽然传出一声细微的动静。

那是珠玉碎裂委地的声响。

"师父！师父您怎么就这么走了啊？！"净坛使者顿时弹了起来，声情并茂地干号了两声，可惜他嘴边的糕饼沫子还没擦干净，显得诚意十分不足。

金身罗汉却是个实诚的，连忙宽慰道："二师兄莫要伤心，天地万物，都不过循环往复，师父此去也是开启一段新旅程……"

只是他这番安慰的话还没说完，那肥头大耳的净坛使者就僵了僵身子，而后猝不及防地摔在地上。他的肉身以双目可见的速度迅速老去，身上的袍子也变得破败不堪，顿时成了个落魄的胖子。

"嘿，这呆子倒是动作快。"斗战胜佛笑了声，仍旧淡然地安坐吃茶。

金身罗汉原也坐回去吃茶了，却还是看不过净坛使者这东倒西歪的模样，便吭哧吭哧地把他那破败的肉身摆正了。

待他再次坐定没多久，忽地一垂首，仿佛昏睡过去一般，再看，竟也成了须发皆白的老态。

他颈上那串大佛珠子散落了一地，有一颗骨碌碌地滚到了斗战胜佛面前。

"咳，"斗战胜佛注视着停在面前的佛珠，把手中的茶盏放下了，"俺老孙倒成了最后一个。"

终于他靠着桌子，也不再动作了。

六道轮回，周而复始。

凡有身形者，皆不可避。

草木零落入泥，世人寿尽入土，即便是九霄云外的天人，也免不了有大五衰——衣垢秽，冠华萎，腋汗流，体臭秽，厌本座。

而后天地与我并生，万物与我为一。

万般结局，都是新的开始。

只是四者均未料到，他们几乎同时经历五衰，然而进入尘世之后，却相隔如此遥远。

那是千山万水也越不过的距离。

❧ 二 ❧

孙行者。姓孙，无名。

他原是一个弃婴，被街头卖艺的捡去拉扯大了。卖艺师父姓孙，人称老孙，他便成了小孙，还胡诌了个艺名叫孙行者。街头卖艺是个苦活计，好在他很有些耍枪弄棍的天赋，跟着师父学了几年，三五岁就能表演了。而今的少年早已挑起大梁，两人把挣的铜板凑一块儿，也能不受饥寒。

天才蒙蒙亮，小孙就起早弄吃的去了。他刚开门，睡在棚屋外头的小猴就"吱"的一声凑上来，他把手一伸，猴儿就十分默契地爬上了他的胳膊，蹲在肩头看他煮稀粥。

这猴儿还是师父心疼他打小就跟着走街串巷，没什么玩伴，不知上哪弄的。如今它也长成了个讨巧又活络的猴儿，卖艺的时候会捡截树枝在一旁戏耍，很受广大人民群众的喜爱。

粥煮好的时候，老孙还牢牢黏在床板上，看模样是要和床同生共死了。

小孙见怪不怪，盛了碗煮好的稀米粥，拿着那磕了道口的碗在昏睡不醒的便宜师父鼻子跟前一晃。

"嗯……嗯？"老孙挣扎着坐了起来，"乖徒儿，再帮为师切一碟咸菜。"

乖徒儿并不想理他，挑着卖艺行头，牵着猴儿，已然走远了。

少年十六七年的人生，被起早贪黑的生计占掉一部分，日复一日的练习占掉一部分，鸡零狗碎的琐事又占掉一部分，剩下那点少得可怜的少年心性便被刻意忽略了。

但再怎么忽略，终究还是少年。

到了寻常杂耍的地儿，边上的算命半仙冲他一招手，那据说因为窥见天机而双目失明的眯缝眼睁开一道缝儿："人已经来了。"

他点点头，悄声道："好半仙，中午请你吃饭。"

"人家姑娘究竟怎么你了，"见午饭有了着落，半仙的八卦心顿时蠢蠢欲动，"欠你钱怎么？"

他笑眯眯地顺了顺猴儿的毛："天机不可泄露。"

小孙托半仙留神的这位姑娘，是个寻常人家的寻常姑娘，喜欢来这边上的茶楼吃早茶,偶尔待上一整天,听听评书相声,嗑嗑瓜子,愉快地虚度一把光阴。

两人都在这一片长大,漫长的年岁里,不知有多少次共处同一空间,但由于生活圈子不同,从来都只是擦肩而过。

专注于杂耍的少年,原本也并未注意过这么一个姑娘。

直到两年前的一个下午,他和师父正翻着筋斗耍着棍,围观群众里忽然窜出一窝小屁孩,朝他们扔了堆烟雾大声势小的哑炮——后来才知道是另一伙杂耍的看上这块地儿了,故意搞的恶性商业竞争。

彼时围观群众不明就里,好一阵惊叫推搡,尚且没有修炼出大佬气场的小猴吓得满地胡跑,小矮个儿被烟雾一挡,根本注意不到,好悬就要被谁一不留神踩扁了。

少年这头才逮了几个闹事的小屁孩,刚把愣在原地的师父给择出去,回身就找不到猴儿了,急得直跳脚。就在这当口,这位擦肩而过十几年的姑娘出现了。

她不知什么时候已经把小猴捞了起来,然而待小猴牢牢抓住她的胳膊后,却又有些怕了,只得僵硬地擎着胳膊跟随广大群众四下疯跑。

后世有个超人冲天的造型,大抵就是这模样了。

少年瞧着好笑,又觉得姑娘这副模样,讨他喜欢得很。

这份突如其来的感情在他心里悄然酝酿了两年,不知是三五不时就能碰面还是怎么的,感情竟然不减反升,迫得他终于忍不住要落实行动了。

方才半仙问他缘由,他一是面皮太薄,另一方面是实在不知道该怎么说。

我喜欢这姑娘。

……因为她帮我举了个猴?

中午吃饭，半仙眯缝着眼，觑见那位姑娘就隔了两三张桌子，便热心肠地对小孙说："孙小行者，那姑娘不就是欠你钱嘛，我给你去要回来罢！"

小孙不知这欠钱的误会是怎么来的，只把面前的菜往半仙那儿一推："我有办法，不劳您费心，吃菜吃菜。"

这一等，就等到了临近傍晚。

半仙看姑娘都从茶楼里慢悠悠走出来了，替小孙发急："孙小行者，你年纪不大，人是真怂。"

小孙听得乐了，一拍半仙肩膀："得，帮我看会儿东西。"

他从那点少得可怜的少年心性翻来找去，又难能可贵地扒拉出了几分细心，想，人来人往的茶馆，适合重逢，却不适合初遇。

他要营造一个恰到好处的开场。

姑娘沿着河慢慢往家走，河岸边是连绵的木蔷花，赤红的夕阳散落在水面上。

这就是我钟意的姑娘了。

小孙望着她的背影，再一次意识到。

他这么想着，面上都不由自主地带了笑。黏在他腿边的小猴儿不明所以。

他摘了朵开得正好的木蔷花，塞到小猴的爪子里，然后一拍它毛茸茸的背脊，轻声道："去吧。"

小猴突然承担了这么个重任，丝毫不虚，握着花颠颠地就朝姑娘跑过去了。

姑娘正缓步走着，忽然觉得自己裙裾被什么扯了扯。

她低头一看，一只猴儿歪头蹲在身旁，伸爪递给自己一朵洁白的木蔷花。

她不由得笑起来，接过花，像是意识到什么般回过头。

少年站在几米开外，眉眼间初显的锐利都被温柔的笑意柔和了。

"姑娘，我家小猴儿喜欢你呢。"

然而一个恰到好处的开场，和一个不合时宜的开场，有时候是极其相似的。

相似到叫人无法辨别。

少年仔细地拿捏着分寸，和姑娘闲话几句，便道了别。他不敢在姑娘面前造次，走得规规矩矩，于是没看到姑娘回头望着他的背影，姑娘望了许久，而后低头嗅了嗅那朵木蔷，叹了口气。

少年因着喜欢，生出了几分细心。但有些事，仅凭这初生的细心是无法觉察的。

他以为这是自己蓄谋已久的"初遇"，小心地斟词酌句，以期营造一场无瑕的邂逅。

但这所谓的"初遇"，于她而言，本就是"重逢"。

若不是始终注视着少年的身影，两年前突发混乱的时候，她怎么能第一时间发现原本挂在他身上的小猴儿窜到了哪里。

她是喜欢听评书相声，但茶楼里就这么几个说书先生，任他们翻来覆去地说，也就是那么几个故事，何至于年复一年地来听。

不过是楼上靠窗的那方小木桌，望下来，正好能看到他干净利落的身影。

但这些细枝末节的心事，往后也没必要说出口了。

小孙是一路蹦跶回家的，面上的欢喜都快要溢出来了。到家才发现杂耍行头还在半仙那儿，便和师父打了声招呼，又要一路蹦跶着去拿行头。

师父今天似乎也心情大好，还让他回来时带坛酒，说是有天大的好事要庆祝。

"您老人家可真行，成天窝在家里也能窝出好事来？"

"小兔崽子，哪能成天待家里，我也是要跑业务的！"老孙红光满面，忍不住提前剧透，"城北郑家下月嫁女，要请人杂耍，这大单被你师父我接到了！"

喧哗突静，沸油入冰，或是于辽阔开坦的万丈高处，倏然抽走了脚底的石板。

于是他拥有双耳却不可闻，拥有双目却不能视，试图张嘴却哑口无言。

方才道别前，他踌躇再三，还是问了姑娘的姓氏。

"奴家姓郑，家住城北。"

她这样答。

三

正是夏天最热的时候，日头毒辣地打下来，只消站十分钟，便能叫人蜕一层皮。

沙生闷头坐在车里，和坐在蒸笼里也差不了多少。

他也知道，他应该下车去阴头里歇一歇的，但是他不敢。

车是主人家新买的，据说是进口洋车，什么"扶他"还是"扶你"的大牌子。他原先只是拉三轮的，是主人家看得起他，叫他学开车。

他怕他现在走远一些，车万一被什么刮了碰了，那怎么对得起主人家对他的信任。

又等了近两个钟头，日头都落下不少了，夫人和小姐才缓步走来。一进车，夫人就皱了眉，但良好的涵养没让她当面苛责什么，只是和缓地问："沙师傅，怎么不下车凉快凉快？"

沙生觉得说出原因像在邀功，便道："也不怎么热，就没下去。"

他是诚恳至极的人，从来说不来谎的。这话说出口，他自己不觉什么，听在夫人小姐的耳朵里，却像是个天大的笑话。

但良好的涵养让她们没有戳穿他。

沙生一路小心翼翼地开，认真专注至极，生怕车上的人感到一丝不适，待抵达公馆门口，才终于松了口气。

地上才落过雨，车子跑了一天，零零星星地沾了几颗泥点子。主人家既然把车交给他开，就是把天大的信任给了他。这泥点子，他瞧着不舒服。

上回擦车的抹布放在车库里了，然而他找了一圈，也没找到抹布，便想着去厨房的储物柜找找。

主人家已经在吃饭了，从大厅进去得路过餐厅。他想，这样不合适，便从后门绕去了厨房。

储物柜里果然有许多备用抹布，沙生拿了一块，刚要下楼，忽然听见餐厅里有人隐约提到了自己的名字。

偷听不大好吧。

他这样想着，迟疑要走，一贯的思维却突然让他想到——要是他们说的，是自己的错处呢？

主人家向来和善，说话都是温文尔雅的，要是自己真有什么错处，他们又不好意思直接告诉自己呢？

想到这里，他决定先听一听，若真是错处，便继续听下去；若不是，便悄悄离开。

夫人的声音响起来："……你是不知道，满车都是汗臭味，我和囡囡上车的时候差点吐出来。"

小姐紧接着道："我们叫他以后下车待着，他还撒谎说不怎么热，现在正是三伏天，这都不热，那一年里就没有一个热时候了！"

他攥着抹布，追悔莫及。

果然是自己疏忽了，连续几个钟头闷在车里，自己流了这许多汗，必定会有难闻的气味，他竟没想到这层！

要是担心车子，那他下车站在车门边上不就好了，非要窝在车里，让夫人小姐平白闻了一路的汗味。

真是笨！

他正懊恼着，那厢夫人又开口了："囡囡，你还小你不懂，他就是把这车当成他自己的东西了，得意得很，一步都不肯离开！"

他一愣。

夫人顿了顿，大抵是吃了一筷子菜，继续道："你是没看到他洗车的样子，前几天又没刮风又没落雨，非要赖在公馆门口洗车。一点灰都没有的，洗它做啥啦？这就是在冲我们叫板，在显摆呀！我看着就来气，直接叫人把他那块脏抹布扔掉了。"

这可真是天大的误会了。

那天在工地边停了会儿，他看车上落了层薄灰，便想着要赶紧擦干净。主人家把车交给他，他心里那样感激，怎么会有叫板的心思呢？

始终没出声的老爷咳嗽一声："好了好了，一个司机你们要讲多久。吃饭的时候，别老说些上不得台面的东西。"

沙生攥着抹布的手一紧。

他突然意识到，现在已经没有在说他的错处了，他该走了。

但他动弹不得。

于是夫人的声音又猝不及防地落入耳中："我也不想说的呀，你都不晓得，他今天载我和囡囡回来的时候，一路上看了多少次后视镜……我看他像是不怀好意的。"

浑身的动弹不得像是被什么抽离了，连带着夏日绵延不绝的燥热。

他慢吞吞地往回走。

原来如此。

他想，原来如此。

不是主人家误会他，而是他误会主人家了。

他们从一开始，就没给他信任。

沙生候在大厅。

手上的抹布不知什么时候不见了，大概是落在了哪里。

沾了泥点子的车还停在门口，他心里又忍不住琢磨，要不要再把抹布找来擦一擦呢？

还没想出个所以然，主人家便吃完饭了，一家三口热热闹闹地走出来，一眼就看到了站在大厅的他。

他便不再琢磨，走上前，向他们辞了工。

拒绝了挽留，也没说缘由。

临出门前，身后又传来夫人的声音。

良好的涵养使她压低了嗓子，于是那句话就低低地飘了过来。

"平时说什么都装作听不懂，这会儿倒是跑得快，看来是真的心怀不轨，心虚了呀。"

他茫然地呼出一口气，走出了大门。

心脏好似蜷缩不动，又好似如常跳着。

这炎热夏天，于他仅有的彻骨凉意了。

❧ 四 ❧

"老板，半斤山羊肉，一百杂串儿，一打鸡翅尖，俩烤腰子，素的意思着来点儿。"来人是个瘦高的竹竿子，他熟门熟路地拿了两扎冰啤，刚坐稳又慢悠悠补了句，"炸货还是老样子。"

朱大耳掀起眼皮，瞅了他一眼："小李，两天不见胃口见长啊。"

小李刚倒了一杯酒，他仔细地沿着杯口吸完快要溢出的啤酒沫，才笑道："这几天老饿得慌，大概是进入第三次发育了吧。"

朱大耳也跟着笑笑，没多说什么。

尽管他已经看到了趴伏在小李背上，那个细脖大肚的饿死鬼。

朱大耳是个阴阳眼。

他打小就长得不像个跟神鬼搭边的人，全方位诠释什么叫心宽体胖，是个乐天知命的胖子。试想一个面色红润的小胖墩，人们会猜他长大做厨子，却怎么也不会猜他长大跳大神的。

朱大耳不负众望，果真成了厨子。然而他的卖相实在百无禁忌，连鬼怪都喜欢围着他，他烦得很，干脆辞了上班打卡的正经工作，弄了个街头大排档。

一口滚烫大油锅，一溜儿冒烟烧烤架，勉强算是个假冒伪劣的炼狱现场了。

此举果真吓退了大批闲着没事的鬼怪，剩下几个屹立不倒的，他也任由他们留着免费造冷气了。

他这大排档开了十来年，甭管是吃客还是鬼怪跟他拉东扯西，他都听一耳朵就算，只要不碍着他的，他都懒得多搭理。

正所谓一天一冷漠，闲事远离我。

那饿死鬼在小李背上不安分得很，他的四肢细如枯枝，照理说一用力就该断了，然而现下却拖着那硕大的肚子，飞快地攀上爬下。

朱大耳瞥了眼，心道，快了。

饿死鬼一旦附上谁，就会拼命吸食那人的精气神，直到把自己硬生生撑得爆裂，又死一回，而被附身的那人精气神一散，也活不成。

这位小李是店里常客，来了有三五年了，也不知最近上哪儿惹了这一身腥。

　　他漫不经心地想着，把烤肉炸货一齐端去："齐活儿了，您慢用。"

　　边上的老头不满地盯着他，他不以为意，拍拍手回去了。

　　那是个从小就跟着他的鬼魂，对他是横竖看不顺眼，动不动就吹胡子瞪眼，动不动就张牙舞爪，好在是个哑巴，不然估计能对他从早骂到晚。

　　按说您看我不爽，就赶紧走呗。他偏不，非得跟着，大抵是沧桑的外表下埋了颗自虐的心。

　　这时店里又来了位客人，年轻女孩，拖了个大箱子，看模样是个游客。

　　朱大耳只抬头看了一眼，眼睛就亮了。

　　他店里多是抠脚打闲的大老爷们，难得有小姑娘，何况还是这么好看的小姑娘。

　　他整了整衣服，笑眯眯地迎上去："美女，吃夜宵？"

　　姑娘点点头，点了几样吃食。一旁的老头不知又被戳到什么怒点，整个拦在姑娘面前，一张狰狞的老脸几乎要贴到朱大耳眼前。

　　"……"朱大耳选择无视，待烤完端去之后，竟还腆着脸在姑娘对面坐下了。

　　"美女哪里人啊？"

　　他的目光越过横在桌上的老头，毫无阻碍地找话茬。

　　姑娘抬头一笑："高老庄。"

　　"高老庄我知道，"朱大耳一本正经，"我本家嘛。"

　　姑娘好奇道："你也姓高？"

　　"不不，"朱大耳摇摇头，"我姓朱。"

　　姑娘面色一暗："别说，我祖上跟那位猪八戒还真有些联系。"

　　"怎么？"

　　"我是高家第十九代子孙，"她看朱大耳没反应过来，又解释道，

087

"高家，高翠兰，猪八戒强娶的那个。"

此话一出，原本横在桌子中间拼命阻拦的老者忽然不动了，他怔怔地停滞良久，而后悄然滑落一旁，只拿深凹的双眼死死盯着朱大耳。

朱大耳没心思留意他："还真有这么回事？你没骗我吧？"

"不骗你，这事儿对我家影响还挺大的，不过老一辈都不肯细说，我也只知道个囫囵。"

当年猪八戒跟着唐僧一行人去西天取经了，然而高翠兰却过得很不好。

那样的年头，女儿家的名节是头等重要的。高小姐不仅嫁过人了，而且还嫁了个妖怪，因此沦为高老庄里最津津乐道的笑话。她整日郁郁寡欢，他的老父高太公看不过去，就一个个去找说三道四的人，叫他们不要再多舌了。

变故就是发生在这时候。

高太公和官老爷家的小儿子说理时，那少爷嚣张跋扈，反问道："老东西，你嫌我多舌，我也嫌弃你多舌。"

他喊来手下，当即把高太公的舌头割了，老人家连回家的路都没撑过去，半道就咽气了。高翠兰闻此噩耗，当即昏死过去，待醒来，已在那小儿子身旁，他道："我倒要仔细看看，你这下贱的妖怪女人是什么个模样。"

高翠兰沦为玩物，不堪其辱，很快就自缢而死。

好好的人家，落得个家破人亡。

"朱老板，那什么，钱放桌上了啊。"

一旁风卷残云的小李打了个饱嗝，走了。

"哎，您明儿再来。"朱大耳随便应了句，又继续投身于聊天大业中。

这一聊，就聊到了打烊。

"高小姐，我跟您真是相见恨晚，"朱大耳吃得油嘴，说得滑舌，"您明晚再来啊。"

他刚跟人挥别，突然看见平日跟着他的那老头一反常态，远远等在前方，像是特意候着人姑娘似的。

既然是自个儿看上的妞，那这就绝不是闲事了。他一皱眉，拉过姑娘，对她耳语道："你朝反方向绕道走。"

老头见状，急吼吼地就要跟上去，被朱大耳一把拖住了。

"你这老头，跟着我不算，还想害人家姑娘？"

老头气急，又挣不脱他，一双老眼竟留下浑浊的泪来，他从不出声的嘴张张合合，一截断舌若隐若现。

一些零散的情节被仓促地凑拢到一起，拼出了一个大致的因果。

朱大耳似乎意识到了什么，他一松手，老者跌跌撞撞地往姑娘离去的方向飘去。

鬼魂这种东西，但凡怨念未除，在世间漂泊千百年都是可能的。

老者拖着断舌残体，不知彷徨辗转了多少个春秋，终于机缘巧合撞见了朱大耳，从魂魄里识出了他的来历。

然而他生前是个干瘪老头，死后也只是个无计可施的魂儿。老人家想了又想，能做的也只有笨拙地紧跟朱大耳，心道缠他一生，给他添几分霉气，也算是为女儿报仇了。

但那姑娘偏生走进了这家大排档。

那姑娘与自己苦命的女儿极其相似，老者只看一眼，就知是他高家后代。他既阻止不了朱大耳，便一心想要护她一程。

然而来不及了。

那亟待果腹的饿死鬼等不及明天，驱使小李又走了回来，迎面碰上了姑娘。饿死鬼喜出望外，立刻转附到她身上。

一顿饕餮，当即爆裂。

他被簇拥在欢呼之中。

保镖竭力拦着汹涌的粉丝，他低头疾走，临上车前，和候在车门边的经纪人说了句什么。

而后他回过头，仿佛褪下淡漠的外壳一般，对粉丝们克制至极地露了一抹短暂的笑容。

乍然掀起的欢呼被隔绝在车门外，寂静之中，他疲惫至极地揉了揉眉心，打开了车载通讯器。

现在已经有人眼摄录技术了，看到的影像只需眨眼就可拍摄上传。他的粉丝有好几个都十分狠得下心，专门动了手术来看他。

这也导致他愈发苛求自己，苛求到分毫。

随着车载通讯器的启动，"实时"一栏几十个新消息弹到他面前。

大多都是他刚才上车的照片和视频，同样的内容，只有角度差异。唯独一个有些与众不同，正在势如破竹地疯涨热度。

他点开那个，视频在他面前展开，正是方才他和经纪人说话的画面。

上传的姑娘在开头附了段几乎破音的激动叫喊："3027 年 7 月 24 日宣传活动饭拍！独家！得亏我藏在车尾才碰巧拍到的！我们深真的是温柔到让人心疼！"

画面里，他跟经纪人轻声叮嘱："赵姐，让保安组织疏导一下吧，这么多小姑娘，别受伤了。"

果然。

车门到车尾的距离，果然足够录清他说的话。

通讯器显示视频发布人与他只有 1.25 米的距离，隔了一道单向的车窗，那姑娘兀自沉浸在一无所知的狂热里。

而他长久地凝视着画面中露出笑容的自己。

像凝视一只面目全非的怪物。

"唐深，到家了。"

经纪人的声音。

唐深艰难地睁开眼，像是揭开了面上难掩的疲乏。连轴转的日程让他睡得极熟，不过意识早已先于身体清醒了过来。

跟经纪人道别后，才要下车，他又想起什么似的转头道："赵姐，顾师傅，今儿因为我个人的要求耽误了大伙儿的时间，对不住啊。"

赵姐不以为然地摆摆手。

顾师傅是新来的司机，闻言却是一愣。

艺人行程时间不确定再寻常不过了，这也已经成了他们的业界常识。他之前跟过的几个艺人，别说为这事跟他道歉了，连他的姓都不记得。

他从没应付过这样的场面，忙道："这怎么能怪您呢，都是应该的，应该的。"

唐深一笑，没再多说什么，向两人点点头，下车往公寓去了。

"真没想到，唐先生挺亲切啊。"车开出百来米，司机突然开口道。

经纪人"扑哧"一声笑了："老顾你想说什么就直说，试探个什么劲儿。"

"哎，我这不是……"司机说着也笑了起来，"我就是没见过那么没架子的，老听人说唐深性子冷淡，没想到都是讹传。"

"不懂了吧，那叫'人设'，"经纪人慢悠悠道，"我们小唐命苦，浑浑噩噩混了这么些年，靠去年那个意外走红的男二号才总算是有了点名气，那角色是个苦大仇深的傲娇冰块，公司就叫他维持这种冷淡派头了。"

她说到一半，一拍脑袋："差点忘了这玩意儿……老顾，给你的。"

司机瞥了眼，是个纸袋子："这什么？"

"新人礼，每次来新员工小唐都会给，"经纪人瞥了眼，"好像是茶叶……还有签名的专辑，我在小唐面前好像提过你特爱喝茶，还有你闺女挺迷他的，他记心上了吧。"

"这也太……这怎么行啊？"

"拿着呗，这有什么，"经纪人见怪不怪，"小唐不好意思自己给你，托我给的。来了咱们这儿，以后有的是各种礼物，你习惯就好。"

"啪。"

唐深关了门。

墙上的家庭一体化系统柔声询问他是否要开灯，他没有搭理，在黑暗中径自来到客厅，手动打开了电视机。

画面中的角色像是等候已久，不疾不徐地开始演绎属于他的戏码。

他盯着屏幕，嘴巴无声地一开一合。

和角色所说的台词一字不差。

这是他第几次重温这部电视剧了呢？

记不清了。

自打他因为这个角色突然走红以后，成千上万的人汹涌而至，开始好奇他本人的性格是什么样的。他之前默默无闻，即便参加了什么节目，也只是站在一旁的人形看板旁，大家搜不到有效信息，便开始紧盯着他接下来的动向。

唐深不负众望。

他站在万人审视中，冷淡又内敛。

有什么会比喜欢一个角色而去关注真人，却发现真人和角色是同样的性格更让人激动呢？

演绎一个全然不同的人格是很困难的。他反复琢磨自己在剧中的角色，揣摩角色的一言一行，假想遇到不同的情景，这个角色会做出怎样的反应。

他甚至举一反三地把角色缺陷也弥补了。

"怎么会有人和角色性格一样啊，装的吧？"

"不要把我深和角色混为一谈！我深比角色更美好！"

狐疑的人们揣着找漏的心，看他的采访，看他的综艺，看他的饭拍路透。

这个时代的通讯系统已经极其完善了，艺人的相关资讯都被分门别类归纳整齐，一个不落，只要有一点污迹，就会永恒地暴露人前，无法抹杀。

可是，毫无破绽。

公司以为唐深的成功是由于他们提出的"冷淡人设"计划，殊不知要等他们后知后觉地一拍脑袋再行动，一切就都太迟了。

唐深探寻着众人的期望，一步步塑造了一个理想的"唐深"，他从容冷静地站在聚光灯下，谁也不知道他为了演绎这番从容冷静付出了多少。

谁也不知道。

然而一个人再怎么竭尽全力，精力也是有限的。

唐深一朝翻身，接到的通告源源不断，为了能够完美应付各种场合，他几乎是把自己的休息时间压缩到了极致。

疲惫。

第二天，他刚拍完一本杂志的封面，就要赶往下一个访谈节目，满心都是不可言说的疲惫。

"小唐，行程改了，"刚打算眯一会儿，经纪人便对他说，"下个月的真人秀综艺提到这两天了，咱们现在就过去，访谈延到下周。"

他一时反应不过来，几近茫然地点点头。

心里独自砌起的高墙随着点头的动作，不可遏制地坍塌倒地。

艺人的行程偶尔是会调动，唐深为了以防万一，从来都是提前做好一周的功课，并且对一个月内的工作做详细了解。

但这是原本在下个月的真人秀。

他一无所知。

变故自当天晚上就开始了。

不知是哪个新来的工作人员罔顾规矩，眼睛一眨，上传了一段视频。

"大家看看，这是真的唐深吗？我怎么就不信呢？"

画面里的唐深正在试图通过关卡，面对女嘉宾的刁难提问，他结结巴巴，一点也不从容冷静，倒是脸红到了耳朵尖，活灵活现地诠释了什么叫手足无措。

无独有偶，第二天又有人匿名发了另一段视频。

那是拍摄结束之后，唐深和影帝男嘉宾在小道上散步，见到身后没有摄像机跟拍了，他规规矩矩地喊了一声"前辈"，然后像个见到心中英雄的小学生，满怀期待地问："我能和您握个手吗？"

唐深人设崩塌。

话题一跃而起，霸占头条。

先前偃旗息鼓的人们又蹦跶了起来，争相冷嘲热讽，斥责他是卖人设的骗子。粉丝们在实锤之下哑口无言，只能胡搅蛮缠地偷换概念，企图混淆重点。

一片乌烟瘴气。

唐深躺在酒店的床上，通讯器里不断跳出一条条新鲜别致的花式嘲讽，在他面前如云层般层层积叠，给他强行上了一堂修辞课。

经纪人第一时间就给他打了电话，叫他不要上网。他乖乖答应了，而后一条条地看到了现在。

他还在等待。

"叮咚。"

又是一条新消息，就在它快要被其他消息淹没的时候，唐深看到了它，把它单独拎了出来。

"你们都错了！我爸爸是唐深的司机，我告诉你们，唐深对司机都是一视同仁的关心照顾，是全世界最温柔最温柔的人！什么冷漠冷淡，只不过是公司给他的人设！你们现在这样凭主观臆断 diss 他有意思吗！"

附了他给司机的茶叶，给小姑娘的碟片，还有顾师傅的工作证。

赢了。

他弯弯嘴角，没有再看这条百来字的讯息又掀起了怎样的轩然大波，关灯睡了。

只凭一个片面的冷淡性格，是无法长久的。

公司只求一时暴利，没有作长期考虑，但他想得很清楚。

人们都是贪婪的，他们渴求你冷淡又温柔，强硬又绅士，多情又专一，成熟又孩子气，拥有一张能说会道的嘴，同时缄口不语。

既然你们要，那我就给。

从最开始，他就演绎了两个人设。

从容冷淡的，和乖巧体贴的。

对媒体粉丝"从容冷淡"，对身边的同事朋友掏心掏肺的"乖巧体贴"。

那个让他走红的"冷淡"属性实在太单薄了，总有一天会被揭穿。既然如此，自己何不趁早铺路。

当天空再次亮起，一切似乎都恢复了平静。

那些他平时关照的工作人员、明星朋友纷纷站了出来，证明他的确足够体贴，足够诚挚，足够好。

"冷淡"人设是公司的商业要求，甚至有内部人员上传了通知文件的照片。

纷纷扬扬的尘埃终于落定。

真人秀综艺借题发挥，第一期标题取的就是"真假唐深"，粉丝们后知后觉地回过味来，开始叫嚷"反差萌"，吃瓜路人有不少路转粉了，黑子们再次无话可说。

因祸得福，他的热度再次上升。

一切如他所料。

结束录制，唐深回到家中，连续几天的伪装让他精疲力尽。

然而自家的防盗门却破了个明显的窟窿。

他为了掩饰自己的秘密，用的是密码指纹双重锁，但现在看来，这门好像是被人用电钻硬生生钻开了。

他那点见不得光的心思也好似被钻了个窟窿，从缝隙里潺潺地流淌出来。他屏息进门，像趟过满地不可言说的粘稠脏水。

一个不知道是毒唯还是黑粉的姑娘站在屋里，家庭一体化系统在墙上投影出偌大的画面，显示"所有记录已播放完毕"。

他的记录。

他在客厅里，又是揣摩冷淡角色，又是扮演体贴性格的记录。

姑娘回头看见他，像是看见了最赏心悦目的风景，弯起眉眼。

然后，眨了眨眼。

人们都是贪婪的，他们渴求你冷淡又温柔，强硬又绅士，多情又专一，成熟又孩子气，拥有一张能说会道的嘴，同时缄口不语。

当这一切都满足之后，他们便开始期待你的破绽。

❦ 六 ❧

大千世界，无尽苦处。

爱别离，求不得，忧悲恼，怨憎会。

要让那上天入地的束手无策，忠不违君的心灰意冷，独善其身的作茧自缚，悲悯众生的自顾不暇。

曾经他们高歌西去，除尽沿途妖魔。

可这世间百态，有的却是比妖魔更不尽人意的。

完

花果山那只叫六耳的猴子

文／拂罗

❦ 花果山 ❧

花果山有一只叫六耳的猴子。

花果山的猴子猴孙千千万，六耳也是其中一只猴。它每天饿了就吃山果，渴了就喝泉水，过得和所有猴子一样，却注定不是那么普通——它有六只耳朵，左三只，右三只。

它不知道自己的猴子爹娘是谁，只记得自己一睁眼睛，入目的就是花果山的好山好水。它眨眨眼睛，敏捷地一翻身爬起来，"哇"地吓跑了旁边一只好奇凑过来的小猴妹子。

"妈妈，它有好多耳朵！"

好多耳朵怎的，好多耳朵吃你家大米饭了？

六耳恼得抓耳挠腮，很想对着猴妹子呲牙，说话反击她。可它一转头，又看见猴妹子正缩在大猴子的怀里，吓得眼泪汪汪。六耳看着猴妹子可怜兮兮的小眼神，终究心肠一软，装作满不在乎的样子，挥挥手，摘果子吃去了。

猴子们都是这样，新鲜劲儿至多维持数月而已。六耳在花果山里长住下来，起初还有猴子惊呼着躲着他走，慢慢地，大家倒也习惯了这只不太普通的猴子，见怪不怪了。再长久一点儿，六耳在山林间摘果的时候，还有认识的猴子招呼它："六耳，同来，同来！"

六耳喜欢跟着小猴儿们一起听老猴儿讲故事。它和一群叽叽喳喳的小猴儿坐在草地上，看着老猴儿盘腿坐在大岩石上，神秘兮兮地讲："你们看见咱山上那块大石头没有？那是一块仙石，足足有三丈六尺五寸高，二丈四尺周圆……"

老猴儿说话慢吞吞的，六耳急得抓耳挠腮："老猴儿爷爷，你说得文绉绉的，俺们也不懂啊！你就说说那仙石是干啥的！"

老猴儿瞪它一眼，摇头晃脑吐出一句："我哪知道？"

六耳大大地失望，它摆摆手，跑去山里耍去了："俺不听了，不听了！"

六耳在花果山的日子是无忧无虑的，这里灵山秀水，有吃有喝，玩耍时就抓着山间树藤荡来荡去，别提有多快活。不知过了多少年月，老猴儿老死了，新的小猴儿又出生了，连猴妹子都白了毛发，整天躺在山洞里。

只有六耳还是一只年轻的猴儿，不知生老病死是个什么东西。有一天它采了山果去看猴妹子："喂，你怎的还不起床玩？"

"你呀，不知道我都老了吗……"猴妹子慢慢地抬起爪子，抚摸它的六只耳朵，慢慢地笑，满面皱纹，"我就说，你不是个普通猴子……"

六耳惊讶地看着猴妹子的胳膊缓缓滑下去，它老死了。

洞穴里其他猴子呜呜地哭起来，六耳知道，猴妹子再也不会醒来了。它没有哭，闷闷地走出洞穴，独自坐在山崖上发了很久的呆，身旁立着那个老猴儿曾讲过的大仙石。

六耳在花果山活了很久很久，它变得很低调。

石猴

山崖上的大仙石裂开了，里面蹦出来一只猴子。

这只石猴乍看并无什么特殊之处，也和其他猴子一般玩耍。转眼又过了很久很久，只有六耳发现，原来石猴也和它一样不会老，他们都是天地间孕育出的灵猴。

六耳和石猴不太熟，但也产生了一种惺惺相惜的感觉。它有些疑惑，同样是看着猴子猴孙们生老病死，难道石猴就不会悲伤吗？它为什么总是那么自由开心？大概因为是从石头里蹦出来的吧。

有一天，不知哪只猴子忽发灵感，嚷嚷着谁能跳进瀑布源头里，就拜谁为王，可连呼了三声没猴敢应。六耳藏在猴儿群里，一股热血涌上来，竟有种一跃而上的冲动。它还在犹豫，那石猴却已毫不犹豫地从杂丛里跳出来："我进去，我进去！"

石猴在众目睽睽之下一跃，就跃进了飞流的瀑布里，消失不见。

六耳不由自主地和众猴子一同担心起来，那石猴不会被水流砸死了吧？然而又是"哗啦"一声，石猴已好端端地蹦了出来，欢天喜地说里面别有一番洞天，还招呼众猴儿同去。

六耳也跟着进了去，它看见众猴儿纷纷拜下去，称石猴为石猴王，石猴摆摆手："不好听不好听，叫俺美猴王！"

猴子们叽叽喳喳地笑："美猴王！"

六耳也在猴群里跟着笑。

从此石猴改了个名儿叫美猴王，在山中称大王，领着猴子们高高兴兴地四处耍，忘了年月。后来有一日，六耳起床没见着大王的身影，一问老猴，老猴答："大王为了长生不死，下山学艺去了！"

六耳似懂非懂地点点头，径自摘果子去。

但它没想到大王这一去，就去了将近二十年。

在大王离开几年之后，有个叫混世魔王的妖怪跑过来欺压群猴，要把水帘洞抢占去。猴子们在反抗中死伤无数，六耳也被妖怪一击拍飞到老远，它恨恨地在灰土里一抬头，眼中闪过冷光，悚得混世魔王一怔。

莫非是什么更厉害的大妖来了？混世魔王转过头去，只看见一地倒下的猴子。它纳闷地晃晃脑袋，错觉吧。

六耳不知道自己身上的灵气，只是一心一意地盼望着大王回来。

所幸过了二十年，大王终于学成一身法术脚踏筋斗云归来，威风凛凛地变出无数小猴，打败了混世魔王，猴子们围着大王欢呼，六耳也是其中一员。

它看着大王驾云归来，大王有了个姓，姓孙。

它看着大王披上金冠金甲，踩上一双云履，挥舞着定海神针，身姿比霞光还耀眼。

它听说大王在地府一笔勾掉了所有猴子的名字，从此花果山群猴跳出了生死之外。

它目睹大王自封齐天大圣，几番与天宫相斗，最后踏着凌霄，一去不返。

这一去，就是五百个春秋。

大王怎么又走了？六耳不明白，它和猴子们一起在花果山等啊等，二十年又二十年，都没有盼到那个熟悉的身影踏云归来。

后来花果山被天兵和猎户侵袭，变得乌烟瘴气。

六耳决定背上行囊，出山去找找大王。

❧ 和尚 ❧

"啊，你说的是那个五百年前大闹天宫的齐天大圣啊……"

六耳一路打听，原来大王当年大闹天宫，被那佛祖给压在五指山下了，整整压了五百年，就等着一个东土大唐来的和尚解开符纸，拜和尚为师，经历九九八十一难，护送他去西天取经。

他们的大王，堂堂齐天大圣，怎么能护送一个和尚西天取经去？给他一棒子，他就不就上西天了？！

六耳气得咬牙切齿，凶相毕露，吓得布衣百姓们惊呼着跑散。

它决定埋伏在一个叫双叉岭的地方，提前把那和尚给咔嚓掉。一直等到月亮升起来，和尚带着两个随从，才缓缓骑马走了过来，浑然不觉草丛里藏着一只六耳猴子。

和尚三人组就在眼前，六耳却犯了难，它没伤过人，甚至没跟花果山的任何一只猴子打过架，袭击人要怎么袭击？袭击之后要做什么？它的脑子一片混乱，再抬起头，和尚三人组已经不见了——他们傻乎乎地一脚踏空，直接跌进本地妖怪挖的陷阱里去了。

六耳严重怀疑，以和尚的智商无法撑过九九八十一难。

本地妖怪是个老虎精，兴高采烈地杀了和尚的两个随从宴请朋友。六耳睁圆了眼睛，看着三只妖怪饮血吃肉，它胃里一阵翻江倒海，忍不住跑得远远的，呕吐起来。花果山的猴子一向吃山果为生，哪见过这么血腥的场面。

它觉得自己不是个当妖怪的料，它是第一个盯上唐僧的，也是第一个不战而逃的。

六耳又背上包袱，心灰意冷地回了花果山。

它远远地嗅见焦糊的味道，连忙跑过去，看见许多猎户凶神恶煞地牵着鹰犬，拿着弓弩，肆意捕猎花果山的猴子们。原来在它走之后，花果山就被二郎神率人一把火烧了！

黄狗冲着它狂吠，一个猎户兴奋地将弩箭对准了它："还有一只！"

被弩箭对准的那只六耳猴子，也缓缓地望了过来，它的双眸里一片空洞，没有畏惧。

好多猴子的尸身……好多惊恐的叫声……

六耳看着花果山破败的惨状，哪还顾得上躲，它的胸中涌起一股冲天的火，霎那间冲破了头脑中的理性。猎户的弩箭呼啸着射来，忽然被冲天的妖力化作粉尘，六耳仰天怒喊，双目通红，像极了五百年前那只大闹天宫的疯猴子。

"啊啊——"

那天，所有花果山的猴子猴孙都看见了，有一只杀气腾腾的猴子呐喊着降下来，挥舞着随手幻化的棍棒杀敌，棍棒挥舞之处金光闪烁，比霞光还耀眼。它们涕泪纵横地纷纷跑过去："大王，大王啊！"

六耳回过神的时候，所有的猎户都倒在了它的棍棒下，猴子猴孙们眼泪汪汪地看着它。

怎么回事？它疑惑地看着四周，发现自己竟妖力大增，还不知不觉间变作了和大王一样的装束，金冠金甲，足踏云履。所有的猴子都以为是大王回来了，无比兴奋地围着它欢呼。

"大王！"

"大王回来了！"

六耳慢慢地沉默下去，它一松手，幻化出的定海神针化作一缕烟。曾经它也和这些猴子一样，一心盼着齐天大圣能再次归来，带领他们再次过上自由自在的生活。

可是五百年了，当年那个敢闹天宫、对峙佛祖的齐天大圣，居然跑去护送一个和尚西天取经去了。

一个和尚？一个和尚！

齐天大圣他有这般好法术，怎能甘心？！

"哈哈……"

六耳忽然笑起来，它的笑声越来越大，越来越疯狂，最后干脆仰着头对天狂笑。众猴子不知道大王怎么了，纷纷诡异地停下了欢呼："大王？"

它是花果山的大王吗？不是，那只石猴才是，那只曾踏碎凌霄殿、大闹天宫的石猴才是。

　　它会是新一任的大王吗？不会，世间向来只有一个齐天大圣。六耳慢慢停止了狂笑，回想起许多年前猴妹子那双清澈的眼睛，它从来没有那么大的野心，它只想回到昔日花果山的日子，那时有满山的桃子可以吃，有一个齐天大圣可以崇拜。

　　它倒要看看，那群神仙老儿，几时能放齐天大圣回来！

　　"俺去寻那个真正的大王了！"

　　六耳体内的妖力已经彻底觉醒，它一跃踏上云头，径自向花果山外飞去。

❧ 取经 ❧

　　唐僧一行人从来没有注意过，有一只长着六耳的猴妖始终跟在他们身后。

　　它曾化作小妖托梦，几番劝说大王回花果山去，不必听那老和尚碎碎念，可孙悟空在梦里还是那副吊儿郎当的模样，翘着腿啃桃子。

　　"大圣难道不记得花果山了吗？"

　　"你这小妖，还不速速从俺老孙梦里出去！"

　　孙悟空将那个胆大包天的小妖从梦里撵了出去，他睁开眼睛，看见满夜空的星辰闪烁，如同花果山入夜时每每能仰望到的星空。旁边传来猪头呆子震天响的鼾声，孙悟空觉得烦，踹了呆子一脚，呼噜声终于渐渐消失。他守着火堆，却在夜深人静时罕见地失了眠。

　　大圣可还记得花果山？怎能忘记。

　　大圣为何迟迟不回花果山？怎能回去。

　　奇怪，那只小妖，为何长得与自己一模一样？

　　六耳就像是另一个寡言版的孙悟空，始终跟在师徒四人的后方，目睹他们一路经历种种劫难，黑风怪夺袈裟、黄风怪刮起暴风……有个叫白骨精的美貌女妖怪，明知打不过孙悟空，还三番五次地化形去送死。

六耳忍不住问白骨精："你是不是傻？"

"你才傻。"白骨精立刻伶俐地回嘴，却莫名其妙地红了脸，"你不明白的，我对那臭猴子……"

后来白骨精果然把自己作死了，死在孙悟空的棍下，化作一具骷髅。

六耳不太懂风月之事，它的命里也注定跟风月不沾边。或许石猴也一样，否则也不会那么不怜香惜玉，居然一棍打死了白骨精。

活该他当了和尚。

白骨精这傻女妖唯一的贡献，就是成功挑拨了猴子与和尚的关系。那和尚也是傻，居然因为认不出白骨精是妖，直接把猴子赶回了花果山。六耳很高兴，花果山的众猴子也很高兴，大王终于撂挑子不取什么破经，回来当大王了。

结果高兴了没几天，那头猪就急匆匆地赶过来，又把猴子给劝回去了。猴子猴孙哭倒了一片，天真地信了大王离去前的许诺，六耳冷眼看着那头猪的背影，强忍着没打死它。

取经，又是取经去！

六耳继续跟着唐僧师徒前行，唐僧就像是全身上下都闪闪发光的宝贝，惹得无数妖怪前赴后继去送死，而和尚那三个徒弟，也为了和尚出生入死。

它看着那头猪几次嚷嚷"师父死了，散伙回家"，却从来没有真正离开过。

它看着那个沙僧只会反复那么几句话"大师兄，师父被妖怪捉走了""师父，大师兄说得对啊"。

它看着齐天大圣慢慢变成了他们口中的"大师兄"，与他们打趣谈笑，为和尚取水化斋饭。

它不懂，大圣这是愿意，还是被迫？

还有，为什么这些妖怪捉到唐僧之后非要磨蹭一会儿，就不能痛痛快快地捉来就吃吗？不吃留着等过年？有个琵琶精更过分，人家都是想吃了唐僧，她是想娶了唐僧。

久而久之，有几次它竟认为，它也是取经路上的一员。

六耳忽然醒悟，如果是它代替齐天大圣去取经，那大王是不是就能回花果山了？

☙ 真假猴王 ❧

这个机会来得很快。

这日，因为孙悟空打死了几个无恶不作的强盗，那和尚果然又生了气，念着紧箍咒将他赶走。没了猴子，沙僧和老猪居然敢丢下和尚独自一人，跑去取水化斋饭。

六耳暗自一笑，隐去自己多余的耳朵，化作孙悟空的模样走过去，惟妙惟肖地学着大圣说话："师父，没有俺老孙，你连个水都喝不上哩！看看，没有我，你去不了西天。"

六耳把钵盂递过去，那和尚却倔强得很："我就是渴死，也不喝你的水，你走吧。"

嘿，和尚这暴脾气。正巧它也是暴脾气，六耳愈发为孙悟空觉得不值，它呲牙面露凶相，手里幻化的棍棒一抡，那和尚当场就倒在地上，六耳径自提了行李，回花果山去。

它化作孙悟空的模样回到花果山，猴子猴孙们连忙围过来："大王这次回来……还离开吗？"

"俺老孙不伺候那和尚了！"六耳挥挥手，"哪个愿意化作那仨人模样的？随俺一起去取经！"

满山的欢呼声。

后来那沙僧来过一次，被它撵了出去。

六耳搔搔脑袋，横着躺在水帘洞的宝座上，啃了一口桃子，美滋滋地想着，等那真正的大圣回来，把替换之事与他一说，他必能同意——有人愿意接任苦差事取经去，何不乐哉？

猴子猴孙的欢呼声渐渐退去，换成疑惑的惊呼声，六耳知道是那沙僧领着正主回来了。

它一翻身起来，看见孙悟空气势汹汹地拎着金箍棒而来："何方妖孽，敢变作俺老孙的面貌，还擅居俺老孙的水帘洞！"

孙悟空杀气腾腾地一棒砸了下来，六耳来不及回答，只能幻化出金箍棒与其相斗。两只猴子打得激烈无比，六耳横棍挡在身前："何不让我去取那经，你且继续当那美猴王！"

孙悟空大怒："大胆妖孽！"

猴子猴孙们困惑地看着两个猴王打斗，难分真假，一直打到九霄云内。六耳站在云端里，在那沙僧看不见听不见的高度，认真地看着孙悟空的眼睛："为何不让我替你取经，为何要放弃做那自由自在的齐天大圣？"

"你怎的就一口咬定，俺老孙不愿取经？"

"你以前自由自在，哪里有过什么悲伤？"六耳收招，高声道，"还不是那如来佛祖逼你？你难道忘了昔日的花果山吗！"

两只猴子在云层之上对视，孙悟空静静开口："五百年了。"

"五百年，又如何？！"六耳一愣，气得声嘶力竭，"花果山所有的猴子猴孙，都日夜盼着你回来！"

"如来的手掌远不止十万八千里，包括俺老孙，包括你。"

六耳一愣，随即悚然。

它拎着幻化的金箍棒抬起头，看见金灿灿的光洒遍了整个天穹，那些云烟，像极了佛祖的手掌。

"不！"六耳忽然一棒对着云烟挥去，狠狠挥散了那些云，"我不信！"

孙悟空看着那只在天上肆意大闹的猴子，就像是在看着五百年前的自己："你是假的，你回去吧。"

"我是真的！你回去！"

六耳恶狠狠地看着他，它不相信，浩大一个天地，竟能锢住一个孙悟空！齐天大圣不是最厉害的吗？两只猴子再次拎着金箍棒打起来，一路打得上天入地。和尚看不出，菩萨念咒辨不得，连玉帝的照妖镜也分不清。

两只猴子一路打到了幽冥地府，吓得满殿阴兵战战兢兢。十殿阎王来见，只有那谛听一副明白了一切的样子，却只说一句"佛法无边"就跑了路，打发他们前去灵山雷音寺，找佛祖分辨去。

两个猴子站在雷音寺的云烟前，孙悟空看着远方的罗汉菩萨："谛听的意思，便是地府擒不下你，让佛祖代劳，现在回头还来得及。"

六耳盯着这只与自己一模一样的猴子，看着他头上的紧箍，又看清了他眼里依稀闪烁的火焰，早已没有当年那么疯狂。它又想起了五百年前那个敢与天地相争的猴子，大王从什么时候起，有了个名字叫孙悟空？

孙悟空，真的是那个齐天大圣吗？齐天大圣究竟是谁？

"只准你闹一次天上，不准俺闹？"

六耳往云头啐了一口唾沫。

❦六耳猕猴❧

如来不愧是如来，一眼就分清了谁真谁假，三言两语就点明了它的身份。这世上不在五行中的灵猴有四只，它是其中一只，是六耳猕猴，和石猴一般天生具有天地灵力。

六耳仰望着如来，望着如来信手投下一个钵盂，向着自己罩来。它身披金甲，头戴金冠，紧握着幻化的金箍棒，站在雷音寺的众多罗汉与佛祖之前，孑然一身又无比渺小，不合时宜地想象着当年孙悟空大闹天宫时，是不是也曾有过这一刻。

孙悟空静静地站在它身边，看着那只同自己一模一样的猴子举起金箍棒，对着那钵盂狠狠地抡了过去，云烟被它的靴履悉数踏碎，身姿决然，孤注一掷。

"俺也曾踏碎云烟，把那天宫闹个遍，在世间做那齐天大圣……"

冥冥之中，孙悟空听见一个声音在脑中回荡，像是自己，又不像自己。

六耳猕猴败了。

钵盂将它牢牢里扣在里面，再拿开时，六耳猕猴已经失去了法力，变成一只普普通通的六耳小猴。孙悟空沉默一下，对着小猴举起了金箍棒。

六耳猕猴缩在原地，它觉得眼前威风凛凛的猴子很陌生，一句话也说不出来，可看着猴子举起金箍棒的模样，它又觉得很熟悉。

它喃喃道："大王……"

下一刻，灰飞烟灭。

佛祖合掌："善哉，善哉。"

孙悟空收了金箍棒，做出笑嘻嘻的表情："它打伤俺师父，抢夺俺包袱，也该论个死罪。"

"以后切莫有二心。"佛祖缓缓道。

孙悟空双手合十，将一颗小小的飞灰合入掌中。

❧ 花果山 ❧

又过了很久。

花果山的猴子猴孙们终是没能盼到大王回来。

又过了很久很久。

一方莲花台无意间自花果山上方经过，端坐莲花上的斗战胜佛神情平淡，只淡淡一瞥下方，连身旁两个童子都未曾注意，一颗小小的飞灰，悄悄地飘下了莲花台。

飞灰轻轻地飘入花果山洞穴，被风一吹，化作一只小小的猕猴。

猕猴像是刚刚从一场大梦里醒来，双眸里还透着迷茫，它懒洋洋地伸了个懒腰，径自迈出洞穴去，惊跑了一只偶然路过的小猴儿。

"哇，它有好多耳朵啊！"

完

西游幻戏

文 / 清酒一刀

❦ 一 ❧

"灯光师就位！"玉帝拿着金喇叭大马金刀地坐在路边上，身后跪着两个仙女摇晃着芊芊素手打着扇子。

天地顿时为之一暗，松林沙沙作响，不多时有腥风盘旋而起，从中走出个妖娆美人。

美人青丝垂地，眉目尽风情，臂挽琉璃筐，一笑倾城过。

有位眉清目秀的和尚坐于落叶间，讶异道："女菩萨从何处来？"

美人笑答："小女子家在这山下，远远望见几位师父在此，父母好善，特叫我来斋僧，还望师父不要嫌弃。"

和尚还未作答，一铁棍劈头向美人落下，来人喝道："妖怪！休想骗我师父！"

美人竟不躲不闪，呆呆地站在原地像失了神智。

直到玉帝怒喝一声："卡！"

孙悟空急忙收了棍子，众人惶惶回了神。

白骨不知所措地站在原地，揪着裙角惴惴不安地看向孙悟空，而后者翻着白眼根本不想理会她。

我站在影棚后面，紧张地差点咬断了指甲。我知道，白骨又要被骂了。

果然，玉帝架着喇叭劈头盖脸地骂道："你能长点脑子吗？知道什么叫惊恐的眼神吗？分得清惊恐和勾引吗？不知道的还以为你在勾引孙悟空！"

周围顿时响起一阵窃笑。

我在一旁听得分明。

"可不就是勾引，拍个戏妆上了三层厚，人家孙哥火眼金睛还不是能一眼看出她是个什么玩意。"

"一堆烂骨头罢了，变成花都没用。"

"这山村考上来的妖怪就是没什么素质，还想攀高枝呢。"

那是几个嫦娥身边的侍女。

我默默地背过身去，没说一句话。

这里也没我什么说话的份。

最近玉帝开拍《五讲四美之西游记》，各界神仙妖怪为了几个主演位置抢破了头。

最后主角定了几位有颜值、有背景的神仙，有如来佛祖的二弟子，天蓬元帅和卷帘大将。男二孙悟空听说是菩提祖师的徒儿，也破例拿下了角色。剩下的角色大多是些天兵天将，少有下界的妖怪。

而我只是山野间成妖时日尚短的一块石头，也许是手脚勤快些，竟入了月老的眼被提拔上去给剧组打杂跑个龙套，这已经是莫大的殊荣了，哪里还敢与旁人争辩？

许是玉帝也烦了这些细枝末节，那边白骨已经换了装入了第二场戏。

她摇身变作来寻女儿的老妇人，跟那和尚歇斯底里地要人，眼间的悲怆让我在心下叫好。

白骨也只是个山野来的妖怪，能被录取到剧组里必定是有一身好演技。

只是有一点可惜。

戏里的孙悟空一棒打翻了她手中提着的篮子，里面小巧玲珑的包子一个个地滚落在地上，沾满了尘土。

有的不巧滚在了人脚旁，那眼尖的仙踢了踢，阴阳怪气道："呦，包子还是真的呢，道具师没这么闲的吧，难不成是这白骨自己做的？"

周围又响起一阵低笑。

"安静！"玉帝不满地拍了桌子，笑声顿时熄了下去。

而我弯下腰去，小心翼翼地拾起那些包子，擦净尘土收进怀里。

月老笑眯眯地站在我身后，突然出声："小石头，剧组克扣你的伙食了？"

我连忙否认："没有的事，只是见它做得好看不忍叫人践踏。"

月老意味深长地"哦"了一声，便踱步去了后勤那边，留我继续眼巴巴地望着场上。

孙悟空虽说本体是只猴子，人形却是极为俊俏的，剧组里不少小姑娘偷偷暗恋他，但都顾及着颜面矜持着不肯动作。

住我隔壁的白骨也喜欢他，我知道。

道具用的包子都是她亲手做的，衣裳也是她千挑万选的，都是最能勾勒出自己的窈窕身段。

一场戏拍下来她的媚眼抛得全场皆知，偏生那人不为所动。

大家都说白骨就是个乡村绿茶，妄想能攀上孙悟空的高枝，好得个天庭户籍。

这年头想要个天庭户籍真是太难了，也难怪白骨拼了命也要去撩孙悟空。

白骨从场上下来卸了妆，我像往常一样凑过去端上一杯水。

她道了谢倚在树旁，小口小口地吞咽，眼神不住地往那人身上瞟。

我知道她在看孙悟空有没有注意到放在后台的包子。

我嘟囔道："哪有猴子爱吃包子的。"

她竟然回了我："包子馅是早上刚摘的桃子。"

"……"

我没话说了，只能干笑两声好让自己显得不那么尴尬。

场对面，孙悟空拿过精致的篮筐，扫了一眼便皱起眉扔到了一边去。

他说，一股妖怪味。

我小心翼翼地偏头去看白骨的脸色，她只是低着头不言不语，青丝遮了眉眼，我的心有些慌乱。

"那包子能送我吃吗？"我提了提胆子问道。

她看了我一眼道："明日我再帮你做新的。"

我又不知该说什么好了："你别难过啊，那猴子不识货的。"

白骨道："他能看到的我只是一堆骨头，嫌弃也是应该的。"

"你不会真的喜欢他吧？"

白骨不说话了，半晌幽幽道："冥冥中自有天注定。"

这会儿我是真惊了，吃晚饭时特意跑去找了月老。

"白骨的红线该不会牵的是孙悟空吧？"

月老一脸看白痴的表情："怎么可能啊，白骨这样没背景的妖怪牵的肯定是和她一样的小妖怪了。"

我松了一口气，随之心中狂喜。

我也是个乡村小妖怪，岂不是也有机会和白骨在一起了？

我乐颠颠地跑回片场，越发勤快地给大仙们端茶倒水，嘴角快咧到天边去了。

有仙女笑我："石头，你这样子是捞到什么好角色了么？"

我也傻笑着随口掰扯道："是啊，太上老君说下次拍的片叫个什么《石头记》，这不就是让我当主角么？"

周围哄堂大笑，我才觉出有点臊得慌，脸上红成一片，心里却是欢喜得紧，想的全是待会儿怎么和白骨说说话，最好还能叫她知道孙悟空实非她的良配。

待我忙完手里的事，白骨也开始了她的第三场戏。

这次我没有想到，孙悟空居然拒绝上场。他和玉帝说要用替身，以后有白骨的戏他都不会参与。

白骨在众人嘲笑的目光中怔愣住，而后微微蹙起眉来，不知在想些什么。

我顺着她的目光看去，只见影棚后走出一个灰头土脸的男人，他拿毛巾随意擦了脸又换了身衣服，竟与孙悟空长得一模一样！

这是我第一次见到孙悟空的替身，听说他叫做六耳猕猴，在之前的戏中从未露过面，孙悟空直到今天才有用武替的要求，他也终于有了上场机会。

只是没想到这二人竟是如此相似，旁边的大仙说他这是天生的，并没有整容。

白骨睁大了眼睛看看六耳猕猴，又回头看看坐在场边翘腿扇风的孙悟空，露出十分困惑的表情，好似见到了什么不可思议之事。

这场戏她走神了。

和尚念着台词："施主，大徒儿孙悟空是贫僧管教不严……"

白骨说："哦。"

众人："……"

玉帝怒摔喇叭："你哦个鬼啊？"

最后连拍了九条终于过了，白骨眼底尽是疲累。她坐在道具架子后面，望着天空的某个点出神。

我偷摸过去坐在她旁边，搜肠刮肚地想了些安慰人的话："没关系啦，反正他们看起来差不多，就当还是跟那猴子拍……"

1
1
5

说完我就后悔了，恨不得抽自己一嘴巴子。不是本来想好要让她忘记那猴子吗？怎么现在反倒在给她添堵。

白骨忽然转向我，也许是灯光太过刺眼，我看到她的眼底漫着一层薄薄的水汽。

她对我说："石头，你说真的会有两个完全一样的人吗？"

我不假思索地回答："绝不可能，这连佛祖也办不到的吧。你看孙悟空和六耳猕猴，就算长得一样，也是两个不同的人。"

白骨沉默了一会儿，又道："如果是同一个身躯有两个不同的灵魂，那他们是一个人吗？"

这问题让我有些糊涂，我想了想道："灵魂不同，那就不是一个人吧，我们不是只靠表象认人的。"

"不靠表象吗？"白骨忽然笑了一下，蝶翅般的睫毛眨得我心泛涟漪，她却又轻轻巧巧地投下一颗石子，惊起万丈涛，"那你喜欢我什么呢？

"你能看到这层皮下的白骨吗？

"知道它有多丑陋吗？

"还是说，你也只需要看表象吗？"

"……"

我呆住了，在那一刻甚至想变成石头躲进深山，躁动与冰冷在胸腔中你追我赶，我不知她是何时察觉到我的心思的，也不知她现在问这话是何意，甚至不敢抬头，不敢追问。

我回答不上她的问题来，世上美貌者千千万，我自己也不知道为什么偏偏对她情有独钟。

只是像说给自己听一样，慢慢地重复着："不是的，就算我看到也不会觉得丑陋的。"

白骨没有再说话，我有些沮丧。

她是不信我的，我知道，却又没有任何办法。

人间夏夜的蝉鸣在月光里聒噪，两道影子一前一后走向来时的路。

我偷偷地看她的侧脸，白色的月光打在脸上发烫。

那晚我在冷硬的石板床上辗转反侧，脑子里全都是第一面见她时，她在剧组厨房做包子时微笑的眼睛。

难道这就是所谓的好清纯、好不做作？

说实话这是不可能的，白骨是全剧组公认的妖艳贱货。

总不会我喜欢的其实是她做的包子吧？

我想得头痛欲裂，却始终无法给自己找出一个完美的理由。

月老说过，从来没有无缘无故的爱。

这话我一直奉为真理，如今却也陷入怀疑。

思来想去，我决心明日与白骨说个明白，无缘无故也好，别的什么也好，妖生苦短，何必让自己太难过。

可是我不知道意外永远比明天来得要早。

☙ 二 ❧

第二天我起了个大早，跑到月老那里要一个保证书。

月老说："啥？"

"姻缘保证书。"我说，"我得给白骨证明一下孙悟空根本配不上她。"

"……"

月老像是被我的要求惊住了，但笑过之后还是去取了笔写了我要的东西。

我带着月老的亲笔哼着小曲儿走进片场，却见到了让我目眦尽裂的一幕。

在孙悟空的金箍棒下，白骨像断了线的风筝一般，轻飘飘地倒在了树林间，一瞬间风和落叶仿佛都静止在了半空中，众人的神情还停留在前一刻，滑稽而又呆滞。

孙悟空也懵了，他说，他只是随便打了一下谁知道她不躲开啊？

而我站在那里，突然疯狂地拨开人群向她跑去，却被卷帘拦住了去路。

他说，现在戒严，哪儿凉快哪儿待着去。

玉帝咳了一声道："本来都说好让替身上的，那白骨不知在抽什么风，硬要求和孙悟空对最后一场戏，这出了事能怪谁，死了就死了吧。"

我看着白骨的身躯渐渐变得透明，只剩下了一副苍白的骨架，最后一点点地消散在空中。

我终于看到了她本来的样子，却再也没有靠近她的机会。

现场被迅速地清理好，他们就像什么都没有发生过一般开始了下一场戏的拍摄。

有人感叹，还好白骨的戏份刚刚拍完了，不然现去找个演员补拍也是很麻烦的事情。

我心底有怒火在燃烧，白骨消失前那一眼分明是看向我的，她想跟我说什么呢？是想让我救她吗？

已经没有人知道答案了。

夜里，我浑浑噩噩地走在路上，失魂落魄。

我只是一个小妖怪，就算怒火烧得胸腔作痛，也只能任由自己在火中焚毁。

不，也许有个方法可以让我再见到白骨。

一个念头在我脑中炸开，那一刻我不再去想什么如来佛祖玉皇大帝，我只想见她。

那天晚上，我偷了放在影棚里的镜子。

那是玉帝向月老借来的宝物，我们这些天拍过的戏都录在这里面。

传说镜子里自成一方世界，又或只是一个幻象，我不得而知。

我疯狂地翻看着和白骨有关的一切，寻找通往世界那边的路。

如果传说是真的，那我们依旧有机会在一起，对吧？

也许是佛祖听到了我的祈祷，镜子上浮现出淡淡白雾，下一刻我便被卷入进那雾中，失去意识。

三

当我睁开眼时，四周是白茫茫的一片。许久，一道金光穿破迷雾，晨日从东方升起。

我这才看清原来自己正待在一座山的山头，脚下是悬崖万丈，不见飞鸟。

我尝试着活动身体却惊讶地发现自己变成了一块石头。

也不能说是变成，这就是我原本的、还未成妖时的模样，就像现在，孤零零地站在山头看着日升日落。

冥冥之中，我好像忘记了什么，似乎又在等待着什么，心里空落落的。

没过一会儿我就开始笑自己，一块石头，哪里来的什么心。

我孤单地在山上度过千日，无人来找我，无人来看我，好像我的等待只是一场自我安慰。

某天的一场大雨中，一道雷直劈在山顶，我惊讶地发现自己的身体裂开千万道缝隙，下一刻便分崩离析。

我没有感到恐惧，脱落去石壳的我已然有了人形。

不对，应该称之为猴形更为合适。

我看着河水倒影出的自己哑然失笑，是因为住在山顶只见过猴子的缘故么？

我没有多想，只觉得自己来此世间是要做一件很重要很重要的事情的。

　　我与猴子们厮混了几日，去山外拜了高人为师，得名孙悟空，又下东海，向龙王讨了件趁手兵器。

　　最后，我抬头望向天空，这就是战场。

　　没有为什么，也许只是单纯地看它不顺眼，从南天门卷帘将到凌霄宝殿的玉皇大帝，每一个人都让我无端地升起怒火，只想将他们砸个稀巴烂。

　　我的战斗很快便被如来佛祖镇压下去，我被他关在五行山下，整整五百年。

　　观音告诉我会有一个和尚来找我，让我随他去西天取经。

　　我的心脏忽然飞快地跳动起来，西行……西行……

　　我甘愿在头上戴上金箍，从此受制于人。

　　那条路上有谁在等我，我是那么地笃定。

❧ 四 ❧

　　我像是沿着一条既定的轨道，步步向前，直到我等待的终点。

　　那日和尚催我出去化斋，我叮嘱他和师弟们在原地等我回来，这和尚是如来二弟子金蝉子的转世，据说吃了他的肉能让人长生不老，不少妖怪都在打他的主意。稍不留神和尚的人便寻不到了，余下两个只会喊"不好了大师兄，师父被妖怪抓走了"的蠢货。

　　我化到斋饭回来，远远地便望见和尚身旁妖气冲天。

　　有一美貌女子提着篮子殷切地向和尚说着什么，我那肥头大耳的师弟着迷地看着眼前的美人挪不动步子。我心里暗骂，都是呆子，看不出那是妖怪变的吗？

　　待我上前仔细辨认，透过妖雾，穿过皮相，我看到了……一具白骨。

一具毫无美感，苍白干涩的白骨，连笑容都是那么难看。

我却呆在原地似被九天雷劫焚烧了全身上下一般，每一滴血液都在疯狂地叫嚣着喜欢。

我喜欢金箍棒，喜欢揍玉帝，喜欢吃桃子，可她出现的那一刻，从前所有的喜欢便都落为尘埃，眼中只剩她一人，让我欢喜。

等我回过神来，和尚已经接过了白骨手中的篮子，八戒和沙僧两人拿出了篮子里的包子正准备咬下。

白骨露出了羞涩的笑，如四月春风。我知道她在笑什么，我知道她也想要唐僧肉，毫不留情地想让他死。

我动了，在他们咬下白骨的包子前一声怒喝："妖怪，休想来骗我师父！"

那三人被我唬得丢开了包子，齐齐看向我："你怎么知道她是妖怪？"

我说："那包子都是她用石头变出来的，你们敢吃？"

我心想，笑话，就算那包子不是石头变的，我也不会让你们吃的。

她做的所有的东西，都该只给我一人。

真是莫名的嫉妒。

白骨回头见我的那一刻，神情有些许恍惚，很快又撇过脸去。

我虚挥了一下金箍棒，白骨化为阴风留下一具假的尸体。

我松了一口气，心里知道她一定不会这样轻易放弃，暗暗期待再见到她，又不想让她出现在和尚的面前。

一而再再而三放水会让人起疑。

事实证明是我想多了，和尚他们压根就不信我说的话。

那呆子向和尚抱怨："师父，一定是大师兄太久没杀人皮痒了，什么石头变的，我看是他自己变的来糊弄我们吧？"

和尚当真念起了紧箍咒。

在一阵死去活来之后，我对和尚说，你干脆去了我的紧箍咒，你上你的西天，我回我的花果山。

和尚不愿，还说原谅我这一次。

我在心里嗤笑，却没有再说什么。只道总有一天我会解开这禁锢，所寻之人已经寻到，西天还有何用？

我正在谋划着怎么摆脱这一行人去找白骨，却不想白骨才过了两个时辰就又找来了。

这次她变作了一个蹒跚的老妇人，抹着眼泪走来，问和尚："我女儿斋僧为何还未回家，各位师父可有见到我的女儿吗？"

他们又齐刷刷地看向我，等着我解释。

而我则目不转睛地看着白骨，贪婪地看着关于她的一切。

她躲开了我的目光，状若害怕一般躲在了和尚的后面。她是想伺机杀了和尚取肉。

我有些疑惑，这简直就是自杀式的做法。就算她现在能杀了和尚吃下肉，也马上会被我们截住击杀，那么这肉吃了还有什么用。

长生不老不是不死不灭，这个道理所有妖怪都懂得。

白骨也肯定懂，那又为何这样做？

我思考片刻，目光转向白骨来时的路，马上便发现妖气不止是白骨一个的，还有另一只妖就藏在这林间，正目光贪婪地望着这边。

白骨察觉到我的视线所到之处，几乎是立刻放弃了就地击杀和尚的打算，飞快地向我冲过来，我被迫举起棒子迎击，她虚晃一下躲过我，又化作阴风躲进树林，不多时便带着那没有露面的妖怪离开。

我没有犹豫，立刻扔下和尚他们追上去。

白骨看我追来，自知逃不过去，立即将那妖怪推到一边，转身直面我。

她说："你杀了我可以，求你不要去杀他。"

"他是谁？"我僵硬地问道。

随即便看到树后露出一只小妖怪的身影，一眼便认出那是一只石妖。

平凡无奇的五官却给了我当头棒喝，似曾相识却又寻无踪迹。

白骨看向他的眼神分明带着爱恋，我似是见过千千万万次，每一次都嫉妒得发狂。

——却又手足无措。

我想我确实是喜欢她的，不知从何起，却深信不疑。

我收起金箍棒，有些疲惫地转身离开。

白骨在身后一直默默地看着我，不知在想些什么。

然而一个时辰后，她再一次地出现在了我们面前。

我快疯了，传音入耳问她："你到底是为了什么？"

她嘴唇动了动道："他被道士所伤，快要死了。我需要唐僧肉救他。"

我回头看向石妖藏身的方向，忍了忍道："你不知道他是在骗你吗？"

什么被道士所伤，那点皮肉伤也算是受伤？还需要用唐僧肉来治？

他不过就是看着白骨傻，忽悠着她去帮自己取唐僧肉罢了！

白骨呆在那里，神情困惑地看着我。

我再也忍不了了，拎着金箍棒跳在空中一眼就看到了那只在瑟瑟发抖的石妖，怒气直冲云霄，我一棒挥过去想要打得他烟消云散！

然而白骨却尖叫一声扑了上去，我愣愣地看着她慢慢倒在地上，红色的血染白了她的衣裳，耳边寂静无声。

那和尚还在一旁嚷着我又杀人了，我却一个字也听不进去了。

我分明望见白骨眼中的光芒，不是哀求，只是想要记住我一般，那么用力地看着我。

她说："下一次……"

"你说什么？"我将和尚扔到一边飞快地来到她身边。

"下一次……一定不要……"

冥冥间我似乎是听懂了什么，那念头却又很快消失在脑海。

白骨化为光点渐渐地消散在天地间，而我什么都留不住。

❦ 五 ❧

天庭有面镜子，传说有转换时空之能。我不知这传说是真是假，却义无反顾地抛下这一切，上了月老宫中。

我手持金箍棒站在他面前："你若是不借我，我便来偷便来抢，你防不住我。"

红袍的月老正与童子研究姻缘线，见到我来，愣了一愣："你啊，还是这般不知礼数。"

"那又如何？"

月老却以一种我难以理解的目光打量着我，叹息道："往事不可追，一意孤行只能撞进死胡同。你和她皆是如此。"

我冷声道："她又是谁？"

月老摇摇头："你若想拿就拿去吧，有些事情只有你们自己能解决。"

我听不懂他这些糊涂话，只拿过镜子来，心里念着白骨，便一头扎了进去，我想要知道她究竟要告诉我什么。

❦ 六 ❧

我睁眼时一阵恍惚。

有人在耳边喊："喂石头，你会演戏吗？"

演戏？演什么戏？

我不明所以地被人套上一身戏服从山间拉到一仙雾缭绕之处，有面目和蔼的老人对我说："我看你手脚勤快，来剧组做个杂役如何？"

我懵懂地点点头，才有点反应过来，自己似乎是得了个天大的机缘，从乡村土妖被提拔上了天庭剧组。

可我来剧组之前是在做什么来着？家中有几口人来着？都是和我一样的石妖吗？

我竟然忘得一干二净。

很快我便不再想那些俗事，投入到剧组建设里。

在这里我过得很开心，也有了喜欢的人，她叫白骨。

她喜欢我们剧组的男二孙悟空，我知道。

我在场边看着他们拍戏，有时盯的时间长了，眼睛也出了一些问题。

仿佛有千万道影子在眼前晃，无数的相同场景重叠在一起，我觉得我该去治治眼了。

这样的情况持续了很久，终于有一天在万千影子里，无数的白骨被孙悟空一棒打在了地上。

呼吸在那一刻窒住，我没有反应过来这是在现实还是在幻境。

我甚至有些冷静地走过去抱住她，但下一秒她便化成一具白骨。

我还看到月老站在一旁，眼神中透着果然如此。

在一片混乱中，我听到他问我："这一次你终于记得一点东西了么？"

"记得什么？"我说。

"记得这一刻已经发生过千百次了。"

"……"我沉默地看着他，半晌说道，"我什么都不记得了，你告诉我，我为什么感觉不到一点情绪了。"

明明该悲伤、该难过，却麻木地看着这一切。

月老却欣慰地笑了起来："你想再见到她吗？"

我不假思索道："想。"

月老掏出一面镜子递给我："时机已到，这是我最后一次助你。我知道你每一次都会忘记，所以这次提前压了你的感情。进去这个世界之后你只需要记得一件事，荡平世间妖物，取得三藏真经。"

七

命运像是一个圈。

我醒来之后遵循着手心写的话语追随唐三藏前去西天取经。

手心的字迹一直保留着，我不知是谁写上去的，只知道这是一件很重要的事情。

字句里说，如果想再见到她，要做到毫不留情，你现在见到的她是假的，都是假的。

我默念着这些话不停地挥舞着手中的金箍棒，所到之处妖物皆覆灭。

这其中也有白骨。

白骨……

我闭着眼睛打过去，不知为何要流眼泪。

为了见她，为了见她。

我不知是为了见谁，我只知道我亲手杀了一个让我心脏疯狂跳动的妖怪——白骨。

她死之后，心再无所念。

一路向西，可我到了之后才发现，西边并没有手心里所说的那个她。

他们说我已成佛——斗战胜佛。

❧ 八 ❧

那一刻佛光映满天际，万物皆望西俯身下拜。

我坐莲台升天，天空之上有无数声音窃窃私语，我睁开眼踏破虚空。

终于听清了他们在说什么。

"哈，幻境世界里居然有人成佛了？"

"假的世界怎么会成佛，骗人的吧？"

"嘘，人家那是如来认证过的斗战胜佛，什么假不假的。"

"……"

我望着这大千世界，在虚妄间忽然悟了所有的真真假假，刹那便是心神俱裂。

月老在天边抚着胡须："我也是没想到你居然能在镜中世界成佛，也不枉我费下心神去帮你们啊。"

我握着拳什么话都说不出，只道："白骨呢？"

月老闻言沉默了一会儿："她不会再从镜中出来了。"

一阵头晕目眩。

❧ 九 ❧

原来我早就死了……早就死了。

死在花果山下，死在白骨的面前。

从前我只是一块石头，在山顶经受百年的风吹日晒，渐渐修成妖物。

没有通天之能，没有翻海之力，唯一会的法术便是生点小火，吹点妖风。

与我相识的只有每早上山看日出的姑娘，白骨。她是住在山下村子里的小妖怪，从不伤人，只跟我在山间吃些果子喝些溪水，她有一双巧手，会做许多人间的饭菜。

在某个太阳升起的清晨，我们自然而然地牵起了手。

白骨说："你为什么会喜欢我呢？"

我傻笑："大概因为你做的饭好吃。那你为什么喜欢我呢？"

白骨也笑："大概是因为只有你会吃我做的饭。"

没有什么轰轰烈烈，有的只是每一天平凡的日升月落。

可是那一日白骨为了学做人间一道菜，化作漏洞百出的人形混进酒楼，却撞上了下凡游历的小仙，那人二话不说便令白骨现出了原形。

我从后面赶来匆忙地挡在白骨面前，那人却轻蔑一笑，抬手将我的石身捏得粉碎，只余魂魄散在空中。

从前白骨给我念人间话本，曾指着某页笑道："你瞧，这猴子是从石头里蹦出来的，可厉害呢！"

"那我不厉害你便不喜欢我了么？"

她打我一下："你要是突然厉害了我还要怀疑那是不是你呢。"

当时我笑那只是话本里的缥缈传说，现在却满心都是恨意。

我就是这样的弱小，连一只猴子都不如。一击都不能为她挡下，我死了，白骨要怎么办呢？

我的魂魄凝在空中，任那人搓扁揉碎，即使没有了意识也不肯散去。

后来的事情月老都讲与我听了。

那仙人本是月老的门童，一心只觉天下妖怪尽妖邪。月老随后赶来救下了白骨，却没有办法使我再复生。

白骨说她只想与我继续在一起。

为了补偿白骨，月老借了她一面镜子，镜中有三千虚妄境，白骨以真身入，我以魂灵入。

白骨说，就算是假的，也愿意在里面跟我过一辈子。

可连月老都没有想到的是，这个所有人都没有放在眼里的小妖怪，在虚妄境中竟将自己想象成了一个传说中战无不胜的人物，还幻想出了一段西游戏。

白骨进入镜中时也与我一样没有太多记忆，她只是本能地照着我的模样在世界中寻我。

同一个身躯换了不同的灵魂，那他们还是一个人吗？

答案是否定的。

虚妄境中有我的原形，亦有我的幻象。

白骨哪能想到她找到的我并不是我，只有在镜中世界死亡的那一刻才想起所有的事情，记住我变化后的样子。

而最为可笑的是我的嫉妒。

白骨喜欢谁，我便羡慕谁，我嫉妒谁，我便在下个虚妄境界中变成谁。

她爱上石头时，我是孙悟空。

我是石头时，她爱的又是孙悟空。

陷入了无限的死循环。

原来在每次的最后，她想告诉我的都是，下一次请你等等我，我一定会找到你。

无限次的循环让镜子渐渐有了裂痕，月老分了神魂进入镜中以外力点醒我，循环结束的代价便是白骨被永远地锁在了镜中。

而我却成了佛！

当真是天下第一可笑之事。

月老说："从前的那人只是传说，你既将虚假变为真实，成佛也不为过。白骨那时是来求过我的，若在镜中也不能相守，不如随你去了，魂飞魄散。"

我抱起已经布满裂缝的镜子，什么话也说不出。

世间痴人皆如此，色色空空不知处。

月老问我："你日后要如何？"

我说，我要带她回家。

世上从来就没有什么斗战胜佛，有的只是花果山上一块曾经死去的石头和他的爱人。

生当复归来，死当长相思。

完

妖夜缓歌

文/说书人

❧ 一 ❧

尘土铺天盖地，席卷八荒，天地间响彻着阵阵怒雷，战马在嘶吼，呼吸间喷溅出片片雷光。天上有神龙，有朱雀，威严凌然；地上有白虎，有玄武，气势磅礴。无数神魔仙鬼在咆哮，在厮杀，如雨一般的血从天而降，染红了大地。整个世界都带着凶悍的杀机，直压矗立在半空的那人。

——天崩地裂。

他恍然间看到了那人睁眼，那对瞳孔如岩浆里的黄金，亮得刺眼。

❧ 二 ❧

陆维桢猛地从床上坐了起来，汗湿的睡衣紧黏着他的脊背，被空调一吹，便觉得阵阵发寒。

做梦了。他揉了揉太阳穴。明天有野外采集的课业，算学分的，得好好休息才行。

陆维桢换了件睡衣，继续睡回笼觉。

❧ 三 ❧

翌日，云南深山内。

林木茂密，遮天蔽日，地上低矮的灌木丛连成一片，差不多齐腰深，大蜘蛛把所有透光的缝隙都用蛛网封上了，一不小心就会被罩一脸蛛网。

陆维桢用小刀和木棍开路，心里很绝望。因为他脱离了大部队，而且迷路了。

云南深山物产富饶，奇虫多。陆维桢刚进山，便发现了一只金钱活门蛛。这可是全中国仅发现了六只的罕见蜘蛛啊！狗屎运爆表的陆维桢没有和任何人说，为了学分和心里的那点小私心暂时脱离了队伍。可是小私心向来害死人，于是陆维桢迷路了，而那只金钱活门蛛混进了万千蜘蛛里，使他最后一无所获。

陆维桢气呼呼地把木棍乱甩，前面挡路的灌木丛被他打得七横八竖。

就在他感叹人生变化无常寂寞如雪的时候，他又看到了那只金钱活门蛛。

陆维桢："emmmmmm……"

抓还是不抓？

不等他纠结好，一只黄毛大手"刷"的一下从地底破土而出，抓住了那只蜘蛛。

抢生意的？陆维桢大吃一惊，连忙跑过去看。那边是一个小土坡，半凹下去，紧贴在悬崖旁边，像是穿山甲打出来的洞。那只手就是从凹陷进去的地方里伸出来的。

　　陆维桢一愣。

　　接着一颗脑袋从土里钻出来，泥浆溅了陆维桢一脸。那只手把金钱活门蛛塞进脑袋的嘴巴里，"吧唧吧唧"地嚼起来。

　　陆维桢傻眼了，满脑子都是贝爷的经典台词"这个东西去了头可以吃"。

　　脑袋正嚼得起劲，一抬头，便看到了陆维桢，两人四目相对。

　　陆维桢："啊啊啊啊啊啊啊啊啊啊啊！"

　　脑袋："啊啊啊啊啊啊啊啊啊啊啊！"

　　前者是恐惧，后者是惊喜。

　　陆维桢转身就跑，脑袋大呼道："Help！Help me！"

　　陆维桢一愣，停了下来，转身看去。

　　脑袋道："咦？黄种人？助けてくれ！"

　　"你是人？"陆维桢试探道。

　　脑袋一脸真诚道："我是。"

　　陆维桢将信将疑地凑近了一看，顿时吓得魂飞魄散。脑袋尖嘴獠牙，长满了黄毛，怎么看都像一只猿猴。

　　陆维桢盯着脑袋。

　　脑袋真诚地看着他："救我，给我一滴血就行。"

　　"你果然是妖怪！"陆维桢大叫。

　　脑袋"喊"了一声："又失败了。"

　　陆维桢瞪着它。花了半晌，总算接受了世界上有妖怪的设定。他根据自己少得可怜的志怪小说知识，下结论道："你是山魈！"

　　"你才是山魈！你全家都是山魈！"脑袋怒道，"俺老孙是齐天大圣孙悟空！"

　　陆维桢一下傻了。

　　陆维桢赶紧给大佬递水："猴哥你不是成斗战胜佛了吗？怎么又回山下了？"

猴哥"咕咚咕咚"把水全给灌完了，咂嘴道："又犯了天条呗。"

陆维桢心疼地抱着水壶，看着这大名鼎鼎的齐天大圣，总觉得有哪里不对劲。齐天大圣有这么矬么？

"大圣啊，"陆维桢试探道，"您老还会说英语啊？"

"不会啊，"猴子道，"之前也来了个迷路了的人，他跟我聊了很多，谈人生谈理想，外加教我八国语种的呼救方式。"

陆维桢："那他人呢？"

猴哥手一指，道："喏，你扒开那堆草就能看见他的尸骨了。"

"哦，"陆维桢同情道，"真可怜，不明不白就死在山里了，连个收尸的人也没有……"他说着说着，后知后觉地发现自己可能会跟那位兄台落得同一个下场。

"大圣我有一事相求！"陆维桢抱大腿道，"是这样的，我在深山里迷路了，希望大圣帮忙把我给送出去……"

"好麻烦，"猴哥道，"不送。"

"……"

陆维桢无奈道："好吧，我放你出来你能保证不吃我吧？"

"不能。"猴哥十分坦诚，它肚子还特别配合地"咕噜噜"叫了两声。

"大圣你还吃救命恩人？"

"这个也要看情况，"猴哥道，"你们广东人不也吃福建人么？"

"……"

陆维桢终于知道那位兄台为何宁死也不救这货了。

陆维桢万念俱灰："那你出来后打算干什么？"

猴哥道："当然是去人间玩啊！"

"要不要去我家做客？"陆维桢仿佛看到了希望在燃烧，"我家有好多桃子！"

"好！"

"猴哥你发话！我这就救你出来！"陆维桢大喜过望，"是要撕符咒还是要扯布条？"

"啥也不要，只要你一滴血。"

"大哥你这套路不对啊，"陆维桢疑心道，"不会有什么后遗症吧？"

"没有没有。"猴哥头摇得跟拨浪鼓一样。

"好吧。"陆维桢勉强信了。

"把血滴在我的舌头上。"他伸出舌头，仿佛要接着鲜美的甘露。

好恶心！陆维桢心里吐槽着，可他还是用军用折叠刀在手指上轻轻割了一下，挤出一滴血，滴在它舌头上面。

就赌一次吧，人生里谁不是赌徒！

血轻轻地滴在它舌头上，可并没有洇开，就像一滴清水滴在了荷叶上，凝而不散。

接着猴子用自己的犬齿把自己的舌头割开了一个小口子，里面淌出几丝鲜血，它的血和陆维桢的血融在了一起。

那滴血慢慢地凌空悬浮，它舌尖点了一下那滴血，在虚空上画出一个完美的圆，好似血腥的图腾。

它突然大吼一声："者！"

陆维桢仿佛听见了无声的巨浪，一种水乳交融的感觉笼罩着他，好似有一张无形的契约把他们两个紧紧地绑在了一起。

地面微微颤抖，鹅卵石上下跳动。

"地震了？！"陆维桢愣住了。

紧接着他旁边传来巨大的轰响，仿佛一百门火神炮怒放！陆维桢缓缓转过身，看向声源。猴子浑身的肌肉仿佛群山叠浪一般涌动，脑袋般大的碎石从它四周掉落，巨石被他缓缓地拱起，身后的整座山都在震动，仿佛在为即将出世的王唱响即位的加冕乐。

大地轰响！猴子的另一只手从石头中伸出，他两只手都有着金

1
3
5

色的枷锁，枷锁连向大山深处，在破碎的岩层中隐隐看得见金色的齿轮不断地转动。

猴子弯着腰，上半身直立起来了，整座山的重量都压在它的背上，齿轮飞速旋转，地面不停的震动，似乎想要把它压回去。

它怒吼一声，对着苍穹疯狂地嘶吼！

"轰"的一声，惊天动地，猴子挣断了那枷锁，猛地从岩层中跃了出来。

它站在了陆维桢的面前，身后的巨山缓缓坍塌。

猴子比陆维桢还要高两个头，使陆维桢不得不仰着头看它。猴子眼里的瞳孔不知何时变成赤金色的了，那金黄的瞳孔透着阵阵威压。

陆维桢的肠子都悔青了。

❧ 四 ❧

陆维桢躺在家里的地铺上，感觉这一天像是在做梦。

啊！家的感觉真好！陆维桢使劲呼吸着空调的气息。

在猴哥的帮助下，陆维桢历经磨难终于回到家中。不料竟从此开启了"和孙悟空的同居生活"，猴哥一直赖在他家不走了，说是特别喜欢他家那个叫空调的法宝。

每天陆维桢一回家，就看见孙悟空瘫在沙发上，一边看《琅琊榜》一边吃爆米花，时不时还吸两口他藏在冰箱里的可乐。陆维桢也曾好奇地问这问那，比如说王母娘娘是什么样子的，天庭的入口在哪，凡人能不能修仙……

猴哥白眼一翻说："我把这些告诉你就相当于泄露了天机，咱俩犯了天条，同罪，我倒是无所谓，你嘛……"陆维桢顿时熄火了。

就这样过了十来天，陆维桢打开冰箱，里面空空如也。

"你不能吃白食！你得工作！"陆维桢怒其不争。

正好猴哥最近看了许多韩剧，对职场产生了浓厚的兴趣，想参加工作。

"你自己看吧，觉得哪个中意就选哪个。"

"哦。"猴哥接过平板。

"你慢慢选吧，"陆维桢道，"我要上学了，学分修不满就惨了。"

"嗯嗯你去吧你去吧。"猴哥头也不抬，食指在平板上划来划去。

等到陆维桢拖着被书本轰炸过的残躯回到家中时，猴哥仍旧在追剧吃爆米花喝可乐。

"选好了吗？"陆维桢问道。

猴哥不回头，直接比了个 OK。

陆维桢一打开平板，便看到熟悉的"王者荣耀"界面。陆维桢一愣，去翻战绩：失败、失败、失败、失败……再仔细一看，排位赛。

"……"

陆维桢强压着怒火，退出了"王者荣耀"，看到了招聘网页。猴哥框选了十来个，真正选中的只有一个：天美公司总经理。

"……"

陆维桢忽然想起他做弼马温的事，看来是不指望这家伙能好好工作了。

陆维桢想了想，问道："大圣，你能变成人形吗？"

"能啊。"猴哥口嚼爆米花。

"那你能不能陪我去赴一个宴席……啊，算了。"陆维桢突然想起蟠桃宴的事。

"好啊。"不料猴哥一口答应了。

陆维桢顿时有不好的预感。

猴哥站起来，摇身一变，变成了鹿晗："这副皮囊如何？"

"我觉得你应该选个低调一点的皮囊。"陆维桢建议道。

"哦。"猴哥再摇身一变，变成了王宝强。

陆维桢具体的建议："要毫无名气，长相一般，一点也不起眼，没什么用的哪种。"

猴哥再摇身一变，变成了陆维桢。

"……"

陆维桢想打死他，但又有点怕被打死。

最后陆维桢在网上随便找了个网红的照片，PS修改了一下，给猴哥当变身参考。猴哥还顺带变出一套丹杰仕的西装，穿在身上十分的人模狗样。陆维桢相当眼馋，猴哥便也给他变了一套。

陆维桢美滋滋地照了照镜子，觉得这猴子没白养。

两人骑着陆维桢的小绵羊电动车，穿着丹杰仕的西装奔赴宴席。

"话说这是什么宴席啊？"猴哥舔着冰激凌问道，"寿宴么？"

陆维桢干笑两声，道："是大学联谊。"

"懂了懂了，"猴哥说，"没钱没颜的单身狗想找女朋友只有去联谊了。"

小绵羊突地停了，陆维桢说道："到了。"

两人进了酒店。里面人还没来齐，三三两两地聚在一起，要么聊天，要么低头玩手机，侍者推着餐车无声地游走。那个土豪主办方就坐在正中央最显眼的地方，面容冷峻身姿卓越，自带生人勿近的气场，身边还坐着一个靓丽的妹子，活像言情小说里的什么南宫君司徒澜。

"咦，遇到熟人了。"猴哥说道。他冰激凌吃完了，嘴巴黏黏的，还带着白沫。

陆维桢有点想装作不认识他，低声说道："这哪还有你的熟人啊，是杨戬还是玉皇大帝啊？"

"是猪八戒呢！我还以为他在天庭。"猴哥一把扯住陆维桢，"走走走，我们和老朋友聊一聊。看样子他在人间混得不错啊。"

陆维桢一脸懵逼，他被猴哥扯着走向那个南宫君司徒澜版主办方……那位是猪八戒？陆维桢三观都要碎了。

"哟！八戒！"猴哥打招呼，"混得不错啊！"

靓丽的妹子一转头，惊得手机都掉地上了，她不确定地问道："……猴哥？"

"可不是嘛！"猴哥一拍妹子的背，"在天上混得好好的，你怎么下来了啊？"

陆维桢一脸茫然，他有点怀疑人生。

三人来到厅堂角落。猪八戒立马谄媚地对着陆维桢道："哎呀这位是师父吧？这么久没见了您老还是这么衰……帅啊！"

"别靠近我，我对你的人设感到恶心，"陆维桢一脸莫名其妙，"谁是你师父，你说啥呢？"

"不是老规矩吗？"八戒道，"谁放出老猴谁就是师父啊。"

"啊？"陆维桢瞪大了眼，"难不成我还得剃度出家去西天取经？"

"不不不，"八戒解释道，

"想不想当我们的师父就在你一念之间。"

"废话当然不想啊！"

猪八戒打了个响指，十分满意道："小伙子我欣赏你！有志气！以后我们就过上潇洒快活……咦，猴哥呢？"

两人回头一看，猴哥正站在不远处，跟一个妹子谈笑风生。

"咦，师父你看，那妹子不是你暗恋的女神吗？"猪八戒道。

"我没瞎，看得到……不对啊，"陆维桢转头看向猪八戒，"你咋知道那是我暗恋的女神？"

"看姻缘线呗。"猪八戒道，"女的叫赵清舒，从小和你青梅竹马，长大后女孩越发出落水灵，你还写了十几封情书但一封也不敢送出去……内容大概是，啊！我亲爱的小舒……"

"停停停！"陆维桢一脸羞愤，"说点有用的好么？比如说我俩能不能修成正果……"

"这事告诉师父就是触犯天条，你问猴哥去，反正他犯的天条多了去了，债多不愁……而且师父我看你印堂发黑，双颊泛红，看来最近是有桃花劫，还是不要和那个女的接触为好。"

陆维桢嫌弃地说道："我觉得自从遇见你，我的桃花劫就已经应验了。"

"哦？是吗？"八戒一撩秀发，挤胸翘臀，"陆哥哥就这么讨厌人家嘛？"

"不讨厌不讨厌，我哪敢讨厌你呢。"陆维桢"呵呵"干笑两声，一抬头，就看到不知何时站在他身后的女神，猴哥笑呵呵地站在一旁，脸上写着"不用谢兄弟我只能帮你到这了"。

"你女朋友？"女神笑问道。

陆维桢一呛。

不等陆维桢解释，八戒抢先道："对啊对啊！你哪位呀？"

陆维桢一把扯过八戒，压低声音质问道："你俩合伙玩我呢？"

猴哥也闪过来，低声道："老猪你干啥呢？没看到我在撮合他俩么？"

猪八戒一脸无辜，顺带卖了个萌，说道："我……我只是想帮陆哥哥躲过桃花劫……"

女神道："感情挺好的啊，我就不打扰你们啦。"她挥挥手，"拜拜，回见！"

陆维桢看着女神的背影，伤心欲绝，喝了十几杯米酒还不见醉意反而有了些许尿意，顿感自己人生真是挫爆了。

猴哥看到陆维桢在借酒消愁，就跑去跟八戒商量道："你看师父是真难过了。"

八戒一语中的："我看他是为情所困。"

两人对视一眼，一切尽在不言中。

陆维桢趴在桌子上，像个咸鱼一样浑身散发着残念。本来他就是为了女神硬挤进这次联谊的，现在女神没追到，他觉得人生一片灰暗。

这时猴哥和八戒神秘兮兮地凑过来，八戒道："师父，你想抱得美人归吗？"

陆维桢瞅了他一眼。

八戒拍拍胸脯："只要师父你发话，我分分钟帮你搞定。"

陆维桢一下子来精神了，急忙问道："怎么搞定？"

"猴哥不是不沾因果么？"八戒道，"让他去一趟天庭，去月老那儿把你俩姻缘线一牵，就算她现在不是你的女朋友以后也是你的了。"

"这事有啥隐患没？"陆维桢有些不放心。

"有啊，"八戒道，"要是猴哥被发现了，你女神就会死，你也要遭天谴。"

"我们就算了，为啥小舒会死？"陆维桢大吃一惊。

"我怎么知道，你问玉皇大帝去，"八戒耸耸肩，"你要不服可以去找玉帝理论，反正猴哥当年干过这事。"

陆维桢纠结半响，问猴哥道："你有几成把握不被抓到？"

猴哥自傲道："十成。"

"这样乱点鸳鸯谱的话，以后我跟她在一起不会不幸福吧？"

"不会！放心好了，白头偕老相濡以沫是最基本的。"

陆维桢的小私心和良心斗争了一会，最后他凝重道："大圣，千万千万不要出岔子。"

猴哥点点头，手一挥，陆维桢只觉一股清风扑面，再睁眼时，猴哥已经不见了。

"回家等消息吧，"八戒拍拍他的肩，"天上一日地上十年，就算猴哥只花十几秒牵线，你也要等好几天。"

❦ 五 ❧

陆维桢茶不思饭不想，整日坐立不安，连课也没心思上，只好打游戏消磨时光。

对面有个玩孙悟空的特别坑，他刚想发火，就收到了对面孙悟空的消息："小陆小陆快给我送人头！快点！我事儿都给你办妥了！"

陆维桢一听赶忙从学校跑回了家里。回到家就看见猴哥趴在床上，一副内伤深重的模样，但手上仍旧颤巍巍地打游戏。

陆维桢心里一跳，紧张道："大圣，没事吧？"

"有事。我要输了。"

"……"

"哦哦，"猴哥有气无力道，"那事儿给你办妥了，就是失了点道行，最近会比较颓废。"

陆维桢有点愧疚，道："不好意思啊……"

"没事，如今就你一个叫我大圣了，我也没人能罩了。"

陆维桢无端地觉得有些悲凉，想想当初大圣的峥嵘岁月，再看看现在大圣颓废在床上打游戏度日，他一定觉得很不甘心吧？

猴哥突然一锤床铺："哇哈哈我的人头！"

"……"

"叮咚——"

陆维桢手机有短信，他低头一看："我跟男朋友分手了，他说我没人要。"

备注是"舒女神"。

她居然有男朋友？我怎么不知道？

又是"叮咚"一声，是猴哥的短信："办妥了，家里等你了。"

陆维桢一惊，随后大喜，立刻回复女神："没关系，他没眼光，他不要我要。"

陆维桢想了想，又发了一句："把你当宝供着。"

十来分钟后，女神回消息了："嗯，好。"

陆维桢笑得嘴巴都快咧到耳后根了，连忙跑出去给猴哥买了他一直想要的香蕉抱枕，还叫了豪华外卖来犒劳他。猴哥美滋滋地吃着，陆维桢也美滋滋地安慰着女神。

此后两人感情迅速升温，天天你侬我侬，连猴哥都感受到了那恋爱的腐臭味。但让猴哥尤其不爽的是陆维桢一回家就会霸占平板和女神视频，两人肉麻的对话可以无视，但耽误他打王者就有些不能接受了。

就这么过了一个星期后，赵清舒突然死了。

死于车祸。

陆维桢连停尸房都进不了，坐在椅子上，捂着脸，身体蜷缩着。

猴哥过来了。

陆维桢声音暗哑："她是寿命到了么？"

"不是。"猴哥道。

陆维桢冲着他吼道："你不是说万无一失么？！"

吼完后，他把头埋到膝盖里，抽泣道："早知道还不如让她好好活着……是我太自私了……"

猴哥道："对不起。"

"你不是齐天大圣么？"陆维桢眼圈发红，"去改生死簿啊！去闹地府啊！说对不起有什么用？！"

猴哥沉默了一会，道："要是在五千年前你说这话，我就会去帮你改生死簿了。可是现在……"

"哦，"陆维桢破罐子破摔，道，"天谴要来了对吧？"

"没有，你没有天劫了。"猴哥道。

陆维桢疑惑地抬头。

"八戒替你偿命去了，"猴哥道，"我现在也要回五指山底下了。"

陆维桢愣住了。

"八戒他一直挺敬畏师父你的。其实死也不是什么大事，轮回之后记忆还有机会苏醒的，就是轮回之苦有点难受，"猴哥道，"五指山下也不是那么苦，就是身体不怎么能动，有点难受。"

陆维桢语结："你们……"

"你也不必替我们难过了，"猴哥认真道，"师父你惩了我们的恶，把我从妖魔的深渊里拉了出来，是你教我们恶有恶报的。杀人，就该偿命，就该受罚。"

"我什么时候……"

"你只是不记得了，"猴哥道，"但我们都记得。"

突然一阵惊雷炸响，乌云压顶，云层漩涡般翻滚，闪电如群蛇一样在其中游走。

陆维桢看到了神。他的视线透过了天花板，透过了屋顶，透过了云层，万物都不能遮挡神的显现。

无数金色的锁链从天而降，如狂龙奔袭，扑向孙悟空。

"走了，"猴哥道，"香蕉抱枕给我留着，最好能留个五百年吧。"

锁链捆住了孙悟空，一接触到他的身体便"呲呲"冒出白烟。昔日的那个齐天大圣并没有挥舞他的金箍棒，他低下了他曾经高傲的头颅，任由捆妖锁腐蚀着他的躯体。

高处的神一挥手，所有一切本不该存在于陆维桢生活里的东西，全都消失了。

陆维桢看着医院里昏暗的走廊，想起了一句佛偈：

人生如梦幻泡影，如露亦如电。

❧ 六 ❧

家里好冷清。

电视机里梅长苏伫立在风雪中，沙发上还散落着一盒爆米花，茶几上的一瓶可乐只剩下了一半。陆维桢推门走进卧室，他的小床乱糟糟的，上面还大咧咧地横着一个香蕉抱枕。

虽然自己一直是一个人这么过来的，可是现在又变成一个人，突然觉得特别冷清。

陆维桢试着叫了一声："大圣？"可没人应。

突然响起一阵敲门声，陆维桢一愣，随后大喜，扑过去开门，结果外面站着一名陌生的西装男，还是个秃头。

西装男突然给他正儿八经地鞠了一躬，说道："师父，我是沙僧，特来看望您的。"

"哦，"陆维桢关门，"我不是你师父。"

"等会等会，"西装版沙僧急忙把陆维桢拉住，"师父就不想见大师兄吗？"

陆维桢一愣。

"我有办法让师父见大师兄，"西装男掏出一张符纸，"就是师父得受些苦。"

陆维桢盯着那张符纸，艰难道："我就算去了……又能做些什么？"

沙僧摇摇头，道："我不知道。但在我看来，师父是明知什么也做不了，也会尽全力去做的人，所以我就来帮师父了。"

陆维桢舔了舔嘴唇："说说吧，这玩意该怎么用。"

"贴在天灵盖上就行，"沙僧道，"之后师父会脱离肉身，入地府，我会帮师父照顾好肉体。这道符会保师父在过刀山火海时不会魂飞魄散，牵引师父去见大师兄。"沙僧顿了顿，迟疑道，"还有句话我不知当讲不当讲。"

"少屁话，快讲。"陆维桢腿在颤抖。

"这事怨不得大师兄，"沙僧道，"天庭只是想找借口抓他，赵清舒只是替死鬼罢了。"

陆维桢长吁一口气，颓然道："这事怎么说都怨不得他俩，是我的错。"

"师父你说过，"沙僧郑重地把符纸递给陆维桢，"犯了错，就得受罚。"

"再再重申一次，我不是你们师父，"陆维桢接过符纸，"这点道理我还是懂的，不用你们教。"说完，他便把符贴在了头上。

突然，强大的吸力席卷全身，一瞬之后，他被拉扯得全身变形，穿过了三徒川，混入了一片魂海。

陆维桢茫然四顾，看到远处有着盛放的彼岸花，星星点点的光团上下沉浮，幽静而美丽。

"这是冥河。"陆维桢耳边突然响起了沙僧的声音。

陆维桢看见河岸边有些青面獠牙的小鬼，身上背着个布袋。小鬼时不时从冥河里抓出一个魂魄，要么砍断魂魄的肢体，要么从魂魄心口抽出一团光团，不论是断肢还是光团，都被小鬼收进了布袋里。

"那是在干什么？"陆维桢好奇道。

"那是天庭的供奉，"沙僧道，"断了魂魄的肢体，魂魄转世就是残疾人；抽了魂魄的精魄，魂魄转世就会夭折。天庭拿这些精魄和断肢当肥料去养蟠桃园的桃树。"

"凭什么？"

"肉身滋养魂魄一世后，断肢和精魄又会长出来，天庭大概觉得取了也没什么害处，"沙僧叹了一口气，"大师兄当年也说过凭什么，然后砸了玉帝的蟠桃宴。"

"哦。"陆维桢有些闷闷不乐。

陆维桢随意一瞥，大吃一惊："那是小舒！"

只见小鬼抽了赵清舒的精魄，然后随手丢进冥河。陆维桢急切地抬头去找，但赵清舒的魂魄已经混入了茫茫魂海，消失不见了。

陆维桢举目四顾心茫然。彼岸花仍旧在盛开，光团依然在沉浮，一望无际的冥河还在静静地流淌，陆维桢却不再觉得它们美丽，悲凉如粘稠的墨，涂黑了所有风景。

❧ 七 ❧

孙悟空被绑在石柱上，浸泡在万年熔岩里。金箍棒被封禁在青铜器里，埋在万丈深坑内。

他无聊地用脚拍打着岩浆，想起那个埋金箍棒的深坑就是他当初砸的，没想到几千年过去了，阎王爷还没有把它填平。

孙悟空特别讨厌阎王爷，同样的，阎王爷也讨厌他。当初孙悟空只是好奇地翻了翻生死簿，阎王爷非说他偷改了，气得孙悟空把阎王殿给砸了。

就算改了又怎样？孙悟空心想，阎王爷不老是偷改么？凭啥我就不能改？

这句"凭什么"他喊了几百年。当初唐三藏告诉他，你先把你犯的错弥补了，把你欠的债偿还了，我就告诉你凭什么。

如今唐三藏不在了，没人告诉他凭什么。

孙悟空拍打着岩浆，心魔蠢蠢欲动。

"大圣！"

嗯？孙悟空耳朵动了动，这是陆维桢的声音。

"大圣！我在这呢！"陆维桢艰难地喊道。他缩成了一团，躲在符纸幻化成的光罩里。陆维桢现在魂魄虚弱，刀山火海他都不知道自己是怎么过来的，全凭着一口气，想着一定要见到大圣。

"你怎么来了？"孙悟空一愣。

陆维桢飞来飞去躲闪喷浆，急促地说道："一开始我也不知道我为什么要来，不过我还是来了。在路上我就想好了，天庭太不是个东西了，咱们不欠他们的，该偿的命偿了，该受的罚咱们也受了，而且这事也怨不得我们……"

"你到底想说啥？"

"我就是想说，大圣咱们走吧。你可是齐天大圣，不应该困在这里的。"

孙悟空沉默了良久，问道："凭什么？"

"就凭我们问心无愧。"陆维桢回答。

孙悟空咧嘴一笑："明白了。"

捆住他的锁链猛地炸裂，大地在震动，在颤抖，金箍棒破土而出，飞回到孙悟空手掌里，不停地嗡嗡作响。孙悟空从岩浆里站起来，金黄的熔岩在他身上流淌，仿佛君王的黄金龙袍。他朝陆维桢吐出一口精气，陆维桢顿感神清气爽，受伤的魂魄也被滋补回来。

千万阴兵从四面八方涌出来，鬼风呼啸，阴风怒号，十殿阎王全部围了上来。

陆维桢瑟瑟发抖，问道："大圣啊……对面人好多……要不我们从小路跑吧？"

孙悟空没理他，向前走了一步。

千军万马一齐向后退了一步。

孙悟空就这么径直走去，千万阴兵纷纷躲闪，空出了一条长道。

"哇，"陆维桢从孙悟空背后飞出来，"可牛坏了，叉会腰。"

"问你个事，"孙悟空道，"要是有人要抓我们，不死不休的那种，我怎么办？"

"你不是齐天大圣吗？打他啊！"

"要是不小心打死了呢？"

"这个算是自卫吧。"陆维桢挠挠头，"打死就打死了，反正神仙也会转世。"

"好，"孙悟空咧嘴笑道，"看来又要大闹一场了。"

猛然间天地一阵轰响，地府的顶头被掀开，无数天兵天将从外面蜂拥而至，每一个都衣袂飘飘气势磅礴。

"怎么了怎么了？"陆维桢惊慌失措。

"天庭和地府连起来了。"孙悟空道，"为了对付我，真舍得下老本。"

孙悟空拿金箍棒在陆维桢周身画了个圆，道："不管发生了什么，千万千万不要出来。"随后他又不知道从哪摸出个MP3，丢给陆维桢，"要是无聊就听歌。"

陆维桢接过MP3，点点头："好。"

尘土铺天盖地地席卷八荒，天地间响彻着阵阵怒雷，战马在嘶吼，呼吸间喷溅出片片雷光。天上有神龙，有朱雀，威严凌然；地上有白虎，有玄武，气势磅礴，无数神魔仙鬼在咆哮，在厮杀，如雨一般的血从天而降，染红了大地。整个世界都带着凶悍的杀机，直压矗立在半空的孙悟空。

陆维桢看到了他闭上了眼睛，随后猛地睁开，那对瞳孔如岩浆里的黄金，亮得刺眼，一如梦里。

——惊世之战，天崩地裂。

MP3里的歌声激昂，锣鼓喧嚣，带着京腔的唱词响起：

上路！鞏州遇虎熊
五百年前一场疯
腾宵又是孙悟空
失马！鹰愁涧飞白龙
沙河阻断，路难通
福陵山中收天蓬

......

陆维桢第一次知道，神仙打架还会骂人。

"孽畜！还不束手就擒！"

"孽畜！你犯了天条还负隅顽抗！"

"孽畜！生来畜生，凶性不改！"

一口一个孽畜，一人一声诘责，好像全天下的罪都是孙悟空犯下的，他十恶不赦、屡教不改、罪行罄竹难书。

来的路上沙僧告诉过他，所有的神都嫉妒孙悟空，因为他只是一只猴子，却能超脱三界之外，不在五行之中。

神也会嫉妒么？

会。而且会嫉妒得发狂。就好比你们凡人看到了一只待宰的猴子得道成仙长生不老，就会嫉妒，会不停地想从猴子身上得到什么。

杀意铺天盖地而来，孙悟空独自一人挥舞着金箍棒冲锋、厮杀。不管前面有什么在阻挡他，他只会挥舞金箍棒去砸，他没有那些各种各样的法术。

他嘶吼着，咆哮着，血泼在他身上，火在他身上烧灼，全世界都在针对他。

突然间佛光普照，所有的神都停了下来。

佛祖高坐云端，声如洪钟："悟空，放下屠刀……回头是岸。"

"我要走，"孙悟空脸孔狰狞，雷火从他每一寸毛孔喷溅而出，"你想怎样？"

佛祖不语，手指拈花成印，直罩孙悟空。

"你以为老子怕你不成？！"孙悟空咆哮道，冲向佛祖。

佛印压住了孙悟空，让他行动艰难。无数神魔嘶吼着，甩出捆妖锁，把孙悟空严严实实地裹起来。

"金蝉子，你该醒了。"观音突然出现在陆维桢旁边，拿出金箍，"我们控制不了他多久，就连佛祖也不行。只有你能困住他。"

陆维桢心里一阵发紧，想起了以前跟孙悟空闲聊，问他如果被戴上金箍会怎样，孙悟空说会法力尽失变成小妖，任人宰割。

"你为什么不给他戴？"陆维桢警惕道。

"只有你能困住他。因为孙悟空不沾因果，除非有人与他定下契约，否则他不会受制于任何人。"观音笑吟吟道。

陆维桢想起了那一滴血。

陆维桢一抬头，便看到漫天神魔都在看着他。

"看什么看！"陆维桢双腿打战，"打死我也不会给他戴金箍的！"

"你会的，"观音道，"因为你是金蝉子。"

陆维桢没来由地感到一阵恐惧。

观音一掐指，陆维桢便觉得脑中有如钟撞，无数陌生的记忆如潮水般涌出，慢慢盖住了他的神智。

完了。

陆维桢想着，最后一个喊他大圣的人也要走了。就算大圣天下无敌，也一定会很孤单吧……真不想是这样的结局。也许书上又会写孙悟空再次大闹天宫，然后被仁慈的佛祖收服了……可事实明明不是这样的。

MP3 里另一首歌带着悲怆清唱：

……

世事一场大梦

百年过客匆

本为顽石何来罪尊重

天地生我孙悟空

何须接兵戎

三界独称雄

翻手成雨覆成风

奈何有神通

天地一孤鸿

凭谁笑痴狂癫疯

九州雷霆动

五行横命中

百年顽抗作孤勇

生死谁与共

疏狂几人同

……

唱吧唱吧，陆维桢心想，最好让那个金蝉子听到。

陆维桢闭眼，再睁眼，目光清越，有如古井无波。

他诵一声佛号："阿弥陀佛。"

他接过了金箍，走出了那个圈。

他说："悟空……你又犯错了，又入魔了，为师给你的教导又忘了……"

漫天的神佛手上一松，他们感受到孙悟空已经不再反抗了。

大概是心如死灰吧。

千年前问的一句"凭什么"，以为得到的答案并不是真的答案……但他却更喜欢那个假的。

又要回五指山了啊……孙悟空心想，五百年后又是会谁……

他在佛印里缩成一团。

天庭地府落针可闻，谁也不敢动，漫天神佛仍旧在全力驱动捆妖锁，生怕孙悟空起了心魔，暴起大开杀戒。金蝉子仍旧在唠唠叨叨。

他走着走着，前面一个神仙背对着他，挡住了他的路。金蝉子仔细一看，认出是杨戬，他正聚精会神地拉扯着捆妖锁，完全没注意到金蝉子来到了他的身后。

"就决定是你了。"金蝉子笑道，把金箍戴在了杨戬的头上。

所有的神佛都怔住了。杨戬面容扭曲，怒吼道："金蝉子！你干什么？"

"什么什么什么？"金蝉子像是被吓了一跳，然后在身上摸来摸去，"咦，我真的回来了？"

"大圣！我是陆维桢！"陆维桢大喊道，"你师父要我给我带句话！"

"快阻止他！"观音大叫。

狂龙咆哮，白虎扑奔，所有的杀意都锁定了陆维桢，如蚂蚁一般密集的神佛咆哮着冲向陆维桢。陆维桢被这恐怖的威压摁在地上，三魂六魄都要被压散。

怒雷轰响！捆妖锁如纸一般被孙悟空穿透，只是一瞬间，孙悟空便挡在了陆维桢面前。

"什么话？"孙悟空声音有些颤抖。

陆维桢道："惩恶扬善缺一不可，千年以前我惩了你的恶，如今我应约来扬你的善了。"

孙悟空咧嘴一笑。

锁子黄金甲幻化而出，裹住了他的每一寸身躯，凤翅紫金冠冲天而起，翠丽而端庄，他手握金箍棒，站在陆维桢面前，无人敢越雷池一步。

他说："挡我者死。"

对啦，陆维桢想着，这才是齐天大圣孙悟空啊！

顶天立地，赤子之心。

　　八戒找回来了，是猴哥拿金箍棒指着玉帝的脑门让他把天蓬召回来的。但他法力损失了不少，胸都变平了。

　　赵清舒也投了个好人家，猴哥改了生死簿，让她长命百岁。

　　沙僧在人间原本就是个跑业务的，如今仍旧在兢兢业业地跑业务，偶尔会被猴子叫出来一起去撸串。

　　至于陆维桢，经此大变之后天天缠着孙悟空教他修仙，猴哥受不了陆维桢的叨叨，给了他修仙版的《周易》。陆维桢表示看不懂，缠着猴哥讲解。猴哥便把广场舞画成秘籍，给陆维桢说这是简化版的修仙秘籍，从此陆维桢天天勤奋地在家里跳广场舞。

　　几人就这么玩闹纠葛，一直缠了百世乃至万世。

完

　　　　*文中出现的歌词分别来自《九九八十一》和《绝尘赋》。

哥几个
霸占了
中国人童年男神榜
前五

王家卫式西游

文 / 喵大人

❧ 沙僧 ❧

贞观十六年，初六，惊蛰。每年的这个时候，都会有许多人来渡河。

有人来我便有生意，我的生意是吃人。我这一生，吃人无数，罪孽深重。

菩萨让我在流沙河等着，等佛来度我。

可我等了九世，人世间悠悠过去了九百年。

没有佛来，无人度我。

那天来了个僧人，说要去取西经，救众生。

我记得他，他来过九世，每一世都死在我的流沙河。

我吃过的人很多，可记得的只有他一个。

因为他每一世的目的都是一个，取西经。

"你已经被我吃了七次了，回去吧，你永远渡不过流沙河的。"

第八次，我打算放了他。

他却拒绝回去。

我感到很奇怪，为什么会有这样固执的人？明知生生世世渡不过这条河，还是每世都来。

弱水三千重，他的头颅却不会沉。我把九个头颅串在一起，暗暗想，若是他再来，我便不吃他。

第十世的惊蛰，他如期而来。

"就算我不吃你，这羽毛都沉的八百里流沙河，你也渡不过去。"

那僧人行礼道："贫僧想借施主的项链一用。"

我把那九个头颅给了他。河水汤汤，他借着自己九世的头颅渡过了河。

我终于明白，我浪费了九世的光阴。

原来世上无人可度我，只有自己度得了自己。

❧ 唐僧 ❧

世上只有两种妖怪，想吃我的和想睡我的。

他们通常只有一种结果，就是被打死。

我所遇到过的倾城绝色很多，她们口口声声说喜欢我，其实我很清楚，她们喜欢的是金蝉子转世的修为罢了。

只有一个凡人，她说爱我，要把江山送给我。

我听过女人的谎言无数，但我知道这一句是真的。我拒绝了她，从头到尾没有正眼看过她一眼。

她很难过。

多年后，世人皆赞圣僧不为美色所惑，只有我知道，有的人只看一眼就会错。

❧ 杨戬 ❧

每个人都有被激怒的时候，而我被激怒的时候喜欢开天眼。

世上能激怒我的人不多，猴子算一个。

那一年，他以下犯上。我带着梅山兄弟与帐前一千二百草头神前去镇压。

"泼猴，你为何造反？！"

猴子嘻嘻一笑："关你屁事。"

"我乃玉帝外甥，敕封昭惠灵王二郎。今蒙上命，到此擒你这造反的弼马温，你还不知死活！"

他懒洋洋地从耳朵里掏出金箍棒："你算老几。"

我们打了三百回合，不分胜负。

他使出了七十二变换，我甚至开天眼与他争斗。

那一战，我赢了，虽然不太光彩。但那又如何呢，小孩子才看对错，大人只看结果。

我冷冷地看着他被百般折磨，但猴子依旧嬉皮笑脸，丝毫不惧。

我想我讨厌他，这烦人的猴子到处惹是生非，还敢看不起我。

后来，我才知道，我并不是讨厌他，我只是嫉妒。

嫉妒他与生俱来的自由，嫉妒他做的事我敢想不敢做。

又过了很多年，那烦人的猴子修成正果，立地成佛。

我才发觉，世上再也没有魔了。自他之后，再无人敢踏碎苍穹，自称与天同寿。四海八荒，再也没有一个人和我一战三百场。

原来没有敌手是这般无趣。我开始想念那个烦人的猴子。

可他早已坐在高高的莲台之上，无悲无喜，无念无欲。

我骂他笑他气他激怒他，希望他像从前一样跳起来，大骂我，冲我喊："吃俺老孙一棒！"

可他没有。

九重莲台之上，他只是悲悯地看着我，双掌合十。

道一句："阿弥陀佛。"

❧ 悟空 ❧

很多年前，有人叫我齐天大圣，很多年后，有人叫我斗战胜佛。

其实，不管是齐天大圣还是斗战胜佛，都是一个猴子的两个名字罢了。自我成佛，天下无魔。

我终日坐在九重莲座上，千百年漫长地打坐。

我的心，平静如古井无波。

只是有一日，我赴会时路过一座山，那山杂草丛生，一片荒芜。

不知为什么，我觉得它很眼熟。

座下童子告诉我，那叫花果山。

我有一瞬间的恍然。

原来，我也曾与天斗过，五百年看一眼桃花开落。

❧ 八戒 ❧

人有太多烦恼，还是当猪最好。

世人都笑话我好吃懒做，贪恋的美色太多。其实，我的心上人只有一个，可惜无处说。

我第一次见到她的时候，我们之间的距离只有 0.01 公分，我对她一见钟情。一炷香之后，她喜欢上那个叫吴刚的男人。

可我还是喜欢她，喜欢人又不犯法。后来我才知道，喜欢人是犯法的，犯天条。

那又怎么样呢，就算犯天条我也要喜欢。

我想，她喜欢吴刚大概是因为他会砍树。我也可以砍树。只要她愿意，我可以天天为她砍树，砍什么树都行。可是她听了我说的话之后很生气，不想理我。

后来的事所有人知道，天蓬元帅因为调戏嫦娥被贬成了猪。我

知道不会有人相信我，但我其实什么都没有做。那一天，我只是去问她知不知道广寒宫门口的桂花有多少朵？她看见我来很厌恶，让我赶紧滚。她说我是傻子，桂花那么小怎么可能数有清多少朵。

桂花当然能数清，看不到她的每一天，我都默默地站在广寒宫外数。一共一千三百三十朵。我思念她的时候就喜欢数花，我只是想告诉她，数了一千三百三十朵的我有多寂寞。可是我那时才知道，她讨厌我。一个被讨厌的人，呼吸都是过错。

玉帝判我罪行时我没有辩解，我打扰了她，很抱歉。如果我的消失能让她高兴一点，那么做人做猪又有什么分别。

当猪之后，我成天好吃懒做，得过且过，我觉得我很快乐。

可是到那僧人和猴子命我去取经的时候，我才发觉，尽管沧海桑田，人间不知过了几个百年，我依旧固执地记得那年广寒宫外的桂花有多少朵。

我才明白，原来，猪也会难过。

完

无量劫

文 / 尚不趣

❀ 一 ❀

那天麻将打到半夜，猴子来了条短信：想师父了。我牌性正酣，拿起手机看了一眼，转身接着凑我的大三元。

牌局散场时已经是早上五点，从麻将室回家的路上遇到红孩儿。他起了个大早往狗市赶，说是有一家弄到了西域纯种的虎狮狼杂交斗犬，要去看个热闹，还问我去不去。红孩儿武艺是高，可眼里没水，偏偏还就喜欢那些个稀奇古怪的玩意儿，字画玉石鹦鹉斗犬，什么难辨识就喜欢什么，狗市的孙子们都当他是个财神。我说去了也是扔钱，少则两三千，多则上万。白花花的银子那换些个劳什子，再说我还哪有钱，昨晚输了个底儿掉。

一听我没钱，红孩儿一溜烟跑远了，一声回见都没说。要是牛魔王还活着，知道那帮市井之徒拿自己儿子当傻子耍，非一把火烧了狗市不可。

太平盛世，唯财是用，市井之间，妖魔横行。

到家时已经七点，看时间还早便给秀兰带了屉包子。进屋没敢看她的脸，倒头便睡。一觉醒来她早已上班去了。

洗脸刷牙打开电视，总觉着忘了什么重要的事情，寻思半天才想起猴子那条短信，掏出手机又看了一遍，四个字绞得胃里生疼。

猴子总是跟我说，几百年里只有戴着金箍才能睡个安生觉。我一般都不接他话茬，猴子说话就这样，有来无回，冷不丁一句让你不知道怎么应。其实理由都听腻了，杀生太多，喝水一股血腥味，闭眼黑暗中全是冤死的厉鬼。

说真的，我理解不了。

遇到师父之前我做过不少坏事，打家劫舍奸淫掳掠，没想过要赎罪，更没想过取个经就能善终。关于我的恶行，坊间传闻我仇恨天庭，师父批我六根不净，佛说皆为泱泱因果。我思考了很久，想来也只是因为手痒。

猴子和我不一样，他从石头缝里蹦出来，做什么都无因无果。宰第一只兔子，杀第一头山妖，他一样一样记在心里，每每喝酒时就跟我说，棒子砸烂脑袋的触感就像用手抓屎，恶心。

回忆猴子的时间单位都得以百年计，我想即使数千年过去了，猴子还是那个刚从石头缝里蹦出来的猴子，白纸一张。要说谁拿笔在这白纸上点了点墨，也只有师父。

我把电话打了过去，说猴哥，最近生意太忙，过两天抽空去找你喝酒。电话里静悄悄的，猴子叹了口气，寒暄了几句，突然提起师父。我没接话，知道这一讲又是半天，于是把电话扬声器打开放在一边，自己窝在沙发里，听猴子絮絮叨叨地重复着早已无甚可说的陈年往事。

想当年一路西行，有惊无险，哪有妖怪奈何得了这只猴子。我只当重新做人，悟净常年不发一言，只有这只猴子爱上蹿下跳，开些不合时宜的玩笑，气得师父盘膝念经来紧他头上的金箍。

取经的十数年里，无论什么天气何处地界，师父永远一尘不染，相比口耳相传的得道高僧，师父的形象在我心里永远是半截白花花的脚踝。

第一次见师父，我已被猴子毁了宅子折了钉耙，他把我打趴在地上，用变大的金箍棒压住我的腰眼，让我动弹不得。我鼻拱地口吃土心里不停骂娘，突然就听到了两声清凉的"善哉"。猴子嘻嘻哈哈叫道，师父师父！看我一棒子了结了这只畜生。

"你这泼猴，顽劣至极。"师父一说话，猴子就安静了，我只感觉腰间一沉，想必是猴子暗暗加了金箍棒的重量。

师父走到我面前停下，可我无法抬头看一眼，因为猪没法抬头看天。时值炎夏，我被打趴在泥里，视线与地面平行，只能看见袈裟的下摆。我看见师父穿一双黑色布鞋，露出半截白花花的脚踝。

我听见钥匙转动门锁的声音，便关了扬声器把手机拿到耳边。翠兰下班回家，看都不看我一眼便径直回了卧室。猴子终于结束了回忆，他说，悟能，我想师父了。我装作不在意，说翠兰回家了。猴子忙说跟弟妹带好，安静一会便挂了电话。

我没跟猴子说，我也想师父了，而你至少还有金箍。

❦ 二 ❧

师父死后猴子说要出去走走，找个西行路上走过的地方定居。我和老沙挽留了他很久，可都是徒劳。猴子绝情，许诺永不回来，一离开就没了音信。我和老沙留在长安，浑浑噩噩地过了几年。

我和老沙不对路，他严肃过了头，胡子要修齐，头发要刮净，吃饭要发票。取经路上我总是呛他，那时我单纯地以为如果有天修成正果了，我和老沙也只有在看望师父时能见上一面，结果最后师父没得看，我俩倒是联系最频繁的。

那天老沙给我打电话，就一句话，我看见大师兄了。我在电话这头一下炸了毛，这崽子不是不回来了么。

我们俩翻遍了四条街，才在一个破旧的小区里找到了他。那个小区在繁华长安的背面，猴子坐在长椅上晒太阳，头枕在椅背上，两腿伸得老长。我离老远看了半天，猴子头上没有金箍。

金箍有三，一给善财童子，一给守山大神，一给齐天大圣。

每次我问猴子，师父念紧箍咒的时候真那么疼？猴子都不愿意答我，他总是照我屁股就是一棒，嘴里嘟囔着师兄的事，师弟问什么！我嘴里也不输人，嚷嚷着要去问黑熊精和红孩儿，可取经回来，就把这事儿忘了。

猴子安静地坐在长安最破败的小区长椅上，身后楼宇密密匝匝，阳光照不到他的脸。

我问他："你不是走了么？"

猴子嘿嘿一笑说："找不到个落脚的地方，又回来了。"

"回来也不知会一声，你说你待的这是什么地方。"老沙一拍猴子肩膀，说，"来我这儿，我现在至少在天庭还有个头衔。"

猴子腼腆地笑笑，不说话。

我看着眼前这只猴子温顺的样子，发现根本想不起齐天大圣的凤翅紫金冠和如意金箍棒，根本想不起他大闹天宫时的震天憾地。老沙搂着猴子嘘寒问暖，间或夹杂几句对猴子现状的不理解。我心里冷哼一声，怪不得你现在还没个对象。

对于一只没了师父的猴子，哪里不都是索然无味的五指山。

三

时值庙会，三条街的路程开车走了半个小时。长安城里人头攒动，我只得把车停在了衙门后身的小街。锁好车我一路小跑往衙门赶，好久不运动，搞得大汗淋漓。路上遇上舞狮队，打头的狮子红眼黑鬃，额上还有只金色的独角，我侧身让过狮子，却总觉得那双红色的铜铃大眼盯着我不放。我心头一凉，差点撞上踩高跷的艺人。

老沙和红孩儿在衙门前等着我，老沙像往常一样西装笔挺，光头锃亮。红孩儿还是百年前的小孩儿模样，面若傅粉，唇若涂朱，只是眼中澄净不再。

牛魔王估计九泉之下了无遗憾了，今天红孩儿终于一把真火把狗市烧了个干净。

老沙有点局促，看我来了也不说话。红孩儿咂巴咂巴嘴，可是庙会的鞭炮声太吵，说的什么我听不分明。

无非是跟狗市的小商贩起了争执，红孩儿一颗不服输的少年心，再加上当年猴子见了也让三分的三味真火，一把火烧出了麻烦。不过现在老沙已经带他出了衙门，估计事闹得不大。想到这儿，我也就不担心，只想快点离开这个吵闹的地界，便拉着红孩儿朝停车的地方走。

红孩儿不动，朝我喊了一句："刚才我叔来过了。"这句我听得清楚，一琢磨顿时头皮发麻，不敢再往下想，红孩儿见我僵住便接着说道，"我哪知道……我哪知道我叔还不知道唐僧咋死的啊。"

老沙在旁边附和，说红孩儿也不是故意的。可我已经什么都听不进去了，喧闹的庙会仿佛突然被人按了静音，连阳光都是冷的。

五百年前我司掌天河，手下天兵十数万，直到因一个赌约被贬下凡，兜兜转转数百年。又因为和观音大士的一个赌约，我披上僧袍，受名悟能，护送师父西去取经。

两个横跨五百年的赌约串起我的一生，我像行走于崖间的钢索，战战兢兢却停不下来。时间一久，我全忘了天河的清澈和云栈洞的凶险。

何为悟能，我一直不得参透。相比之下我更喜欢八戒这个名字。

一戒杀生，二戒偷盗，三戒淫，四戒妄语，五戒饮酒，六戒着香华，七戒坐卧高广大床，八戒非时食。

师父赐名那天我因为这八戒抓耳挠腮，猴子在一旁幸灾乐祸地嘻嘻傻笑。

那是我唯一一次对戒律虔诚。

师父死于天界极刑，胎光、爽灵和七魄全部被打散，三魂中只留幽精囚于天牢。受此刑者将永堕轮回之外，绝无转生之时。行刑前的师父一身素衣布鞋，锦襕袈裟和九环锡杖早已还与观音。我双膝跪地，脑门顶在凌霄宝殿前冰冷的石阶上。殿外抟云重叠，无冷无热，我却簌簌地冷汗直流。师父站在我身前，叮嘱我切不可将他死之事说与猴子。

师父说，八戒，严守此事之缘由，此乃我予你的最后一戒。

人生是一条没有起点和终点的咬尾之蛇，我不断重复着烂熟于心的谎言，心里早已烂成空洞。我自诩看遍世间险恶，却怎么也猜不着漫漫西行路走到最后竟织成一张无处可逃的网。

观音教化过我，今生微不足道，仅仅是通向来世的悠长门廊。我只是撇嘴，天上神祇一睡千年，哪要什么来世。泱泱佛法只对凡人，谎言铸就来世的塔，今生只是塔下的野草。师父就从不跟我讲佛法，只讲行为，从不跟我讲来世，只讲当下。到头来，果真没了来世。

老沙在天庭档案室做管理员，我让他查过金蝉子、江流儿、玄奘和一些其他名字，没一个记录在案。

庙会那天红孩儿因为一只裁耳的狗烧了一条街，被衙役带走后他第一时间给老沙打了电话。朝中有人好办事，老沙签了张条子就把红孩儿带了出来。好死不死遇到了逛庙会的猴子。

叔，你师父死得确实太惨，就这一句话，红孩儿便惹了大祸。

西行归来，猴子被封为斗战胜佛，老沙化为金身罗汉，小白龙升为八部天龙广力菩萨，我给封了个净坛使者，师父的名字最难念，旃檀功德佛。

后世传颂旃檀功德佛能消罪孽，阻罪业，我也只是笑笑。尘世间那么多纷繁业障,岂是诵经跪拜能消解的。不知道成佛后的师父,看不看得见近在眼前的无量劫。

"你还说什么了?"我问红孩儿。

红孩儿低声道:"他问我才说的。"

"你还说什么了!"我一步跨到红孩儿跟前,猪鼻子几乎顶到了他的脑门。

红孩儿用眼角瞟我,答道:"我说叔你没事儿就烧香吧,取假经可是欺瞒天庭的大罪,活该处极刑。现在你们哥几个还能活着,多好。"

我深吸口气,浑身发冷,猴子机灵,这秘密本是埋进地底的箱子,红孩儿掘出个角,猴子立刻便猜到了尺寸。

老沙见我不出声,拍了拍我肩膀,我一个激灵回到了现实,一巴掌扇在红孩儿脸上。

傻愣着干什么,找猴子去!

四

翠兰一直想要个孩子,可我不能给她,即使修成正果我还是只猪,猪刚鬣才是我的本名。那天我从庙会赶回家,翻出了压箱底的九齿钉耙。这钉耙当年被猴子折断过,又被观音大士用柳叶修复了原型,这些年堆在角落里再没见过光。

我把钉耙扛在肩上,一纵身跃出家门,恍然感到背后翠兰的目光,不自觉停了步子。

翠兰也不问我去做什么,淡淡一句,早回,晚上煮面条。

我定了定神,手结法印,口诵经文。一声腾云,话音不落便窜了出去。再回头时家里的宅子已经成了脚下的一个黑点。

到最后我也无力承诺翠兰什么,甚至只是个回家吃饭的小小请求。

老沙把红孩儿送回家便立刻赶上了我，我见他还是一身笔挺制服不禁怒从中来。

"你的降魔宝杖呢！"

"天庭早收了，还能给我留什么兵器？"老沙蹿到我身边，双臂一震，外套应声而裂。我看见他脚下乌云凝成翻滚的浪，咧开的衣襟里露出一串项链。

这一架早该打了。老沙罕见地爆了一连串脏字，随即化作风暴，所过之处风雨飘摇。

只有猴子不知道师父的死因，师父被处刑时天庭借故将猴子支回了花果山，等猴子回来时，面对的只有一尊金身佛像和圆寂后留下的舍利。

天庭怕猴子作乱，为他一个人伪造了一次高僧涅槃。

那天猴子在师父的舍利前呆坐了很久。他把金箍摘下捧在怀里，嘴里念念有词。

一切行无常，生者必有尽，不生则不死，此灭最为乐。这是师父生前常跟猴子念的一句。

西行是佛道博弈的一盘棋，如来想取经传道，玉帝却只望民智不开，这场博弈中我们师徒五人不过是用之即弃的走卒。如来深谙师父脾性，如若玉帝图谋私藏经书，师父必以死相保。在取经这事儿上，师父是唯一一个绝不会令他失望的人选。若非不得已，他也不愿失去师父这样的得力帮手，如来承诺师父，取经过后，将经书留在人间，即刻返回大雷音寺，他必全力保住师父性命。可他不知，师父自应承了取经一事起，便已存了死志。取经之后留在下界讲经说法，翻译经书，天上一日，地下一年。回到天庭时师父早已将译好的经书和原本留于人间，他交给玉帝的只是一片西域带回的菩提叶。

　　欺瞒天庭、遗失经书、滞留人间、拒不领罪，所有罪责最终由师父一人承担，他的唯一要求就是保四个徒弟平安。

　　佛说一切皆有因果，可在我眼里，这因果不过是佛家之蜜糖、凡人之砒霜，六道轮回是一把铡刀，架在众生头上只等一声判决。五百年来风雨晦暗人心险恶，所行之路累满森森白骨，佛说一念天堂，我却只看到阿鼻地狱。

　　猴子最终还是知道了师父的死因，那个五百年前大闹天宫的泼猴，被一顶金箍所束，西行十数年，到头来却弄不清何为正果。我跟老沙说，以猴子的性格，绝对要大闹一番，老沙将了捋修剪整齐的胡子说，早该动手了。

　　我和老沙冲上南天门时，天兵已死伤数万，猴子蹲在堆成山的尸体上放声狂笑，阳光照着他的金箍闪闪发光。猴子挥手甩甩棒子，金箍棒上溅的血甩了一地，在他和众天兵之间划下一条血线。我看见了好多老朋友的面孔，巨灵神、杨戬、哪吒、李靖……我看见他们脸上惊恐的表情，像是待宰的羊。那天的南天门肃杀异常，只有哮天犬不合时宜地猖猖狂吠。李靖站在无数天兵身后的云层上劝猴子投降，他说玉帝威严，说天兵何其骁勇，说我等师徒西经枉取，说妖猴作乱杀孽必偿。猴子一言不发，见我和老沙来了便竖起两根手指，我掏出颗烟给猴子点上，问他，这次咱们杀到哪？猴子站起身，也不抬头看那漫天黑压压的天兵天将。他把棒子舞了个花背到背后，猛嘬一口烟，只说了四个字。

　　师父墓前。

完

敖烈的故事

文 / 张海带

❦ — ❧

多年以后，我身披袈裟，坐在许多的菩萨罗汉之间，耳旁呢呢喃喃的诵经声，好像永远都不会停止．我也不知道究竟是过了几年还是几百年，自从我得到了永生，时间对我来说，就没有任何的意义了。

后来我见过一次父王，当时我在看云，他正好路过，我向他低头示意，喊了一声"龙王"，他也回了我一声"菩萨"。

我有些话想和他说，却又不知该如何说起，有些事好像明明没有做完，可是时间遥远到不知道该从哪儿开始了。我在心里叹了口气，我听见他也微不可闻地叹了口气。

❦ 二 ❧

师父一直没有到天上来报到。他和佛祖说要先回东土大唐翻译经书，几十年过去了，经书终于翻译完了，他又请假说要写一本《大唐西域记》介绍沿途的风光，弘扬佛法，抨击佛学界浮夸的学术风气。

有一次我听几个罗汉聊天说："金蝉子那个反骨仔哦，根本就不会回来哦,转世当了唐玄奘又怎么样,他就是变成盐玄奘、醋玄奘,他骨子里也是那个金蝉子哦!"

取经的时候,我最喜欢的就是师父,猴子取经是为了离开五指山得到自由,猪头取经是为了不想再做猪,恶头陀取经是为了有朝一日回到天上要求打碎琉璃盏一案再次判决,而师父取经什么都不为,至于我……

我现在想起来都很气啊!

那天我在山间嬉戏,正在看乌龟们做一些不可告人的勾当,突然听见一声马嘶,回头就看见一匹马冲我抛媚眼儿。

我说:"马兄,你没什么事儿吧?"那匹恬不知耻的马竟然露出它修长洁白的马腿,冲旁边努了努嘴,我看见旁边不知道什么时候已经支起了一个架子,火焰旺盛,瓶瓶罐罐摆了一地,孜然、胡椒、蜂蜜、海盐。

当我抱着一条烤好的马腿咬下去时,观音菩萨出现了。

她问我:"西海龙王三太子敖烈,你可知罪?"

我说:"我并不知啊。"

她说:"你吃了东土大唐高僧的马。"

我说:"这马也没写名儿啊,它自己跑到我面前来,我一条肉食性的龙,吃了一匹马,很奇怪吗?"

她说:"世间万物皆有灵性,你因为自己是龙,便自觉高马一等,吃了马,还振振有词,为了惩罚你,我要把你变成一匹马,送唐僧去西天取经。"

后来我见到了师父,那个时候我不识字,不知道怎么形容一个人,看着他只觉得和别人不一样。后来跟着他开始读书、识字,学会了丰神俊朗、剑眉星目、举世无双这些词,就知道怎么和别人形容他了。

那天,他站在那里,笑嘻嘻地和菩萨说:"这不是我的马。我的马,脖子上是秃的,都是我路上无聊揪掉的,这匹油光水滑的,

肯定不是我的马。"

菩萨说:"你的马被它吃了,所以惩罚它做马,它原本是一条龙。"

他说:"那为什么不让它继续做龙,带我去取经,骑龙岂非更快些?"

菩萨看着他的眼睛说:"师哥,你是个聪明人。"

他又笑:"我就是想看你为难的样子嘛,这匹小龙就交给我吧,小师妹。"

❧ 三 ❧

我们走了好几天的路,唐玄奘有一天问猴子说:"你知道前面是谁吗?"

猴子说:"应该是只黑熊吧,我以前做齐天大圣的时候背过《世界妖怪图谱》。"

唐三藏开始狂笑:"你这泼猴,还挺认真的。没错儿,前面是有只黑熊,不过这个不能打,观音看上它好久了,一直想招它去做保镖,可是师出无名,没有理由地把一只妖怪招去南海,不然该有人去说她闲话了,更何况黑熊也不敢这么公然背叛妖怪界。猴子,你去和黑熊打一架,记住,别留下内伤,等观音来帮我们,顺便大慈大悲地把黑熊带走,我们就能完成一件功果了。"

我在路上走着,低头听着他们的对话,心想:"哦,原来我们是棋子。"

后来我们队伍里又多了两个人,一个是前天蓬元帅猪悟能,一个是前卷帘大将沙悟净。沙悟净长得凶神恶煞,脖子上挂满了人的头盖骨,走起路来,叮叮当当很是拉风。

师父曾经和他说:"阿弥陀佛,悟净你是不是可以把你的项链拿下来,为师看着有一点害怕。"

沙悟净牙齿咬得咯咯响："死秃子，你是不是想让我吃了你？"

我们私下都叫沙悟净为恶头陀，他想吃唐玄奘不是一天两天的事情了。我亲眼见过他的日记本，里面记载着我们沿路经过时遇到的一些妖怪们对于怎么吃唐僧这个话题的各种思路。

豹子精："香油煎。"

大鹏鸟："切片腌。"

每次看见恶头陀咬着笔冥思苦想地看着唐玄奘，我就一阵恶寒。

猪悟能这个人，哦，不，这只猪，每天都在用各种方法试图掩盖自己的肥头大耳。他对于自己是猪这件事非常耿耿于怀，无论唐玄奘和他说多少遍"八戒，总有一天你会发现，你的一生，最快乐的时光就是这些做猪的时光"，他都不为所动。

他最爱做的事情，就是回忆自己当初英俊的面庞，以及迷倒的万千仙女。

取经确实是很无聊的，我们知道每一天将会遇到什么事，将会遇到哪些妖精，也知道哪些可以打死，哪些不可以。

❧ 四 ❧

牛魔王做了一辈子妖怪，钱也有了，权也有了，但是一直为红孩儿的事情操心。他知道自己手里的每一杯美酒，都是拿命换的，他不想让红孩儿也过这样的日子。

他有的时候给孙悟空飞鸽传书，上面写："七弟，我老了，有时候想起当年，我们兄弟七人在一起反天，那是何等畅快。但是妖到了我这个岁数，也就慢慢看明白了，平平淡淡才是真哪，我想给你的侄子红儿谋个功果，还得你帮大哥的忙啊。"

后来我们就打了那莫名其妙的一仗，一个想吃唐僧肉的妖怪，打着打着就打到观音菩萨身边做善财童子去了。以至于后来很多妖怪争相效仿，把唐僧捉起来，每天向外面宣称要吃唐僧，其实谁也没真的吃过唐僧，都等着被菩萨收编走呢。

有的小妖怪实在等得很累，就问我："菩萨啥时候来啊，这唐僧每天要吃要喝的，光是斋菜就能吃十碗，我们扛不住了啊。"

我看看旁边的沙悟净，和小妖怪说："不如你们还是吃了唐僧吧，大家都很累了，吃了唐僧肉你还可以长生不老。"

小妖怪："你当我傻啊，吃了唐僧肉，我倒是想老呢，我老得了吗？天兵天将直接一刀把我砍死了。大唐高僧哎，如来二弟子哎，让我吃了？我还想多活两年。"

我又劝小妖怪："你这不是挺明白事理的么？你快放了唐僧吧，观音不会来的，你还是好好修炼吧，等下让猴子打你一下，你现个原形出来，让值日功曹看见当你死了，你做的事情也不追究了，改名换姓另找个山头去修炼，我们也可以继续往前走，皆大欢喜。"

小妖怪点头答应。猴子一棒下去，小妖怪趴在地上，形神俱灭。

唐僧从洞里端着他的斋菜出来，看了看地上的小妖怪，说："看来又是个苦出身啊。"

这条路越走我越觉得无聊了，唐僧安慰我说："就快到了，到了西天，他们也会给你一个正果。你父王当日冒那么大的风险烧了玉帝的赏赐，还不是为了你小子。"

是的，我原谅他了。

当初他自己烧了玉帝赏赐的夜明珠，转而把我告上天庭，玉帝判了我的死罪，我被吊在行刑架上的时候，真的好恨他。后来佛祖救下我，让我去鹰愁涧反省，我反省了很多年，都不知道究竟哪里错了。直到后来等来了唐玄奘，才知道，原来父王为我铺垫了那么多，就是要把我送到与世无争的极乐世界。

我原谅他了，他和牛魔王没什么分别，都是一个老去的父亲而已。

❧ 五 ❧

猪悟能也做了菩萨，他褪去了猪头，反而很有几分宝相庄严的意味。他浑身洁净，彬彬有礼，见人必称"阿弥陀佛"。

我有时候叫他呆子，他回头温和又严肃地和我说："菩萨莫要取笑。"

我知道他的一个秘密，他每天念完经回到禅房，就躺在地上，哼哼唧唧地学猪叫，有时候他自己觉得太好笑了，笑得坐在那里抹眼泪。

我没有拆穿他，这极乐世界里，每个人都有自己的秘密，大家一起诵经，一起说"万般皆空"，然后回到各自的世界中，痛哭流涕。

❧ 六 ❧

在我小的时候，西海非常美丽，晚霞下的海面是红色的，绵延万里。

后来我离开西海，到了鹰愁涧劳改所，那里终日盘旋着很多秃鹰。山壁上有一个人，秃鹰每天啃食他的血肉，他们说他叫普罗米修斯，是这里最臭名昭著的劳改犯。

有人低头认错，离开了鹰愁涧；有人不认错，死在了鹰愁涧。唯有他，不死不灭，永远受苦。

我曾经走到他脚下，问他："大哥，你到底做错了什么？"

他回答我："我把火带给了人。"

我说："大哥，你不后悔吗？终生不得自由。"

他说："我从未如此自由。"

他目光坚毅，脸上还挂着被鹰啄出的缕缕肉丝儿。

"不知道普罗米修斯怎么样了，如果他能认识师父，应该会成为很好的朋友吧，他们都是反骨仔。"我坐在蒲团上诵经的时候想。

~ 七 ~

佛祖还是忍不了了，他勒令唐玄奘必须回到天上来。

唐玄奘回来了，和以前一样，笑嘻嘻地站在众人面前。佛祖说："你写完经书写自传，写完自传写游记，凡间都清朝了，你还不回来，你到底要什么？"

唐玄奘说："我要什么，你还不知道吗？我要这天再遮不住……"

佛祖打断他："你不要再胡闹，万千弟子，我如此偏爱你，你自当感恩才是。"

唐玄奘说："你偏爱我，不过是想我能有一天承认你是对的。从我质疑佛法的那一天开始，你就处心积虑安排一切，让我历经苦难，又不置我于死地，让我有朝一日能亲口承认你的伟大、佛法的伟大，你什么时候才敢告诉世人，这世上并没有极乐世界，就连你都饱受折磨。"

佛祖："我无欲无求，自然没有痛苦，你看看他们，也没有痛苦。"

唐玄奘回头看着众佛，问道："你们成了佛，成了菩萨罗汉，真的就放下了这世间的悲喜吗？你们日日诵经，却不曾开怀大笑，你们端坐佛前，看不见世间苦难，你们口口声声普度众生，最终只给自己度来一个正果。众生在哪儿，你们真的看得见吗？"

漫天的菩萨罗汉一齐闭眼低头，四周响起声声佛号。

唐玄奘的拳头捏起来，他看向孙悟空，如今的斗战胜佛，问他："猴子，你还记得前尘往事吗？还记得花果山吗？还记得齐天大圣美猴王吗？"

猴子低头端坐在莲花座上，低声念了一声佛号。

唐玄奘看着猪悟能，如今的净坛使者，问他："猪头，你还记得高老庄吗，还记得高翠兰吗？"

猪头低头，我看见他的嘴唇动了一下，没有说出那句"阿弥陀佛"。

唐玄奘看着沙悟净，如今的金身罗汉，问他："恶头陀，你想不想回流沙河？我们一起走啊！"

我觉得他快要哭了。

恶头陀没有说话，看向远方。

最后他看向我："小白，你还想回西海吗？你告诉过我，西海的海面在晚霞的时候是红色的，很好看。"

我看了看佛祖，他的目光看向我的一瞬，我感觉到了死亡与绝望，我低下了头，回避唐玄奘的目光。

最终唐玄奘一个人走向了佛祖，告诉他："我没有错，错的人是你。"

八

我叫敖烈，西海龙宫三太子，后因护送唐僧师徒取经修得正果，升为八部天龙广力菩萨。

我在一个晚霞漫天的日子里，为唐玄奘挡下如来的一掌，摔在大雷音寺擎天华表柱上，原身残损，元神毁灭，永世不再入轮回。

最后的那些时光里，我看见猴子举着他的定海神针，猪头拿着他的九齿钉耙，恶头陀挥着降妖宝杖，师父在中间大笑，笑得满脸是泪。

他看着我，我想和他说："师父，我从未如此自由。"

但是我没有力气了。

我好像听见父王的声音，他和我说："烈儿，回到大海来吧。"

完

且去离经

文／叶小白

❧ 一 ❧

回忆当初，猴子会答应和我一同去西游，是听说我有世界上最强的术。此术名为紧箍咒，一经施展，中招的人必头痛欲裂，尿崩不止。

猴子大叫："太棒了，我就喜欢你这样的术士。"

我很抱歉没告诉他其实我是奶妈……

❧ 二 ❧

我是执意要去西行的，那时我还是个少年，眼中看不到花花草草，只看到世间多苦厄。

我听说西天的经书里有答案，我想把经书带回来。

方丈说："去吧，记得和朋友们好好相处。"

我直摇头："方丈，我只想一个人去。"

方丈说："朋友是你的灯。且去西行，你以后会明白。"

三

后来我真的下了山，遇见了一只很能打的猴子，一只很能吃的猪，一只很能跑的马和一只很没有存在感的那个谁。我们组成了大唐第一男子天团：西行五人组。

同这些社会治安隐患一起上路，实非我的本意，只是，世道凶险，如果没有他们，我大概活不过第三集。

有时我会望着他们屁颠屁颠前进的背影，心里突然想明白了一个道理：一个人旅行，才叫"旅行"。四个人旅行，那叫"施主你好"，跪下来求你赏口饭吃。

四

临行前，方丈说我心中有放不下的东西。

放不下？

僧舍里的饭挺香的，我是挺放不下的。僧舍里的小猫挺可爱的，虽然经常跑我床上撒尿，我也挺放不下它们。

还有山下的漂亮姑娘，是挺放不下。

五

遇见姑娘那天，我在山下，拿着根棍子，桶着一坨屎。

姑娘从我身边经过，她又倒回来，问我："秃子，你为什么要玩屎？"

我说："施主。我是在和它的主人对话，问它最近耕田累不累。"

姑娘说："哈哈哈神经病啊，你和肛门对话吧。"

六

后来我和姑娘玩得熟了。她经常来山上采药，她倒是不信佛，但她喜欢听我给她讲那些佛经里的故事。

我和她讲佛祖在一棵菩提树下成精……呸，成佛。

我讲曾经有盏青灯在佛祖座下学经，听了三千年的禅，终于开了灵智，佛祖问它，打算去做点什么？

可它第一件事，就是点燃自己，照亮众生。这很厉害，像狗改不了吃屎，像我们一生忙碌只为了死，若是能在路上照亮任何人，都是赚到。

七

"秃子，秃子。你说故事的时候，我心里暖暖的，好像被你照亮了。"她这样评价我。

我摸了摸自己的光头，说："因为我反光啊。"

"哦……"

"怎么了？这么失落。"

"秃子，你呀，总是傻乎乎的。"

八

"我要走了。要我给你带特产吗？"

"结果你还是想着远方。"姑娘咬着根芦苇，趴在窗前，安静地望着我。而我在她窗下，不好意思地摸了摸光头。

我跑远了，回过头大声说："等我回来，我把佛经里的故事都说给你听啊！"

❧ 九 ❧

"悟空，不要猴急。"西行的某一天，我这样说，"八戒，还有你，你总不能蠢得和头猪一样吧。"

那天那两位畜生出离愤怒了，他们指着我说："你少指着和尚骂秃驴。"

于是我们仨集体陷入了悲伤。

那是我们西行的第五年，我突然很想念那个骂我秃子的姑娘。

回首，我已出走了几万公里。

她呢？如今又嫁到了谁的身旁？

❧ 十 ❧

这一日，我来到一座山下。很奇怪，妖怪们都躺在地上，露着肚子呼呼大睡。

看来妖怪的队伍也不好带啊。太不专业了。

我转头一看，西行五人组，除了猴子，全都倒在地上呼呼大睡。

一个女人从山洞里走了出来。

她说："哈哈哈，你们都中了我的催眠术。"说着她打了个哈欠。

这还是无差别攻击啊……

❧ 十一 ❧

女人说："不对，你们怎么没事？"

我双手合十："施主，我失眠。"

猴子双手合十，说："施主，我抑郁。"

女人双手合十："我告辞。"

女人被悟空一棍打下。

她大喊："美猴王，你答应要娶我的。"

孙悟空呆若木鸡，他像是想起了什么，放下了手里的棍子，说了声："你是小狐狸？"

孙悟空的初恋是在五百年前。

那时他是山大王，她是山下的小狐狸。他们俩经常在山下的草地上闲聊。只不过，和小狐狸聊天是件极其困难的事，也不知道这狐狸到底修炼了哪门子法术，每次不到三分钟，他们就摊开肚皮呼呼大睡。

孙悟空答应要娶她，他说，等他打下天庭，他就会回来，带高头大马来迎娶她。

五百年过去了，她一直等着这个诺言实现的那天。

她看了看我，又看了看白龙马，感动地说："你终于骑着高头大马回来娶我了，所以，这个秃子是聘礼吗？"

"秃子，我不想走了。走了这么远的路，我累了，我想成家。"猴子说。

我摸了摸猴子的脑袋，说："让师父喝完你的喜酒吧。"

"秃子，你呢？"

"我会继续向西，走完我们的旅程。"

"那我们呢？"八戒和沙僧希冀地看着我。

"喝完喜酒，就都散了吧。"我挥挥手。

✤ 十五 ✤

我们喝了很多酒。

猴子抱着八戒，说："猪，我会想你的。"

猪说："你想归想，啃俺是几个意思？"

我出门解手，抖了抖小兄弟，顺手在旁边一人的衣服上擦了擦。

我说："哥们，你也出来尿尿啊？"

一阵耀眼的光芒差点没亮瞎我，我眯着眼睛，模糊看见那人是观音。

✤ 十六 ✤

观音的身边站着小狐狸。

观音对小狐狸说："他们不该在这里停下，我会带走你，你们可以在西天相见。"

小狐狸苦笑："我早知那是个无法相爱的地方。大士，若我不从呢？"

观音说："我不会伤害你，但我会消去悟空关于你的记忆。"

✤ 十七 ✤

猴子匆匆赶来的时候，小狐狸已经自刎了。

观音倒在一旁，呼呼大睡。

悟空抱起小狐狸，颤抖着问："为什么？"

小狐狸的身上还穿着鲜红的嫁衣，她艰难地摸了摸他的脸，说：

"猴子，不要忘记我。"

当我们又一次踏上西行路的时候，猴子问了我那个问题："秃子，也有人在来处等你吗？"

我想了想，目视前方，说："有啊。"

"那你为何要去西行？"

我没有说话，沉默地望着前方。

"不用担心，猴子。在我实现我的理想之前，我会带你和她相见。"

通天河上住着个老王八。只不过，当我们第一次这样亲切地呼唤他时，他出离愤怒了，他抗议说："老子叫老王。"

西行五人组趴在他的背上，摇摇晃晃地过河。

大家都很开心，过了这条河，取来经书，我们就能回家了。

从河面上突然飘下了几具尸体，长着我们各自的样子。

老王说："恭喜，今世已了，可成佛了。"

我突然有种不好的预感。

满天诸佛都上来迎接我们。

"同志，你辛苦了。"降龙罗汉用力握住我的手。

我连忙说："不辛苦，为我佛服务。"

猴子又蹦又跳地在那里大叫："小狐狸，小狐狸，你在哪儿？我来见你了。"

"斗战胜佛，你已成佛，红尘已断。"罗汉们开心地说，"为何还要痴缠人世间的爱情？"

孙悟空愣愣地呆在原地，他跪在地上，对他们说："你们把小狐狸还给我。"

罗汉们只是拍手笑着。

我抬起头，看见了金光闪烁的佛祖。

那天，我突然很想问他，佛祖，你剪世人三千发。

缘何。

不剪牵挂？

❧ 二十一 ❧

当佛是个很悠闲的职业。我们每日在天上飘来飘去。如果你乐意，大可以飘上几千年，从此变成一张佛光四射的动态屏保。

猴子当上了斗战胜佛，但他不斗了，他整日都在追问："我的小狐狸在哪儿？"

罗汉们只是拍手大笑，提醒他"斗战胜佛，你已成佛，红尘已断。"

终于斗战胜佛不再追问，他呆呆地坐在那儿，望着同样呆滞的师弟们。

我要来了我的经书，向佛祖请辞。

佛祖问我："玄奘，你可知什么是佛？"

我说："我不知，我只知从前有盏青灯，点燃自己，照亮众生。这一路西行，如果不是用这个故事诳我那群白痴徒弟，大概他们早生吞活剥了我。"

他说："他们如何肯信你？"

我说："诓太多遍，把自己也给带进去了。我信了，他们便信了。"

他说："为何不肯放下？"

我说："信得久了，便是真的。"

他说："尘世苦短。"

我说："然而。"

二十二

我背着经书，罗汉们挡住了我。他们带着我的白痴徒弟们。

猴子一个踉跄，跌在我怀里。

佛祖说："还不悟？"

罗汉们说："还不悟？"

我俯下身，抱住了猴子。

"师父，我好想念小狐狸啊，她到底在哪里啊？"斗战胜佛在我怀里，号啕大哭，"我是谁，我是谁，师父啊，我记不起我的名字了。"

那日在通天河，漂下的本该是悟空关于小狐狸的记忆，可他选择了忘记自己。

我回过头，八戒、沙僧、白龙马，他们都站在我的身后。昔日的西行五人组，今日的成佛五人组，眼里却映着万丈红尘。我们，又何尝不是舍弃了自己，带着自己最珍贵的信物坐化成佛？

我摸着他的脑袋，温柔地说："猴子，你是齐天大圣。"

二十三

漫天诸佛包围了我们。

我说："兄弟们，抄家伙。"

八戒咆哮着："把小狐狸还给我大师兄。顺便把高翠兰还给我。"

沙僧咆哮着："把小狐狸还给我大师兄。顺便把流沙河还给我。"

白龙马咆哮着："嗷嗷嗷——"

❧ 二十四 ❧

八戒倒下了。

他们都倒在我的身边。

我抱着八戒的脑袋，八戒的眼神已经模糊了。他望着我，说："师父，俺其实一直想吃红烧猪蹄，没好意思告诉你们。"

我说："下次见面，师父请你吃吧。"

他说"俺不中用，没能帮你实现理想。也没能帮大师兄抢回小狐狸。"

我说："八戒，你已经做得很好了。"

然而八戒已经闭上了眼睛。

❧ 二十五 ❧

在我的身后，孙悟空终于站了起来。

当他再一次回忆起自己名字的时候，就连西天也在颤抖。

他拿着金箍棒，直指漫天诸佛。

可是观音念动了咒语，悟空重重地摔落在地上，就摔在我的面前，我看见他死死咬着嘴唇，满嘴鲜血。

观音说："孙悟空，只要你一天戴着它，你就永远在五指山下。"

❧ 二十六 ❧

五指山？

我眼前豁然浮现出我和猴子第一天见面的情景。猴子在山下，身上压着一座高耸的山，神情呆滞地望着我。

我摸摸他的脑袋，说："小王八，你真可爱。"

于是他咬牙切齿地说着要把我大卸八块，剁了喂狗之类的话。

❧ 二十七 ❧

"我们来做个交易吧，猴子。"那天在山下，我对他说，"我帮你从山下出来，你陪我去西天。"

"你为什么要去西天？"猴子呆滞地问我。

我双手合十："照亮众生。"

❧ 二十八 ❧

猴子，八戒，沙僧，白龙马。

你们选择了帮我照亮众生。可是，又有谁来照亮你们呢？

我伸出手，摘下猴子的金箍，戴在了自己头上。

猴子大叫："秃子，你会没命的。"

菩萨朝我伸出手："孽障啊。"

来不及了，金箍结结实实地戴在我的头上，我双手合十，念起了咒。

好吧，猴子。难怪你会抑郁。原来，真的很痛。

在我身后，亮起了一个人的佛光，照在我那群白痴徒儿们的身上。

❧ 二十九 ❧

"秃子，你不要死。秃子，你不要死。"

是谁在骂我秃子，又是谁在哭？我看到河边蹲着一个少女，长长的黑发，小小的身体，美得让我想放弃漫天诸佛。

"秃子，你不要死。秃子，你还没有给我讲完佛经里的故事。"

我不要死，我还没有给你讲完佛经里的故事。

❧ 三十 ❧

我猛地睁开双眼，躺在一张床上。房间里有淡淡的药草味，窗外是一处熟悉的院子。

熟悉的声音说："秃子，你醒了？"

我回过头，她端着一碗粥，安静地望着我。落日的日光照进房间，将她的身子勾勒出淡淡的金边。

❧ 三十一 ❧

原来我没有死。

那日在西天，猴子他们与诸佛鏖战，不敌。临死前，他们拼尽全力，将我推下了通天河。

我的尸体还在通天河上，老王帮我保管得很好，就是泡久了，有点发胀。我顺流而下，漂到了姑娘的家门口。

他们那群贱人呢？

我和姑娘在河边等了一天又一天，却始终没能等来他们。

❧ 三十二 ❧

很多年后，有一个和我同名的僧人从远方回来，带回了西天的经书。他的身边跟着一只猴子，一只猪，一匹马，和一个很没有存在感的那个谁。

我欢天喜地地跑过去，我说："猴子，你还记得我吗？"

我说："八戒，我可以带你去吃红烧猪蹄了。"

我说："沙僧，我带你去看流沙河呀……"

他们都不说话，沉默地往前走。

❧ 三十三 ❧

我终于明白，那个僧人不是我，那也不是西行五人组。

那是我们的金身，没有了魂，可还死死记着照亮众生的事情。

他们带着经书，一步步走回了长安。

他们归来时长安落了雪，他们放下经书，安静地笑了一下。在那场大雪中，慢慢闭上了眼睛。

❧ 三十四 ❧

我有时会向姑娘说起西行的故事。我说有一只猴子，和小狐狸搞对象；我说有一只猪，老喜欢啃自己的蹄子；我说还有白龙马和沙僧，平时不说话，我怀疑是不是都是靠脑电波交流的。

我说，我真想他们啊。

❧ 三十五 ❧

又一片雪花落进长安城。

已经不知过去了多少年。

唐皇为僧人和猴子他们立了塑像，他们带回的经书里有世人想要的答案。于是，大雪飘落，春风吹过，四季太平。

而我和姑娘成了家。我们有了一个可爱的孩子，她老了，可她还是喜欢听我说西行的往事。

❧ 三十六 ❧

有天夜里我突然听见了猴子他们的声音。

我听见猴子说："翻过这座山头，离西天又近一步了。"

我听见猪嘟嘟囔囔地说："也不知能不能化到斋饭。"

我听见小狐狸说："悟空，我去给你摘桃子呀。"

我听见沙僧说："白龙马累了，日落前该给它找些干净的草料。"

我听见他们嬉笑打闹，我听见他们唱着开心的歌。

我连滚带爬地跑到外面。

外面什么都没有。

那是他们，一定是他们。

他们在哪儿呢？

我抬起头，望见在不远处，年轻的僧人和他的西行五人组，挑着行李，在夕阳下开心地走着。

漫无边际的黑夜里，他们迎着他们的夕阳。

他们注意到我，回头看了我一眼。

年轻的僧人笑了，他轻轻朝我挥动手臂。

我也挥了挥手，轻声说："且去西行。"

完

西游后记

文 / 李昭鸿

一

我问猴子，都成佛五百年了，你寂寞吗？

猴子一个桃子扔过来塞我嘴里。

猴子开始读经书，他读诸行无常，一切皆苦。诸法无我，寂灭为乐。

凡所有相，皆是虚妄。若见诸相非相，即见如来。

我叹口气，说孙猴子，你的金箍棒多久没拿出来过了？

猴子在水帘洞口坐成一尊佛像，没有回答。

二

我知道猴子不寂寞。

有一万只猴子陪着他，他寂寞个劳什子。

我寂寞，我没有另外一万只猪陪着我。

别别别，我也不想要一万只猪陪着我。

隔西行结束已经五百年了，面对我的九齿钉耙，我还能想起，九九八十一难结束的那天下午。

大雷音寺，光华闪耀，是立地成佛，无可救药。

无可救药的无聊。

这无聊已经持续了五百年。

真是猪生苦长。

૭ 三 ൴

照理说，我不应该这么想。

沙悟净那个没脑子的，还问我，二师兄，现在万世太平，世人研修佛法，你怎么还不满足呢？

我一个钉耙就扔他头上，万世太平有什么好的，你个傻子。

万世太平，人没人性、妖没妖性，你看看现在这些妖精，要么就是出来劫个人吃都要想着天上的神仙爸爸会看着，心惊胆战的，要么被就是收编进了佛法大队，当个妖界眼线，无不无聊？

沙悟净说，有聊。

我说你走吧。

沙悟净说好的二师兄。

我说站住，我他妈叫你走你还真走了？

沙悟净说二师兄还有啥事？

我叹口气，什么都没说。

我说我们几个，加上那匹蠢马，有空一起聚个餐。

૭ 四 ൴

二郎神说，天蓬你就是太闲了，要不帮我管管事，捉拿两个小妖精也是好的。

我说去你的。

我看一眼月亮，清辉缕缕，寒光漫漫，像一颗绕着棉花糖的珠子。

二郎神说别看了，再看多少眼都没用。

你是净坛使者，不是天蓬元帅。

你要立地成佛，不要儿女情长。

我说老子看个月亮，你也要跟我说大道理？

杨戬，跟你讲老实话，我只是觉得，太无聊了。

你说活这么久，却得不到自己想要的东西，有什么意思？

二郎神三只眼睛都闭上，他说老猪，你好好读读佛法。

读读佛法，你心就清净了。

我说我都读了一万遍了，这五百年我读的佛法还不够多？

但为何这世间佛法，都不能降我心中火？

而只有这月亮，能度我千万世蹉跎？

—— 五 ——

我也不是没有想过，披上当年的铠甲，拿上我的钉耙，会一会九天神佛，上那广寒宫去，折一朵桂花与佳人相送。

像是死也不足惜。

在这件事情上，那猴子确实是我偶像。

但现在连偶像都成了佛，你说我还有什么斗志？

我如果像以前那样，说大师兄，我们去闯一闯那南天门，杀他个七进七出，好不好？

猴子肯定说，佛法无边，八戒你还是静静修行。

我修你个大头鬼。

有些人天生就是佛，有些人天生就是凡人。

我再修行一百万年，还是一只凡心猪。

❧ 六 ❧

但是吧，想法归想法，现实归现实。

我要是真上南天门去闹腾一番，第一下就给杨戬这小子拿下了。我又不是孙悟空，猴子跟猪的差别，比人跟人不知道大到哪里去了。

我不会七十二变，那猴子法力通天，我能干什么？

他可以大闹天宫，我只能大跪天宫。

这天庭和佛界，妖怪与人间，像一个个卡得刚好的精密齿轮，这世界就这么毫无违和地完美运转，似乎大家都不觉得无聊。

如来不无聊，玉帝不无聊，现在好了，连你个孙猴子，也说不无聊。

你说你法力通天，一人可当十万天兵，可还不是像个普通人一样，打坐念经？

无聊不无聊？

无聊透了。

这世界，让佛祖的归佛祖，玉帝的归玉帝。

就是这么无聊得好。

❧ 七 ❧

我跟杨戬聊天吹水的时候，这小子跟我说，最近妖界不太平。

我说现在这妖界，一个个都老实得很，就算他爹是牛魔王，都要给观音当个童子，你说其他妖精还有什么混头，当妖的是一年不如一年好玩。

杨戬说你还真别说，这次这妖，有点本事。

这妖先袭人间，玉帝派下去的天兵天将，一个个都被吃了，一个回来的都没有。

我心里一惊，嘴上说这算个啥，当年你们十万天兵，连那只猴子也没挡得住。

杨戬说，我感觉，这次问题有点大。

我说那你怎么不下去拿下它？

他说快了。下次，应该就是我去了。

他说天蓬，说真的，冥冥之中我感觉，我这次可能有去无回。

我说哈哈哈哈二郎神，你记得到阴曹地府了帮我问候下阎王爷，看他老人家最近身体好吗？

杨戬把三尖两刃枪一提，寒光点点。他说天蓬，你记住，如果这世道有变，你就上广寒宫。

一定要上广寒宫。

我说你说什么？

杨戬已经乘云走远。

❧ 八 ❧

我听不懂杨戬在说什么，我也不想搞懂。

这小子，就是喜欢装 x。

生下来非要长三只眼睛，拿个兵器还是个啥玩意儿三尖两刃枪，还带条哈士奇，声势浩大。

真是有趣。

这小子正经得很，也高傲得很，但这几百年来，除了猴子，就这小子愿意跟我聊聊天。

当然前提是他不能叫我猪刚鬣。

我一个不正经的猪，跟一个正经的神仙聊天，还挺好玩。

后来孙猴子跟我说，杨戬死了。

我说死猴子，你说什么玩意儿？

这猴子浑身毛发发出火光，他说二郎神，死了。

我说你逗我呢，当年南天门你不就是被他给摆一道，这小子法力高强，下去降个妖就能死？

猴子看着水帘洞外下着的瓢泼大雨，说这妖，不凡。

我说，我不信。

我不信，这个长三只眼的小子，就这么魂飞魄散了？

我上天庭，看众仙皆戚戚然。

太白金星说这妖怪实在是被低估了，不承想二郎神也敌不过他，需要从长计议。

众仙称是。

我当下就火冒三丈，我说你们这群劳什子玩意儿，当年抓猴子的时候一个个能得很，现在杨戬都死了，还不赶紧召集十万天兵下去擒那妖怪？

玉帝瞥了我一眼说，你这猪头，无勇无谋，倒是喜欢耍嘴皮子，你怎么不自己下去擒那妖给他报仇？

我心中凛然，热血激荡，九齿钉耙一横，背对众仙，说我老猪今天，也让你们这些太平日子过久了的神仙看一看，什么是骨气。

我黑衣玄冠金甲加身，飞离南天门。

这一刻，我不是猪八戒，也不是什么净坛使者。

我是天蓬元帅。

❦ 九 ❧

当然飞出南天门之后，云上凛冽的寒风吹得我的热血有点凉。

我觉得我需要冷静一下。

当一只冷静的猪。

做一只特立独行的猪，是有代价的，像那个特立独行的傻子，就送了性命。

我看着这九齿钉耙，感觉并不如杨戬的三尖两刃刀拉风。

那威力肯定也差了几个档次。

这五百年，我的法力跟西行的时候相比，长进甚微。

连杨戬都搞不定的妖怪，我去不是送死吗？

杨戬啊杨戬，你能遛狗，我服，你能不能不要逞能？

你都知道有去无回，还是去了，你是不是真的蠢？

我去花果山，发现猴子已经打坐入定。

坐在花果山之顶，宛若从未出生过一样。

我说猴子，你跟我去，我们兄弟俩，联手把那个妖给干了。

猴子不说话。

我说孙悟空，杨戬跟你称兄道弟上千年，他死了，魂飞魄散了，给妖吃了，你就这么打坐，给他超度？

猴子不说话。

我说那也罢，你们都是一群懦夫，我老猪一个人去，一个人去给他报仇。

你们都立地成佛去吧。

我转身离去，悲从中来。

我知道我没那个勇气。

没有这猴子挡在我面前，我就是个废物。

我这九齿钉耙，黑甲玄衣，都是纸糊的一样。

我知道这满天神佛，都在看我的笑话。

八戒啊八戒，即使这么多年过去，你还只是一头猪。

只是一头蠢猪。

❧ 十 ❧

我乘云去南海，想着这妖屠戮世人，观音应当要出来管一管，帮个忙也好。

却不料南海妖气滔天。

整个普陀山，失去庄重的气氛，一片惨淡。

不祥之兆。

紫竹林东倒西歪，我一眼看到，观音身边的小龙女被钉死在紫竹林旁的崖壁之上，她的胸前赫然插着一把三尖两刃刀。

已经断了气息。

整个普陀山，了无生机，连一只活着的苍蝇都没有。

我到处找观音，观音不见踪影。

整个普陀山，似乎只有我，与海浪的声音。

我站在这无尽阒寂之中，感受这妖怪的滔天妖气。

它似乎，就在海底。

❧ 十一 ❧

当然我肯定是不会去海底的。

开什么玩笑，这可是观音菩萨啊。

平时她丢一个法宝都能解决事情，现在她泥菩萨入海，自身难保。

我也只能干看着。

这件事，已经远比我想象之中严重。

我能感受到，以这南海为根，妖气正逐渐强大，四面呼应而起。

妖界四方竟隐隐在呼应这绝世巨妖。

我能感觉得到，天庭也一定可以感觉得到。这些乱七八糟的神仙，现在不知道都慌成什么样了。

我腆着脸又飞回一次天庭，看到天兵天将正不断集结。

太白金星跟我说，这妖界似乎已经揭竿而起，妖怪四处作乱，为祸人间。

比当年那妖猴，要可怕得多。

我说那观音呢？

太白金星摇摇头，双手合掌，说阿弥陀佛。

九天诸佛，也将顺势铲妖。

天兵天将，即刻准备出征。

只是苦了这凡俗人间。

生灵涂炭，哀鸿遍野。

❧ 十二 ❧

我与李靖哪吒父子，还有大部队的天兵天将，一同来到南海。

毕竟我还没见过这妖怪长啥样。

这妖盘踞南海，卷起巨大漩涡。漩涡之中黑气与佛光竟交融纵横，十分奇诡。

李靖凝眉而视，说这佛光怕是从观音而来，这怪物竟能将佛气也为自身所用，了不得，了不得。

十万天兵，都严阵以待。

突然一个瞬间，海面破开，一条黑色巨龙张着硕大双翼，带着如地狱之火的黑炎喷薄而出，直冲天际。

遮天蔽日，有鬼神之威。

腾空而起，竟扶摇万里。

这黑龙居然是一条西方巨龙。

巨龙仰天吟啸，海水似被巨大力量击打一般，掀起海啸，海浪冲起千丈，向众天兵天将袭来。

李靖祭出玲珑宝塔，哪吒的混天绫迎风变作万丈，堪堪将水势挡下。

众天兵天将使用法力，冲锋陷阵，对着这巨龙展开第一波攻势。

这巨龙额前有个圆形标记，此刻正发出漫漫清辉，玄气纵横，竟形成一个八卦巨阵，将先锋的天兵天将都碾了过去。

这是道家的法力。

这巨龙的本源之力，竟然是道家之力。

这龙明明是一条西方巨龙，战力惊人不说，从何而来也不知，但其本源之力，竟然是玄气。

我感到脊背发凉。

我忽然想到杨戬跟我说的，他说天蓬，你记住，如果这世道有变，你就上广寒宫。

一定要上广寒宫。

我转身腾云而去。

直奔广寒宫。

十三

三十六重天，如今一片狼藉。

广寒宫旁，月桂树上，挂着吴刚的尸体。

广寒宫内坐着一人，嫦娥在他怀中。

竟是玉帝。

他眉间黑气纵横，与玄气清光缠绕一起，跟那恶龙一样，诡异之极。

嫦娥说天蓬，你救我。

我九齿钉耙一展，跃进广寒宫，说你这老不死的，是中了什么邪？

玉帝说你这蠢猪，前线送死不成，逃回这来，还想逞什么好汉？

可省省吧，就你这卑微法力，钉耙武器，猪头猪脑，也想做那金甲圣衣的盖世英雄？

我说玉帝，你真是心狠手辣，为了养那条龙，你连自己外甥都舍得搭进去。

是杨戬叫我来广寒宫的。

那龙是道家正宗玄气所养，你个天庭领袖，竟然跟恶龙勾结，祸害人间，真是白瞎了三清的眼。

玉帝笑了笑，摇摇头说，猪刚鬣，皈依五百年了，你寂寞吗？

我说我寂寞什么。

玉帝说你才五百年，我呢？我历经一千七百五十劫，每劫十二万九千六百年，方得玉帝之位，无极之道。

我比你活得久太多了，也比你活得无聊太多了。

你说活在这个世界上，得不到自己想要的东西，又有什么开心？

你可知道，我比你，更向往这不在五行之中的自由？

你可知道，我比你，更痛恨这秩序井然繁琐的天庭？

你以为我看向这广寒宫的次数，比你猪刚鬣少？

我说，你要以这么多人为代价换个自由，我天蓬就要拿你下来。

你以为，这世界上，哪个凡人神仙，活得轻松吗？

活得是自己所想吗？

玉帝说可惜了，猪刚鬣，你来得太晚了。

那龙是我偶然在西天所得的，自幼吸混沌玄气，如今汇合佛道妖三家之力，就凭那十万天兵，没有二郎神，连孙猴子都降不住，又怎么挡得了这冥龙。

我说佛祖会挡你，就像当年他收那只猴子那样。

玉帝哈哈大笑，说猪刚鬣，你还真是天真。

这天庭倒塌，你以为那如来老儿，会不高兴吗？

当年那猴子大闹天宫，搅得天翻地覆，若不是我去请那如来，他会理这天庭半分吗？

这世界，佛道终不两立，一山怎能容二虎。他巴不得看我这天庭被毁，他好将这世界佛道统一。

只是这如来老儿没想到，这龙却是我养的。

话音刚落，整个广寒宫轰然倒塌，那黑色巨龙的身影蓦然出现在了月宫之上。

张牙舞爪，浴血咆哮。

看来那十万天兵，竟不能挡这冥龙半步。

玉帝腾跃空中，与龙合二为一，他仙体融进龙身，这龙身上泛出点点青光，而后像恒星一样将整个三十六重天照亮。

他说猪刚鬣，你看，我已经自由了。

这天地再不能挡我半分，便是如来老儿亲自过来，也拿我没有办法。

嫦娥归我，这天地也都归我。

没有三清与诸佛，只有我。

这三十六重天，七十二重地，唯我独尊。

我看着他，仙不仙，妖不妖，可悲之极。

我摇摇头。

我说玉帝，你算错了。

❧ 十四 ❧

你算错了。

龙体妖气纵横，他咆哮着说我算错了什么？

我说你千算万算，也想不到为什么二郎神要从容赴死。

因为他知道这世上，定有一个人会来，即算如来不行，三清也不行，这个人也一定会来。

这人是你命中克星，即使你经历了一千七百五十劫，而他也会成为你第一千七百五十一劫。

这人一千年前就让你束手无策，而到如今，也还是一样。

他是这个世界，披着金甲圣衣的盖世英雄。

那龙妖气与玄气交织，汹涌的法力击打在我身上，我倒飞出去，意识模糊。

我失去意识前的最后，看到一个头戴紫金冠、身披黄金甲的身影。

和那一根一万五千三百斤的金箍棒。

我默念说猴子，今天你不是什么猴王，不是什么斗战胜佛。

你是齐天大圣。

❧ 十五 ❧

很多年以后，我问猴子，你成佛这么久了，你寂寞吗？

猴子说你不闭嘴，我就惦记嫦娥去。

我说好好好，我闭嘴，你惦记谁都可以，我妈都行，但是嫦娥不行，那是我老婆。

但你能跟我说说那天你怎么打败玉帝的吗？

猴子说我不说。

猴子说，诸行无常，一切皆苦。诸法无我，寂灭为乐。

凡所有相，皆是虚妄。若见诸相非相，即见如来。

我说好好好，你牛，你比唐三藏还牛。

猴子不说话了。

猴子说，新的天庭和玉帝都有了，往事就不要再提。

让佛祖的归佛祖，玉帝的归玉帝。

阿弥陀佛。

还有，有空我们一起，聚个餐吧。

完

反套路的最后
都是diss出的
更深套路

社会我僧哥

文／邢二狗

❖ 一 ❖

"应如是降伏其心！所谓一切众生之类，我皆令入无余涅槃而灭度之，你们谁知道这是什么意思啊？"如来问众僧。

大雷音寺，一片寂静。

这时，一名身穿破布的光头走了进来，一脸醉意。

"意思就是让你们成天别那么多事，安心念佛。"

迦叶呵斥道："金蝉子！你放肆！你的禅杖呢？"

醉酒和尚被训斥也不恼怒。

"前两天划拳输给巨灵神了。"醉酒和尚"呵呵"一笑，随后他一指自己的破布衫，"呐，你看，我连袈裟也输了。"

迦叶气得浑身发抖："金蝉子！你看看你这样子，没禅杖也没袈裟！你还像个佛么？"

金蝉子一怔："阿弥你大爷的陀佛，你佛理都念到狗肚子里了？有了禅杖就是佛了？剃了光头就是佛了？穿了袈裟就是佛了？"

随后他没再理会迦叶，而是眼神炯炯地看着面前的金身大佛如来。

"还是说，坐在这大雷音寺里的，就是佛了？"

✿ 二 ✿

师父，我叫悟空。

和尚摸摸头，一脸无趣地看着我。

"你这名字谁起的，起得太不像个猴子了，为师给你重起一个，你看叫火爆猴好不好？"

我很大幅度地摇着头，奈何五指山给我压得太牢了，连动个脖子也费劲。倒是和尚看在眼里，还是坚定地点点头："你看你激动的，我也知道我名字起得好。"

随后，他往掌心吐了口唾沫，登山解封。

封条一摘，大山崩裂。我一个跟头翻出山涧，跪在僧人面前。

"多谢师父搭救！"

和尚从袍子里拿出了根烟，点好，然后又拿出了一根递给我。

"别客气，来一根？"

✿ 三 ✿

"溪声尽是广长舌，山色无非清净身。火山是生，流水是生，大千世界，无一不生，生命宝贵，不可多得。无故杀生，罪业最重……师父我说了这么多，你能放了这只老虎精么？"

和尚一边添柴一边烧火，哈喇子流得浑身都是："猴啊，你不知道碰到一个没有后台的妖精有多困难，很多妖精都吃不了啊！你看上次我想吃那个玉兔精，调料都洒好了结果让太阴星君给带走了，师父也很惆怅啊！"

两米多长的吊睛白虎可怜兮兮地看着我，我也只好念一声佛号：

"虎兄，你想选择哪种经书超度，我这有《楞严经》《金刚经》《罗汉经》，要不你选一个？"

四

"这猴子是你送来的吧？"

观音一愣，随后叹了口气："什么都瞒不过你。"

金蝉子点了根烟："行，挺好的，你有心了。"

观音眼圈一红："师兄，大家都很想你。"随后她低下了头，用一种弱不可闻的声音多说了一句，"我，我也很想你。"

金蝉子无奈地吐了口烟圈，摸了摸观音的头："傻师妹，都做菩萨了，以后别总来看我，让老家伙知道了，你也不好过。"

观音摇摇头："师兄，当初在大雷音寺，我很后悔没有站出来为你说话。"

金蝉子温柔地笑了一下："行啦，当初是老家伙针对我，也怪不得你们。"

观音接着道："师兄，再往前就是流沙河，里面住了一个妖怪，这个妖怪是你的劫难，你一定小心。"

"卷帘大将嘛，我在天上还见过他一面，那人挺好的，老实。"

观音刚想否认，却不料金蝉子紧接着道："我知道，他项上挂的九个骷髅头，是我的前九世吧！有时候我还真想采访采访他，我的肉到底口感怎么样。"

观音如遭雷击般定在那里，随后眼泪"刷"地就掉下来。

"这次不一样，乖妹妹，这一次，我能度他。"

❧ 五 ❧

"师父，前面就是流沙河了，里面有一个妖怪。先说好，就讲道理，不动手，你先去还是我先去？"我和师父商量着。

"去你的，这么多妖怪你讲道理哪一个讲通了？都是把咱俩装在锅里，我揪出你耳朵里的金箍棒才打赢的。"

"道理是这么个道理，但是佛法是一定要讲给他听的。道理你不告诉他他怎么会知道呢？"师父也不听我磨叨，径直到流沙河前。

流沙翻滚，不见日色，一个魁梧的人形妖怪踩泥而至，面相峥嵘。

"卷帘？"

妖怪点头。

"要吃我？"

妖怪再点头。

师父没说话，从袍子里掏出一个杯子。我才知道原来师父的袈裟里，除了香烟还有杯子。

师父缓缓开口："琉璃盏，我花了十辈子才给你拼好，拿去吧。"

妖怪魁梧的身躯发生了剧烈的晃动，面目峥嵘的大汉竟然收起了獠牙，从两只眼睛里大把大把地掉出眼泪。

他为何如此激动？我不解。

妖怪颤颤巍巍地接过琉璃盏，如获至宝。师父第一次念了佛号："阿弥陀佛，执念已解，走吧，去哪儿都行，再也不用困在这滚滚流沙里了。"

妖怪爬出大河，冲着师父拜了三拜，师父坦然受之。

随后，妖怪腾云而去。

我追上前道："师父，他去哪儿了？"

师父微笑："天大地大，去哪儿不行？"随后他冲我高深一笑，"你看师父的表现怎么样？"

我俯首感叹："很强，很稳。"

◈ 六 ◈

我从来不理解师父怎么度妖怪。

但是流沙河事件后，我对师父尊敬了很多，原来对待某类妖怪他还是可以心平气和地说话的，在这点上我和他达成了某种统一。

那天师父问我："猴儿，你头上这个头饰挺性感的，哪儿整的？"

我摸了摸我头上的铁环："阿弥陀佛，这是如来赠予的。"

师父一怔："哦，怪不得，那老家伙的确有点潜质，没事就爱给人套点什么。"

再往前走是高老庄，那天高老庄张灯结彩，喜气冲天，明显是有什么人要结婚了。

新娘子是高老庄庄主的女儿高小姐，高小姐看样子不太高兴，很快我就明白了高小姐不开心的原因。

如果要你嫁给一头猪，你也不会开心。

师父一顿胡吃海喝，一边剔牙一边看着猪头："不错，人兽恋，重口味，我喜欢。"

"师父你能有点同情心么？"我有些不忍道。

"贫僧只有一颗平常心，可没什么同情心。"师父淡淡地道，"再说了，嫁娶这个事，本来就是一个愿打一个愿挨，你操什么心？说不定是那头猪有钱呢。"

我心中终觉不快。

"也罢。"师父放下牙签，"算了，这猪头也是我命中一劫。"

我以为师父要掏我耳朵里的金箍棒，便主动把头伸到他的旁边，没想到师父有些厌恶地看着我。

"真恶心，耳朵痒自己挠。"

随后他走到猪头面前，这猪头还在一个劲儿地和来者道谢。师父走到他的面前，脱了他一只他从来没洗过的臭鞋，一巴掌呼到猪妖的肉脸上。

"谁？！"猪妖挨打，大喝。

"我！"师父又是一鞋底。

猪妖这才看清来者，他怒视师父："哪来的秃驴？！不想活了？"随后猪妖咳嗽了两声，"真臭。"

师父看着他拿出九齿钉耙，丝毫不惧，走上前，"啪啪啪"又是连抽三下，把猪耳朵都抽肿了。

猪妖刚想还手，师父开口了。

"要高小姐，还是要嫦娥？"

猪头立住了，如当头棒喝。

❦　七　❧

夜晚，师父也没睡，一个人在那儿孤独地抽烟。

我靠近师父，发现他正在看着新来的猪妖，那猪妖望着月亮，一动不动。

"师父，那猪怎么了？"

自从师父在婚礼上抽了这猪妖几个鞋底，这猪妖就死心塌地地跟着我们上路了。只是每天晚上，都不睡觉，就站在高处看月亮。

"那猪喜欢嫦娥。"师父吐了口烟圈。

我差点笑出声来："他是头猪，嫦娥肯定不喜欢他啊。"

"如果嫦娥不喜欢倒还好了，关键就是嫦娥喜欢。"师父起身，"要是嫦娥不喜欢他，他也用不着做猪。"

我表示不解。

师父慢慢走到猪头身旁，拍了一下他的肩膀："猪老弟，喜欢就上啊。"

"她还好么？"

师父摇摇头："不太好，我变成凡人之前，她还是成天被玉帝骚扰。我下来的时候还没从，现在不知道怎么样了。"

我立在老远的地方，看着猪的肩膀不断耸动。

"上去吧，成天看月亮也不是个事。"师父递给了猪一支烟，"还有什么情况比做一只猪更惨呢？"

"可是我是一头猪。"猪妖顿了顿，"我不想让她看见我变成了一头猪。"

师父冷哼一声："你以为嫦娥仙子是因为你天蓬元帅的颜值才喜欢上你的么？你比玉帝好看多少？"

猪妖一震。

师父长叹一声。

"就算是一只猪，也要做一只勇敢的猪，你想死在泔水里，还是死在广寒宫？"

八

我起床时，猪妖已经不在了。我刚一睁眼，就看见师父那张大脸。

他紧紧地盯着我，"猴儿，今儿我们上天。"

"为啥？"

"去声援你猪哥。"

"不好吧，师父，我们这样无缘无故上天，是有违天规的。"我有些扭捏道。

师父似笑非笑地看着我："真不敢信这是齐天大圣说的话，猴儿，今儿咱们先度你猪哥，改天再来度你。"

师父强行叫来了我的筋斗云，我们二人乘在云上，直飞天宫。

"师父，猪妖到底什么来头？"我疑惑。

师父立在云头，前面是天，后面是我。不自觉间觉得他的身躯就如这天般高大。

"他本是守卫银河的天蓬元帅，只因为和嫦娥彼此相恋，遭玉帝嫉妒，被贬轮回。"师父悠悠地叹道，"是个苦命的痴情人，他是，你也是。"

"由爱故生忧，由爱故生怖，若离于爱者，无忧亦无怖……"

我刚说到这，师父就冷冷地打断了我："这是佛说的还是你说的。"

我愣了一下："佛说的。"

"那就是胡扯。"

广寒宫。月光清冷，人满为患。

满天神兵，威武庄严。老猪立在广寒宫门前，九尺钉耙早已断成两截。他浑身上下没有一块好肉，猪脸上满是血迹和刀痕。

他依旧半跪着，硬挺着没有倒下。玉帝搂着嫦娥向他走来，颇轻蔑地道："看来今晚能吃烤乳猪了。"

嫦娥一言未发，她看向老猪的眼神，就如同广寒宫的凄冷月光。

"阿弥陀佛。"

师父抛下我，打了一声佛号。这是我第二次听见他打佛号。

满天神佛，他视若无物。他走过天兵天将，走过嫦娥玉帝，走到广寒宫门前，轻轻地扶起了浴血半立的老猪。

"值么？"师父开口。

老猪看着昔日佳人。

"值。"他咬着牙。

"值就行。"师父笑了，看着猪妖那双被撕掉的猪耳朵。

"痴儿，尘世本迷，何著于表？这口气，师父帮你出。"

他转身，立在猪妖面前，眼神掠过了十万天兵。

"巨灵神何在？还老子的禅杖！"

他高声大喝。

只见一根禅杖从云中掷来，师父稳稳地接住禅杖，狠狠地将它往地上一杵，声震天响。

"金蝉子，你不好好取你的经，多管什么闲事？"

"这不是闲事，这是老子的家务事。"师父淡淡地道。

他看向嫦娥："世间情爱，端的是两厢情愿。如果你真爱玉帝，贫僧无话可说，但如果你真爱天蓬，贫僧拼着肉体凡胎，也要给你们做主。"

嫦娥终究坚持不住，冰霜般的面庞滚下了两行热泪。

"拿下这妖僧！拿下！"玉帝着急地喊道。

"我乃大雷音寺金蝉子是也！谁敢？！"

十万天兵，未有敢动。

这天，这地，这广寒宫，似乎只有一猪、一僧、一仙子而已。

师父目光锐利："说吧，要玉帝，还是要猪头？"

嫦娥仙子迈上前一步，朱唇轻启。

"猪头。"

九

"三个五。"

"四个五。"

"不信，开。"

镇元子哭丧着脸，看着嘻嘻哈哈的师父："唉，又输给你一个人参果。"

"嗨，五百年了，你怎么还和盂兰盆会上玩的水平一样差？"师父上来就吞了一个人参果，"继续来啊！"

镇元子肉疼地说："不来了，我就三十多个人参果，今天要输给你一半。"

镇元子这才发现了我："欸，这个猴子？齐天大圣？"

我这才回过神来。从广寒宫回来后，就一直有一些零星的记忆困扰着我。那十万天兵的身影总让我感到熟悉，深想下去却又毫无所获。

"阿弥陀佛，大仙，贫僧法号悟空。"

镇元子一愣，倒是师父笑了笑："看见那箍没有？"镇元子这才如梦初醒。

"怪不得。"

"不能来白找你。"师父诡异地一笑，"想个办法，给摘下来。"

镇元子眼珠瞪得老大："你要我惹如来？"

"惹就惹了，你看看我，不也过得挺潇洒。"师父无所谓地道。

"你厉害，行了吧，前两天还敢去天宫折腾！你可上点心，你现在是肉体凡胎，玉帝吐口唾沫都能把你淹死。"

"行了老哥，这不是有你么。"师父打了个哈哈，"我打头，你收场。这不挺好？"

广寒宫前，若不是有镇元子大仙出手相救，我师父和猪妖早就被剁成了烂泥。

"惹玉帝那个怂包我还行，如来可算了吧。你找别人，这事我管不了。"

师父看了看我，似乎有千言万语留在嘴边，但辗转之间，师父还是长气一吐，叹道："行。"

❧ 十 ❧

师父今天又没往西走。

不过我也没多说什么，这位喝酒吃肉打架骂人的和尚，无论做什么我也阻拦不了。出山之前，如来找了我一次，给我戴上了金色头饰，顺便嘱咐我。

"金蝉子顽劣不堪，好好教化，我看好你哟！"

那时我看着如来卖萌，深感任重道远。

"看看，熟么？"不知走了多久，师父停了脚步。我走到师父前面，看着眼前的场景。

一个阴森恐怖的修罗地狱。

山是黑的，水是黑的，树是黑的。数千鬼魂齐齐哀鸣，乌云密布，不见日色。空中时有鸟儿飞过，皆为骷髅。除此之外，再无任何生灵。

师父点了一根烟，随处找了块石块坐下，在我身后闷闷地抽起来。看我毫无反应，充满希冀地又问了一句："猴儿，熟么？"

我看着眼前完全陌生的场景，不知为何，心中波澜万千，就像喝多了想吐，呕吐物就卡在了我的嗓子眼一样。

"师父，不熟。"

师父"哦"了一声，随后猛抽了一大口："也对，这里以前不是这个样子。

"这个地方以前，叫做花果山啊。"

&ea; 十一 &ea;

"师父，我以前是干什么的？"

"拆迁队，主要负责对天宫建筑的拆迁工作。"

"师父你别开玩笑。"

师父带我离开了花果山地狱，自那以后，我经常头疼，我看着那里的山涧，看着那里的丛林，总是有一种莫名的亲切。

"猴儿，不是为师不跟你讲。是讲也没什么用，如来那孙子贼着呢。"师父翻了个白眼。

"那下一步该咋办？"我无奈地问道。

师父挠挠他的光头："那也没办法了啊，解铃还须系铃人，也是时候找他说道说道了啊。"

"师父，我与你同去。"

师父笑了笑："阿弥陀佛，你就不用来了，这事是老子和如来的恩怨，你就好好在这儿等着。提前说好，真要想起什么来了，别吵别闹。做什么佛，做一只猴子不也挺好？"

不吵不闹？什么意思？

我拦不住师父，拦不住师父做任何事。这是我第三次听他念起这声佛号，他大踏步远去，坐上我的筋斗云，没再回头看我。

❧ 十二 ❧

大雷音寺还是老样子。

顶摩霄汉中，根接须弥脉。巧峰排列，怪石参差。金蝉子熟门熟路，不一会儿就来到了大雄殿。

佛祖正在讲课，却看见金蝉子大大咧咧地走了进来。

"老家伙，别叨叨了，我找你有事。"

迦叶再度跳出来，怒上眉头："金蝉子！你好大的胆子！百年前你对佛祖不敬，佛祖将你贬入轮回修炼！没想到你还是死性不改！该当何罪？"

金蝉子点了根烟，然后慢慢走近迦叶，抡起禅杖把迦叶抡飞了出去。

"上回没带禅杖真是个错误，我早该抡你。"

"你，你！"迦叶大怒，突然想到金蝉子现在不过一介凡人，除掉他易如反掌……

"喂，起杀心了？"

迦叶一惊，随后汗如雨下："阿弥陀佛。"

如来看着自己不成器的弟子，不由得心中一阵哀叹。

为什么偏偏最有灵性的弟子，要和自己对着干呢？如来想不通。他把金蝉子贬入轮回，只要金蝉子低个头，认个错，他便不计前嫌。

但奈何十世过去，现在的他，反而比以前更胆大了。

他盘坐在地上，笑呵呵的。

"如来，话我也不多说了，我弟子悟空的金箍是你给戴上去的吧，摘了，咱俩两清。"

"你是在跟我讨价还价？"如来不怒自威。

"是，也不是。"金蝉子悠悠地站起身来，"因为你根本没有拒绝我的资本。"

"何以见得。"

金蝉子看了一眼一脸关心的观音菩萨，随后义正词严地说道："咱们来辩论。"

大雷音寺，一片哗然。

迦叶刚跳出来说"放肆"，就看见金蝉子抢起了禅杖，于是只好又讪讪地退回去。

"你说。"

五百年后，大雷音寺里再次响起了金蝉子的声音。这个曾经被如来誉为最有天赋的弟子，这个曾经是万佛表率的弟子，这个曾经学习佛法至深的弟子，终于又回到了大雷音寺。

"上次你说，应如是降伏其心，皆令入无余涅槃而灭度之。后面还有言语。若菩萨有我相、人相、众生相、寿者相，即非菩萨。菩萨由于听闻佛法，累世修行，是众生的榜样，菩萨不但要出离，而且要带领众生出离。"金蝉子突然由温婉变得厉声。

"可笑！你们一个个高高在上，享受万年供奉，哪里懂什么众生疾苦？你不懂众生疾苦，又去拿什么度众生呢？"

金蝉子的眼神扫过大殿里的佛、菩萨、罗汉："你们懂什么叫饥饿么？你们懂什么叫病患么？你们懂什么是爱而不可得么？"

这时观音菩萨低声说："最后一条我懂。"

金蝉子没理会："都是放屁，一本正经地在佛经上写，空即是色，色即是空。这不是废话么？这有什么用？众生饿了读这个能饱腹么？众生病了读这个能痊愈么？"金蝉子掷地有声，群佛无言。

他长叹一声："唉，众生真可怜，众生什么都做不了，众生只能等死。他们心心念念的佛啊，救不了他们。"金蝉子又盘坐在地，一滴眼泪从金蝉子眼中流出。

"救不了众生，你要去救悟空？他是个顽劣不堪的妖怪，你救了他，天下必将大乱，他将为害世人！"

"不会的。"金蝉子面色如水。

"我告诉过他，不要吵不要闹，这猴子一向听话。"

如来沉默了一会："你应该知道，救下悟空，你要付出如何的代价。"

金蝉子嘻嘻一笑："嗨，我咋能不知道呢。如果有来世，我可不要做佛了，太操心，太累。多说一句，如来啊，你可真该和地藏师叔学一学，人家可是踏踏实实做事情的。"

他高扬禅杖，禅杖径直落下。群佛低头，默念一声佛号。

"阿弥陀佛。"

❧ 十三 ❧

"八戒，色不异空，空不异色，色即是空，空即是色。八戒你先把耙子放下，你和本座说一说，这蜘蛛精你是非要不可么？"

"老猪，这事他说得没错，你再这么花心明儿我就告诉我嫦娥弟妹。"我慵懒地提着棒子道,随后我回过头看了一眼僧人,"哦对了,过两天请个假,花果山灾后重建,没我不行。"

我没再看僧人脸色,自顾自地吹着小曲,牵着白马向西走去。

时间线推到五日前。

"咦?"

玉净瓶击在禅杖之上,禅杖一歪,落在金蝉子的脚边。

观音菩萨走了出来,目光如水。

"师兄,这一次我要站出来。"

"傻师妹。"金蝉子摇了摇头。

大雷音寺外,神佛耸立。我是最晚来的,老猪、老沙来得都比我早。老猪是带着嫦娥仙子来的,广寒宫的伙食不错,这猪又养肥了。老沙走后拿着琉璃盏开了个琉璃厂,据说生意相当不错。

巨灵神看了看我,躲得远远的:"猴头!今儿我也是来声援你师父的,以前的事你就别追究了!"

镇元子边吃果子边和三清在灵山外搓麻将。

一帮人在灵山外有吃有喝,倒像是来郊游的。这么来看,正经焦急的只有我和旁边的观世音。

三界第一辩论会已经持续了七日七夜。大家都渐渐坐不住了,从何得知?你看,刚刚镇元子大仙竟然着急得诈和了。

就在此时,灵山光芒大作,七色霞光铺天盖地,从大雄宝殿中走出一黄袍瘦弱僧人,从身形来看,像极了金蝉子。

他双手合十,低眉顺眼地向外走来。我离得最近,一个筋斗冲上去。

"师父!您没事吧?!"

黄袍僧人慢慢抬头,缓缓说道:"看清楚了,老子是如来!你师父在里头!"

❧ 十四 ❧

师父没有为难如来。

摘下金箍后，我和师父在灵山的吸烟区来了场通宵畅谈。

"还想闹天宫么？"

"不想。"我吸了一口，"不过我想去捶一顿如来，趁着他现在是个凡人。"

师父不屑地道："看你那点出息。"

"当上佛祖给你厉害坏了是不？"

"牛个什么，这个佛祖我当不长，过两年等如来取经回来，我就还给他。"

"你，你准备让如来去取经？"我惊了一下。

"对啊，让他也到人间逛一逛，让他也当一把众生。"师父诡异地一笑，"哦对了，这事我还得拜托你呢，他毕竟是个凡人。"

"有啥报酬没有？"我吊儿郎当地看着他。

"花果山灾后重建我出资。"师父一本正经道。

"不够。"

"不够？"

我深吸一口烟，落寞地道："你再给我找个母猴，要神石里蹦出来的那种。"

❧ 番外 ❧

这天我刚到南海，灵山那边就来电话了，说开会，着急。

有时候我也挺理解如来的，不明白一个组织机构里咋有那么多会要开。到场了也啥都解决不了，一帮人聚在一起扯犊子。

我赶到灵山，看着众僧。喝酒、打牌、抽烟、烫头的，啥样都有。

我坐在莲花宝座上，听着他们一个个汇报着最近一周他们都做了哪些善事——什么扶老奶奶过马路啊、治病救了多少人啊……

最令人气愤的汇报来自十七罗汉庆友尊者，据说他下界扶了一个老奶奶之后被讹了，把袈裟给讹走了。哎，你看，现在好事也不容易做哟。

"哦对，谁知道如来一行人，走到哪儿了？"

"快到狮驼岭了吧。"

我挠挠头："文殊菩萨，你家的狮子是不是最近挺无聊的啊……啊，我什么意思？要不然你让他下界去玩玩啊？带着普贤菩萨的大象一起，组个团去人间旅个游，省得天界动物委员会总说你俩虐待小动物……"

完

西游逆战

文 / 林夕翔

❀ 唐僧肉 ❀

唐僧被吃了。

三个徒弟跪在衣冠冢前，哭得稀里哗啦。一时间，马声猪声糙汉声，声声入耳。

观音大士端立于七宝莲台之上，古井无波，问道："玄奘是被哪路妖怪给吃了？"

三人摇头。

"可留有遗骨？"

三人又摇头。

菩萨皱了皱鼻子，道："是如何烹调的？清蒸还是红烧？可曾放了八角五香？"

三人瞪大眼看着他，还是摇头。

菩萨闭着眼，偏头问道："悟空，你知道吗？"

不远处的大石头上躺着的悟空闻言翻了个身，背对众人，挠了挠后脑勺，没有说话。

"……"

"听说，"菩萨微睁开了眼，道，"玄奘手上有你给他的保命神丹，怎的还会遇害？"

悟空翻身坐起，单脚踩石，一手掏了掏耳朵，道："有是有，不过用不用就是他的事了，俺老孙怎么知道他那猪脑子是怎么想的？"

八戒不满道："死猴子，你别指桑骂槐！"

菩萨瞥了眼八戒。他悻悻地缩了缩脖子。

霎时间，气氛骤冷。三人跪在地上，眉头紧皱，额角不断有汗水渗出，像是有千斤重鼎压在他们身上。悟空变换了身姿，用金箍棒磨指甲，嘴里哼着小曲，时不时抬头看一眼观音，而后咧嘴一笑。

"哦。"菩萨轻声道。

三人如释重负，说着"天气真热"，抬手抹了抹汗。

"既然如此，你们各自离去，届时自会有人找上你们。"

菩萨转身就要离去，悟空从身后叫住了他。

"有事？"

只见悟空拈着纤细如针的金箍棒，塞入金箍下方，喊一声"大"，金箍棒瞬间变成了一根撬棍！悟空快速呼出几口气，两手握住金箍棒的一端，咬牙那么一翘！

金箍居然被他翘了下来。

悟空摇了摇头，将金箍丢给菩萨，笑道："物归原主。"

菩萨睁开双眸，看了眼手中的金箍，又缓缓闭上，抬头冲悟空露出一个诡秘的微笑。

"记得和佛祖说，早点派人来。"

菩萨的身形一闪而逝，留下一缕回响："放心，不会让你们等太久的。"

❧ 毛发 ❧

观音走后，坟前三人长舒口气。八戒呈大字状瘫在地上，沙僧起身去收拾行李，小白龙则从坟头拔了根草，放在嘴里嚼着。

小白龙叹气道："哎呀，我们现在怎么办啊？"

八戒双手交叉放在脑后，翘起二郎腿，悠哉道："还能咋办？各回各家各找各妈呗。不然等着一起过年啊？话说，沙师弟你的青光眼该去看看了。"

沙僧摸了半天终于够着行李，抬头道："二师兄说得对啊！"

一片阴影袭来，八戒偏头看去。只见悟空盘腿坐在他的身旁，二话不说，一个巴掌过去，八戒"哐哧哐哧"滚出去老远，摔了个猪啃泥。

八戒一个蹦跶起身，拖着九齿钉耙怒气冲冲地跑到悟空面前，恰好迎着那凌厉的目光，瞬间便怂了，只好叉腰问道："死猴子，你打我干吗？"

悟空一把拧过他的耳朵，有些恨铁不成钢："呆子，你差点坏了我们的大事你知道吗？！"

"啊？"八戒呼了呼他那爬满黑色纹络的耳朵，道，"不会吧？老猪我可是世界影帝啊！"

悟空捻住他嘴边的细丝，轻扯出一团毛发，在他面前晃了晃。

小白龙鄙夷道："好恶心，二师兄你怎么哪儿都吃啊？"

八戒脸上一红，憨笑道："失策失策。"旋即，他脸色一变，道，"菩萨不会看出点啥吧？"

悟空摇了摇头，道："不知道，总之我们尽快动身，按计划行事。"

"大师兄说得对啊！"

四人各奔前路，回首相望，道："有缘再见。"

"……"

"可能的话，还是永不相见吧！"

❧ 鲜味草 ❧

小白龙翱翔云端，身边跟着几朵祥云。胃中的酸液翻滚，酝酿出一团浊气，顺着食道缓缓行至喉间，最后从口中一泄而出。

"嗝！"

小白龙习惯性地喷了喷鼻，自言自语道："果然太久没吃肉了，还反胃！不行，我得找点草压一压。"

他扫视着大地，忽然眼前一亮。下方不远处有一片紫竹林，竹林之中有一小块草地，草色青青，看着就让龙流口水。

小白龙舔了舔嘴唇，落在地面上，变回马的样子。一蹄轻踏，还沾有露水的青草犹如初嫁的姑娘，欲拒还迎。

小白龙凑近嗅了嗅，轻轻咬下一口，青草的汁液混合细碎的根茎在口腔之中来回游荡，然后一股脑钻进肚里，留下缕缕余香。

十分满足！

他兴奋地昂头嘶鸣，食欲大涨，一口接一口，似乎没有尽头。

渐渐地，他的眼神开始变得迷离，口中咀嚼青草的速度又快了几分。他甚至有种错觉，这具身体已经不属于他了，而是属于这片草地。那一片片随风摇曳的青草好似在向他招手，迫不及待地想要与他融为一体。

"别急啊，我这就来吃你们。"小白龙幸福得眯起眼。

此刻，天空中飘过几朵祥云，汇聚成了一张人脸。

那是救苦救难的观世音菩萨啊！

❧驴肉火烧❧

流沙河畔的茶摊里坐着位眼神不太好的头陀，端碗抿茶。

"哎呀，这位师父想吃点什么？我们这里的红豆包和罗汉斋远近闻名，师父要不要来点尝尝？"

沙僧条件反射道："店家说得对啊！"

店家一愣："啊……啊？"

沙僧这才反应过来，师父已经被吃了，他们已经散伙了。

他眨着青光眼，不好意思道："店家，可有荤食？"

店家呆了片刻，立马笑道："哦，酒肉穿肠过，佛祖心中留。原来师父修的是这红尘劫。您赶巧，今儿恰好有驴肉火烧。"

沙僧疑惑："没有其它的？"

店家一声叹息，坐下来给自己倒了碗茶，打开了话匣子。

这流沙河畔原先是没有庙的，不知道什么时候冒出来了一座观音庙。你说这临着江河湖海，要建也是建龙王庙，哪有建观音庙的？

可奇怪的是，庙建成后还真是香火不断。店家的茶摊就在边上，想着一来来往往的多是香客，大都吃斋；二来当着菩萨的面杀生多少有些犯忌讳，就干脆只做斋饭了。

"那这驴肉火烧？"

沙僧拿起一块，酥脆的面皮夹着鲜嫩的驴肉，一口咬下，满嘴溢香，金黄的汁液顺着嘴角流下，他立马用舌头攫住，不想遗漏一点一滴。

"好吃吧？"店家笑问道。

沙僧点了点头。

"要说这驴肉火烧，倒也有件轶事。"

"哦？"

"昨天早上天未亮的时候，我刚起身就听见一声马鸣，出去一看，马没有，一旁的树上倒拴着头驴，呆呆地立在那儿。我走近了才发现，那驴竟然已经死了！"店家往沙僧身边凑了凑，低声道，"更奇怪的，是它的死法！"

沙僧来了兴致，问："怎么死的？"

"撑死的！我后来剖开它的肚子一看，胃都被草给撑爆了！我本来觉得晦气，想把它埋掉，可思来想去还是觉得可惜，就留着做这驴肉火烧了。我看师父不是一般人才说了这茬，您不会介意吧？"

沙僧摇了摇头，酒足饭饱后又让店家打包了两个。路过那座观音庙时，沙僧走了进去。庙里没有香客。他将驴肉火烧放在香案上，双手合十，行了个礼："菩萨，这俩肉饼算弟子孝敬您的。"

河畔，沙僧望着滚滚河水，深吸口气，一跃而入，化作一条大鱼，在河水中尽情游荡，却不小心几次撞上了礁石。

"看来真的得去看看眼睛了。"

从远处缓缓驶来一艘小船。沙僧用神力察看，是一船信徒端着一座小观音像，打算过河。他忽然想起自己的人骨项链好像没了，刚好自己没吃饱，这送上门的零嘴不吃白不吃。

他悄然浮上水面，张开血盆大口，一个跳吞，又沉入河底。

他吧唧着嘴喃喃自语："怎么有股驴肉火烧的味道？"

☙ 全鱼宴 ❧

今日的高老庄异常热闹，锣鼓喧天鞭炮齐鸣。欢迎队伍从庄口一直延伸到高府，道路两旁挤满了人，都争着要看看那个说是从西天回来的人。

八戒一边和翠兰打趣，一边感慨人生。

想当年，他在高老庄里起得比鸡早睡得比狗晚，累死累活，最后还被当作妖怪赶了出去……呸！什么妖怪，他可是天蓬元帅。

230

"朱哥，你如今修成正果可别忘了我们高老庄呀！"

八戒笑道："不忘不忘。"

但是师父已经被吃了啊！

那又有什么关系呢？散伙本就是他们的目的！老猪我终于不用再受那孙猴子的气了。

他瞥了眼笑颜如花的翠兰，心想："只要她在我身边就足够了，她觉得我成正果我就成正果。从今以后，老猪我就只是她的朱哥。"

他的心底莫名涌上了一丝愧疚和怀念。

"朱哥，小心台阶。"

八戒笑着答应，一只脚刚踏进门槛，身形便猛然一滞，打了个寒战。他的视线由下往上缓缓移动，看到厅堂中央的那座塑像后不由得倒吸了一口冷气。

那是一座慈眉善目的观音像，嘴角微微勾起，在光线昏暗的厅堂里，显得无比的诡异。

"朱哥，怎么了？"翠兰关切地问。

八戒回过神来，摇了摇头。

翠兰又宽慰了一句，甜甜笑道："那走吧，府里准备了全鱼宴为你接风。"

那笑容如一抹春风，将他心头所有的疑窦吹得烟消云散。

宴席上，剁椒鱼头、刺身鱼片、炸鱼块……菜色琳琅满目。

"这么大的鱼啊！"八戒咽了咽口水惊叹道。

"是今晨刚送来的呢！"翠兰夹了一块送到八戒嘴里，"来，朱哥，吃了鱼眼睛人会变得更精明呢！"

八戒哈哈大笑，大快朵颐，又禁不住翠兰的劝，酒是一杯接一杯下肚，有了一些醉意。

八戒双眼迷蒙，觉得眼前的人影愈发朦胧。他甩了甩头，猛然发现那鱼头上的鱼眼正死死地盯着自己，浑浊的眼珠中泛着点点青光。

一时间他醉意全无，忙抹了把自己的脸，向翠兰慌张问道："镜子呢？镜子呢？"

翠兰将他带到偏厅，那里有一面等身衣冠镜。镜中的人肥头大耳，肚子浑圆，吓得八戒发出一声尖叫。

"怎么了朱哥？"

八戒见她的神情没有丝毫异样，又看向那面镜子，登时一愣，那镜中之人分明是个魁梧壮硕的男子。

八戒不明所以地挠了挠头，翠兰宽慰道："朱哥，想来是你一路行来太累了。咱们去和爹娘说下，早些休息吧。"

八戒笑着点了点头，看来自己是真的喝多了。

偏厅里，灯火摇曳，镜中的魁梧男子在昏黄光线的映照下，身形开始变得臃肿，高耸的鼻梁缓缓伸长，露出了两个朝天鼻孔。一双大耳耷拉下来，掩住大半张脸，上面爬满了古怪的黑色纹络……

❧凉拌猪耳❧

东胜神州。

悟空一副行者打扮，大摇大摆地走在街上，不时对路人龇牙咧嘴，吓得他们忙不迭逃跑，还有个小姑娘当场就坐在地上哇哇大哭。悟空见状拍手顿足，欢呼雀跃。

他扔掉随手从水果摊上顺来的桃子，嫌弃地啧了啧嘴："啥破桃，远没有花果山的桃子甜。"

忽然，空气之中飘来一阵香气，瞬间攫住了悟空的鼻子。他循着香味来到一家面馆，看着招牌有些眼熟，猛然想起自己第一次踏足大陆好像就是在这家面馆吃的面。

悟空在店里找了个长凳蹲着，一旁店小二上来招呼，笑道："这位佛爷想吃点啥，小店的阳春面可是香飘十里啊！"

悟空摆了摆手："那就阳春面，阳春面。"

"好嘞，阳春面一碗！"

悟空环视店内，周围桌上坐着不少客人，都在埋头吃面，未曾有人交头接耳。偶尔有人悄悄抬起头望向这边，遇着他的目光就又忙低下头去。

悟空眼睛眯起，用手抓了一把面塞到嘴里，咕哝道："怪事……"

忽然，他瞥见角落里供着一尊观音像，各类贡品齐全，心下奇怪，就问小二："别家开店供的都是财神爷，你们店倒好，供个菩萨。从来只听说观音送子，没听过招财的，难道你们老板这么想要个带把的孩子来继承香火？"

小二道："佛爷您这就有所不知道吧，如今这观音菩萨是最实惠的，辟邪驱晦招财纳福都灵！"

悟空笑容玩味："菩萨啥时候拓展业务了，俺老孙咋不知道？"

这时，老板端着小碟放到了香案上，虔诚地拜了拜。悟空瞥了一眼，登时心头一颤，冷声道："店家，俺老孙要那碟！"

店家猛摇了摇头："不行，这可是给菩萨的……"

店家话音未落，悟空冲他一凶，吓得他忙将那碟拿过来端放在悟空面前。

那是碟凉拌猪耳，除了猪耳朵上若隐若现的黑色纹络，似乎没有什么特殊的地方。

坐在悟空对面的老者笑着夹起一块，道："凉拌猪耳啊，我最喜欢了！"刚要送到嘴边，只见眼前一道金光闪过。再看时，一根金色大棒正指着自己，手中的筷子，不，是整只手都已经不翼而飞了，只余下鲜血淋漓的手腕，触目惊心！

"啊！"老者惊恐地望着眼前炸毛的猴子，尖叫出声。

悟空咬牙切齿，面部因愤怒而变得扭曲，沉声道："呆子，你死得好惨！"

继而，他抬头望向店内的众人，凌厉的目光好似地狱业火要将他们焚烧殆尽。他喝道："都现真身吧，让俺老孙杀个痛快！"

霎时间，店内佛光乍现，云雾飘渺。伴随着阵阵诵经声，一尊尊佛陀显现，宝相庄严，身后绽放五彩霞光。他们怒视着悟空，持着法器的手却止不住地颤抖。

"哼，居然连俺老孙的火眼金睛都能瞒过了，还有谁，一起出来吧！"

苍穹之中泛起雷音，由远及近，犹如远古梵唱一般摄人心魄。

悟空猛甩了甩头，冲着虚空一声怒吼，举棒跃起向那观音像砸去……

❧猴脑豆腐❧

唐僧缓缓睁开眼，望着金灿灿的天花板，有些茫然。他从身上搓下一撮灰，放到嘴里尝了尝。

咸的，看来不是梦啊。

但是，他不是应该已经被吃了吗？

"三藏，你醒了。"观音大士在一旁闭眼看着他。

唐僧刚想起身施礼，床单滑下，露出光溜溜的身子，吓得他忙拽着被单缩到角落里，死命念禅："色即是空，空即是色……"

"三藏……"

唐僧双手合十，缓缓看向观音大士，微笑道："菩萨，弟子一直有一事不解。"

"嗯？"

"您究竟是男是女？"

"……"

菩萨起身道："佛祖已等候多时。"

"菩萨，弟子有一事相求。"

"嗯？"

"能先给我件衣服吗？"

"……"

唐僧套在整整大一号的僧衣里，跟着菩萨七拐八拐，来到一个雾气蒸腾的禅房。一个宽阔的身影在其间若隐若现。

"三藏，你来了。"

声音浑厚而令人安详，唐僧摸着竹床学着佛祖的样子端坐着，微微颔首。

二人相对良久，佛祖忽然道："这桑拿房用于休养心性是极好的。"

"啊……哦。"唐僧放下了擦汗的手，正襟危坐，努力想要达到心静自然凉的境界，可显然功力不够，汗水止不住地往下淌，他只好挤巴着脸，样子十分滑稽。

"三藏，西天之行旨在何处？"

他愣了愣，旋即正色道："弘扬佛法，普度众生，了结因果。"

"是吗？"

"不是吗？"

"真是吗？"

"真的是。"

佛祖微笑，不再言语。这时，观音端上一只小碟放在二人中间。唐僧只是瞥了一眼便感到森森寒意，出了一身冷汗。

"佛祖，这……"

佛祖笑道："三藏，你归来不易，这是为你接风洗尘的。"

唐僧双手插入袖中，死死互握，袖口不住地抖动。他颤声道："可

2
3
5

这是……猴脑啊！"

佛祖不动声色，递给他一根勺子。

唐僧眉头紧皱，心中天人交战。他看到佛祖正微眯着眼盯着他，只得硬着头皮挖了一勺送入口中。瞬间，一种奇妙的感觉顺着味蕾直达神经，他不由得发出一声惊呼："豆腐？！"

佛祖点了点头，看着他又吃了几勺，起身离去前道："你慢慢享用，稍后会有人来看你。"

唐僧边吃边点头。

房门缓缓关上，唐僧蹑手蹑脚走到门边，侧耳倾听，确认门外没有动静后，蹲到角落里，两指并拢在喉间捅饬了几下，将刚才吃的东西尽数吐了出来。

他靠墙痛哭："悟空啊，徒弟们呐，师父对不起你们！"

他伸手拽住门把，用力拽了两下，门纹丝不动。

果然打不开了。唐僧知道，佛祖那句话并没说完。他真正想说的是："稍后会有人来看你熟了没有。"

房里的雾气愈发浓重，唐僧脱了衣服靠在门边喘着粗气，伸手在身上用力搓了几下，搓出个泥球来，放入口中前喃喃自语："悟空一定是记恨我平时念紧箍咒念得太多，才想出这么个烂法子。"

呼吸渐渐困难了，他扼住自己的咽喉，嘴里无力地哼哼着，眼神开始迷乱。

他仿佛看见那方才自己坐的蒲团之上，有几个熟悉的身影，正向自己款步而来。

"师父，我们来接你了。"

❧ 孟婆汤 ❧

悟空一路奔至奈何桥，看见三人正围成一圈打麻将，气不打一处来。

他一把揪过八戒的耳朵，沉声道："都什么时候了，你们还有闲心思在这摸牌！"

八戒呼了呼耳朵，道："别介啊猴哥，船到桥头自然直嘛。要不要一起，三缺一呢！"

悟空气得作势就要一巴掌呼过去，想想还是作罢，叹气道："唉，只能靠师父了。"

三人猛点了点头，深以为然，而后一同望向一侧。

悟空顺着他们的视线看去，只见一个大光头坐在石头上，正专心致志地……抠脚。

像是觉察到了众人的目光，唐僧忙正襟危坐，摆出一副高僧模样，对悟空微笑道："空空，许久不见，为师甚是想念啊！"

悟空张大了嘴，金箍棒"哐当"掉落在地。他怪叫道："江秃驴你怎么也挂了？！"

唐僧"emmm"了一声，道："不可说不可说。"

"如来的口味也太重了吧，你都一年没洗澡了！"

唐僧正色道："是两年！"

悟空不禁扶额，只觉苦酒入喉心作痛，久久不能言语。

就在这时，桥上有一人扛鼎，缓缓而来。细看之下，竟是一位身姿曼妙、眉眼动人的女子，薄唇微启，莺声中带着些许的妩媚。

"哟，不错嘛，这次撑得挺久的。"

八戒忙一个弹跳起身，面上堆笑："孟婆，这轮回鼎挺重的吧？俺老猪替你拿着！"

孟婆也不客气，将鼎甩给八戒。

八戒像是使出了吃奶的劲，一张大脸憋得通红，忙转头对沙僧道："沙师弟，快来帮忙……这边啊！你个死青光眼！"

孟婆手持烟杆，吐出青烟袅袅，指着鼎内滚烫的绿水，道："喝吧，刚调好的。"

众人纹丝不动。

孟婆叹息一声，道："放心，老样子，没放忘忧果。"

众人忙一人端了一碗坐在鼎旁，喝下一口，一脸满足，啧声道："孟婆不愧是三界第一大厨！"

孟婆"切"了一声，道："这回又是谁的主意啊？"

众人望向悟空。

悟空挠了挠头，道："这次我们将江秃驴的肉身四散，三魂七魄也分成了五份，其中还掺有俺老孙的魂灵，处于六道之外，不在五行之中，按理说是万无一失的，没想到……唉……"

"佛祖的功力可是深不可测呢。"孟婆嗤笑一声，在悟空的腰上重重一拧，皮笑肉不笑道，"你可真是出了个好主意啊！"

悟空吃痛，本想发作，看了眼江秃驴还在故作矜持，最后作罢，只是嗔道："得了，俺老孙才不信如来有那本事。对了，江秃驴，那最后的一魂一魄你藏哪了？"

"藏在……"唐僧看了眼悟空的头顶，疑声道，"空空，你的金箍呢？"

悟空抱头怪叫："江秃驴你不是吧？！"

唐僧道："最危险的地方就是最安全……"

"安全个屁！"悟空炸毛道，"我明白了，观音一开始就在金箍里施了法，所以我们的所有计划他都知道！"

众人一愣，张大了嘴，道："靠。"

众人交换眼神，当务之急是赶紧跑路。

忽然一阵阴风吹过，黑暗之中现出点点幽光，刹那间便布满整个空间，无数小鬼在凄厉嚎叫。

"啊！别吵了！"悟空一声怒吼，"再吵把你们统统下油锅做成炸油鬼！"

　　小鬼们的声势不减反增。悟空恼得就要举棒砸去。虚无之中却突然亮起了一道佛光，愈闪愈亮。一众小鬼临着竟不闪躲，反倒迎着佛光俯身拜去，好似那是上天予以他们的恩赐。

　　一句誓语当空响起："地狱未空，誓不成佛；普度众生，方证菩提。"

❧ 轮回果 ❧

　　地藏看着众人，众人也看着地藏。

　　地藏道："三藏，你这又是何苦？"

　　唐僧强压着怒火，微笑道："你去取次经，让那些妖怪绑架着试试？"

　　地藏叹道："众生皆苦，我不入地狱谁入地狱。"

　　唐僧摸了摸自己的光头，扯了扯嘴角，努力保持微笑道："要说普度众生，那本是我愿。只是贫僧都取了几百次经了，众生再苦也该度完了，佛祖为何就是不肯放过我们？"

　　地藏摇头道："三藏，这轮回中的因果你怎会不知？本座不愿为难你们，与我一道去佛祖面前认个错就是了。"

　　唐僧还未开口，悟空举起棒子指着地藏怒道："嘿呀，一个个婆婆妈妈的，有啥事是打一架解决不了的？！"

　　说着，他一个弹跳跃起，举棒砸向地藏。

　　地藏双手合十念了声佛号，登时万道佛光收敛，汇集在他的身侧。悟空那一棒临在头顶，却怎么也下不去了。

　　悟空拔下一根猴毛，变幻出诸多身形，一齐向地藏进攻。地藏端坐莲台之上，口中念禅，大有"敌军围困千万重，我自岿然不动"的姿态，几次差点被悟空打破金刚护体，便使一个印诀过去，逼得悟空只得来回闪躲。

239

二人打得难解难分。

再说地上众人，正一人端着一碗孟婆汤看热闹，还不时起哄："上啊，不要怂就是干！哎，左边左边，小心左边！哎，右边又一个印过来了！"

悟空闻言怒道："呆子，你们还愣着干吗，过来帮忙！"

八戒捂嘴偷笑："哎呀妈呀，你们听见没，孙猴子向我们求援了！"

众人望向唐僧。唐僧喝下最后一口汤，意犹未尽，起身左脚向前迈出一步，手指虚空做"走你"状，道："徒弟们，抄家伙干！"

众人一拥而上，原本势均力敌的二人瞬间便让悟空一众占了上风。最终在地藏与悟空僵持的时候，八戒从背后一个钉耙将地藏从莲台上勾下。悟空忙将金箍棒变成两个金钩，倒穿入地藏的琵琶骨！

地藏轻叹一声，不再挣扎。

唐僧走过来，见状斥责悟空："菩萨是个好人，我们虽然政治理念不同，但还是可以友好相处的嘛！空空你这样让为师多为难！"说着就要去拔那背上的金钩，结果使了吃奶的劲也未曾撼动分毫。

地藏面色铁青，道："三藏，多谢你的好意，我没事的……"

唐僧讪讪一笑，吩咐众人准备跑路，自己则腆着脸走到孟婆身边，道："这一次次，多谢你了。"

孟婆莞尔一笑，一巴掌拍在唐僧浑厚的臀部上，娇声道："怎的，打算以身相许了？"

唐僧忙闪到一旁，低声念禅："色不异空，空不异色……"

孟婆掩嘴嗤笑，道："你说你们到底图啥？"

唐僧正色道："我们是自由的斗士！"

"切，你每次都失败。"

"可这次说不准能成！"

孟婆拍了拍唐僧的肩膀，道："别傻了，Boss 都没出来呢，你

240

们就想出地图？"

话音刚落，虚空中降下万丈佛光，比地藏的还要耀眼夺目。一个浑厚而慈祥的声音响起："三藏，该回头了。"

唐僧瘪嘴看着孟婆，道："你跟我说实话，汤里的乌鸦嘴是不是被你偷吃了？！"

孟婆耸了耸肩，一副"我能怎么办我也很绝望"的样子。

佛祖宝相庄严，观音侍奉一旁。他沉声道："三藏，现在回头还为时未晚。"

"实不相瞒，佛祖……"唐僧忽然变换神情，指着佛祖破口大骂，"我受够了！我要辞职！你说当个特派公务员，一年三百六十五天全年无休，没有津贴也就算了，还非要整什么九九八十一难！那群妖怪不是觊觎我的肉体就是贪图我的美色，还打不得碰不得！我那些师兄弟现在都能在长安城买房了，我这辛辛苦苦西行十万八千里，挣着啥了？毛也没有！佛祖你扪心自问，你的良心不会痛吗？！"

众人齐齐望向唐僧，感慨道："师父今天好霸气！"

佛祖闻言摇了摇头，不再言语，口中念咒，一手随之压下。

众人见状一惊，悟空哼声道："大日如来净世咒！这 Boss 挺聪明啊，知道我们不好对付，一上来就开大招！"

一旁的地藏挣扎起身，不可置信道："师尊，您连地府也要毁掉？！"

佛祖道："昔日因今日果，地府也该偿还了。"

地藏眉头紧蹙。悟空冷笑道："地藏，你看清如来老儿的嘴脸了吧？放心，这地府，俺老孙替你保下了！"

悟空一跃而起，手持金箍棒，将一身修为尽聚其上，犹如一个戮天绝地的斗士般死死地抵住那只手掌。他龇牙咧嘴，衣袖随风荡起，发出一声声怒吼，却也只是令那只手掌微微一滞。

"放弃吧悟空，你从未逃出过我的五指山！"

241

悟空凌空刹脚，咬牙切齿，怒声道："别开玩笑了！俺老孙是谁，齐天大圣孙悟空！焚天杀神覆地倒海，你们口中大逆不道的事哪件我没做过！又岂会怕了你这秃驴！"

"说得好！不愧是我的徒弟！"唐僧不知何时来到了悟空的身边，将法力输送给他，看向佛祖，沉声道，"今日我大唐国师唐三藏斗胆向佛祖请教！"

"这种出风头的事怎么能少了俺老猪！"八戒也站在了悟空的身侧，高声道，"唐三藏座下二弟子天蓬元帅猪悟能斗胆向佛祖请教！"

"唐三藏座下三弟子卷帘大将沙悟净斗胆向佛祖请教！"

"唐三藏座下四弟子西海三太子敖烈斗胆向佛祖请教！"

那一道道身影神色坚毅，即使是面对三界最强大的存在，也没有丝毫的怯弱！

"还有我！"一个声音从背后响起，"地府之民地藏王斗胆向师尊请教！"

佛祖眉头不可察觉地微微一皱，道："地藏，真要如此？"

地藏咳了几声，道："师尊，弟子今日才知当年许下的宏愿乃是妄语。只要三界存在一日，地狱便不可能空。这世上有太多本可放下屠刀立地成佛的人，只是三界不给他们机会，且不论地府作为轮回转生之所的重要性，单是为了给他们留出这个机会，弟子便要守住地府！"

佛祖叹息道："地藏，你可知取经大业牵及了多少因果？地府没了可以重塑，轮回的大因果若是断了，才是三界之难！"

地藏辩道："难道这地府的无数魂灵就该如此消亡？"

悟空"啊"了一声，道："地藏，这秃驴铁了心要下死手，你还跟他废什么话！不如靠自己打出一个结果来！"

地藏低头轻语："师尊，得罪了！"

　　众人齐心协力，将自身法力尽数汇聚到了悟空手中的金箍棒上。刹那间，万千金光闪烁，将众人包裹成一体，化作一道金虹直冲向眼前那团炽烈无比的白光！

　　他们怒吼！他们癫狂！他们不甘！明知道是蚍蜉撼树，也要奋力一搏。

　　只见两道光芒对撞，金虹挣扎片刻，刺眼的白光便一点点将其吞没。

❧ 新桃 ❧

　　某时空节点，五指山。

　　来人递给猴子一颗桃子，道："刚摘的，新鲜！"而后盘坐在大石上，抠脚道，"空空，我跟你说，这回必须听我的，你出的主意都太馊了！"

　　悟空"噗"地将核吐得老远，转头望向那个在太阳下锃光瓦亮的大光头。

　　"好啊，江秃驴！"

完

2
4
3

———— 一 ————

我叫江小河，小名。

我爹叫江流儿，也是小名。

我爹是去来镖局的总镖头，在江湖上名声赫赫，许多难走的镖都指名要他跑一趟，可近几个月却不太顺利。

三个月前有人来镖局找我爹走镖，要保一块大石头，目的地在东海，各路妖魔都诞生自东海，故而从不太平。有一道士在东海附近，一直在寻找能镇压妖气的宝贝，他看中这石头有颇强的灵力，要用它镇海，他派来的雇主只简单交代了几句，付了押金。我们先去他说的地方把石头抬回来，再转头送去东海，地方不算太远，也不难走，来回也就一月有余，一路都是大道，风景秀丽，本该妖怪肆虐的东海也被道士先前寻得的一样宝贝镇住了。

这趟镖可以说是保成，却没想到半路出了个大意外。

说来也是惊奇，我们一路平安，就在快到达东海的时候，那块石头突然……炸了。

是夜，就听得一声巨响，我回头看的时候石头就像被雷劈了似的，四分五裂，石头块子和灰尘沫子扬了我俩一脸。

我爹慢半拍地把我护在身后："小鸡崽儿小心！"

我警觉起来，尘土逐渐散去的时候竟借着月光看见碎石中央有个影子，我们看不清那是何物，只能静静张望，不多会儿那影子突然捂着胸咳嗽起来。

我爹这才缓缓挪步，近着看了，左右瞧上好几遍，然后有些不可思议地回过头来冲我喊道："鸡崽儿！是个猴儿！"

按我们走镖的规矩，我们手里保的东西，无论是坏了少了还是多了走了，都是要好好给雇主一个交代的，就算是保只鸡蛋，即便半路孵出了小鸡崽儿，蛋壳都要捡回去拼起来接着往下行路。我爹一直这样按照规矩办事儿，可这次是真不行了，他倒是想把那些石头捡回来凑上，可这满路都是碎石乱子儿，怎么捡也捡不齐全，实在是分不清到底是哪一块把这猴儿给生下来，只好弃石保猴了。

问题是石猴出生，我知我爹知，可那只猴子却不知道他从石头里降生，许是吸收了天地灵气，生下来就跟我一样高，然后，他竟然也跟我一样，张嘴就管江流儿叫爹。

也许他睁开眼睛看见的第一个人就是我爹，便直接把我爹当成至亲至爱的人，他呲嘴獠牙，虽然一身毛茸茸，可我实在是有些怕他。他很野蛮，但会说人话，就是还不太会干人事儿，且对我怀有敌意，剩下的路程走起来，他连我爹的身都不让我近。

我一路跟在后面碎碎叨叨："不是从灵石里蹦出来的吗？怎么一点都不像个灵物！"

头上顶着烈日，我们好不容易和这只猴子一起走到了东海，进了东海的地界。东海并没有我想象的那般乌烟瘴气，四处仍是蓝天碧海，飞鸟沙石。

我爹四处看了看，长舒一口气："我从前路过这里时还不是这般好的。"

我们在海边见了收货的道人，爹只叹道："东海变了，他却没变。"看样子是爹的旧相识。

道人问他："不如坐下叙叙旧？"

我爹摇头："旧事莫提。"

爹很为难地拿出一小块儿捡来的石头交到道人手里，指了指猴子说道："这猴子是从那块大石头里蹦出来的，石头崩碎了，捡不回来，猴儿给你。"

道人呆傻了，愣了好一会儿才缓过劲儿来，转而拍手大笑起来："不愧是我那道友看中的灵石！我本想再使其吸收吸收日月精华镇在海边的山下，没想到它竟已经孕育出生灵，那更是妙极妙极……我来到东海多年，当年你经过此处之后，妖魔仍然作祟，我便寻得一物镇海，可最近我总觉得那宝贝不太稳妥，便找道友寻了这灵石给我加固加固。"

他伸手要拍猴子的背，猴子却飞快地蹿到我爹身边警戒地问道："爹，这老头是谁？"

我爹推他回去："你后爹。"

猴子又回来："爹，你要带着小鸡崽儿上哪儿去？"

我瞪他："不许叫我小鸡崽儿。"

我爹不想理他，毕竟他有时候闹起脾气来连我这个亲生儿子都不想理。

道人看着猴子，越看越欢喜，他正沉浸在天地的精华奥妙中，我爹见他满意，想着另一半钱也能入账了，才准备安心离去。

万万没想到，那猴子跟来了。

一口一个爹叫得干脆利落，我爹冷着脸看他，终于有所表示："我不是你爹。"

猴子很灵活，上蹿下跳地挡在我们面前："你是我爹，我肯定见过你！我不但见过你！我还见过我娘！"

他接着跟我爹套近乎："爹，你艳福不浅，不知道那么多女人哪个是我娘。"

"胡说八道，你才刚从石头里蹦出来，你见什么见。"

"那八成是前世姻缘吧。"

他拦着我爹，我爹往左他往左，我爹往右他往右，道人还在背后大喊："猴儿回来！快回来！"

猴子"噌"的一声蹿上我爹的后背，十分任性："你是我爹，我要一起走。"

我爹甩了他好几下，可这猴子好像天生神力，攀在他身上动都不动。

我爹背着他就往回走，眼见就要日落西山，他和道人走了个对面，猴子见了马上从他身上跳下来，转身就要往远处跑："爹！那老东西下来了！我去东海之外等你！"

我爹不知道从哪儿来的那么大劲儿，死死地拽住了猴子："你跑了他不给我钱了怎么办？这样吧，你先回去，等十天后他付了全部银子你再来找我，算是帮我行不行。"

猴子很听我爹的话，点头答应，我却心里得意，我爹真会糊弄猴儿，等那时候还上哪儿找我们去。

❧ 二 ❧

事实证明，我低估了一只天地孕育的猴儿。

半个月后他浑身是泥向我们跑来的时候，我跟我爹正在走下一趟镖的路上。

这次我们赶着马车，车上坐着一位小姐，她刚进京选了秀女，没选上，伤心欲绝，回来的路上家里怕她出事儿，于是把她托付给了我们。

上回走镖，石头里下猴儿，这次走镖，车后跟着只猪。

那猪，猪鼻猪耳，却是臃肿人身，看那样子应该是个猪妖，他跟在车后面跑，跑还跑不快，我跟我爹在外面坐着赶车，耳朵里只听见他大叫："高小姐！皇帝有什么好的！我才是真心喜欢你的！"

高小姐从马车里探出头来梨花带雨："你就死了这条心吧，我嫁不了皇上也不会嫁给你的。"

于是我爹加快了车速，所过之处尘土飞扬。我回头望了一眼，落日沉进黄土飞沙里，猪妖的影子虚虚实实，一会儿现出一会儿隐去，突然从一个变成了两个。

一声声嘶力竭的"爹"过后，我又见到了那只猴子。

那只猴子跑得极快，迅速地超过了猪妖来到了我们面前，他跑得浑身大汗，脸上的毛都黏在一起，他冲我爹笑，然后说："爹，我在东海等你很久了！见你不来我就自己过来找你了！"

我爹："……"

猴子紧贴着他，可他没空管，因为猪妖还在后面穷追不舍，我们只好赶着车继续往前走。

入了傍晚，四下都没有人家，我们只能停在间破庙里歇息，高小姐仍然伤心，时不时擦擦眼泪，我安慰了两句又听猪妖大喊："高小姐莫伤心！不如跟我成亲吧！"

高小姐："你们能不能把他赶走，他已经跟着我们多少天了，再这样下去你们的银子就别想要了。"

一听见钱，我爹瞬间紧张了起来。

猴子还在旁边不识相地含情脉脉："爹我终于找到你了。"

我爹忽生一计："你把猪妖赶走我就让你留下。"

猴子点点头，拽着猪妖出了庙。

一炷香以后猴子自己回来了，坐在我爹旁边："爹，我回来了。"

于是我爹就真的让他留下了。

我很不高兴，跟我爹抗议："凭什么他说留下就留下，凭什么他管你叫爹你就答应了？为什么我小时候三天两头就要被你想方设法扔一次？我到底是不是你亲儿子？"

我爹翻身躺在地上背对着我："那只猴子也算是无父无母了。"

"那我呢？"

"……"

他决口不提我小时候的事。

现在他对我还好些，而从前，自打我记事起，他就一直在四处走镖，镖局里没人伺候我，他只好带着我一起走。

我记得小时候，他带着我翻山越岭，饭给我吃，觉也让我睡，就是不太跟我说话，我第一次被他抛弃是八岁那年的冬天。当时那趟镖要送去邻国，路途遥远，前一夜我们歇在一家客栈，睡觉之前他坐在床边盯着我看了一会儿就回自己房去了，第二天早上我起来，等到日上三竿也不见他来找我，推开隔壁房门一看，根本就没了他的影子，只有一张字条，上面写着：我送完镖便回。

他给我留了些银票，揣在我的怀里，只是那时候我傻，把他的话当了真。我还是第一次见着那么多银子，不到十天就花了个干净，客栈的人把我撵了出来，我没钱花，没饭吃，在冰天雪地里几乎冻死，他还是没回来。

这是第一次，最后凑巧遇见了他的旧友把我带回镖局才捡回了一命。

后来这样的事还有几次，我在跟他走镖的时候被他丢在各种各样的地方，直到最后我习惯成自然，有经验了，每次出门都会藏一份儿银子作为车马费自己回家。

至于他为什么这么做，我不知道。他小名江流儿，听说是他的养父在水里捡了个随波逐流的木盆，里面就是婴孩儿时的他。

而我叫江小河，他虽然没说过什么，但我觉得十有八九也是这

样的来历，只不过他的养父喜欢他，对他好，可惜死得早。而他不喜欢我，可他身体强健，活不到八十死不了，所以还得想这种法子抛弃我。

后来渐渐长大了，他知道我赶也赶不走了，才开始跟我勉强对付。

我想是这样的，要不然他怎么会连我妈是谁都不告诉我，一个字儿都没说过。

"我就想知道我是不是江流儿亲生的？"

我冲着那个盒子问道。

盒盖儿"嘎吱"一声，自己打开了，里面有件光芒刺眼的物件儿，我眯着眼睛后退了一步。

这是这一次我们走的镖，一样名副其实的宝贝，从来都是闻得其名不见其物，江湖中无人不知无人不晓，传言这样东西能实现人的愿望，完成人达不到的念想。

那是一盏琉璃灯，通身晶莹，明光四射，若是在夜里，它所在之处方圆十里都亮如白昼，有江湖密志上说："此灯神灵庇佑，可照亮天地，人之所求皆可成。"

至于神灵如何庇佑，世间恐怕也少有人知道，听说这位雇主也是绞尽脑汁都没能找到实现心愿的法子，所以最后用了个凶残的办法，就像破解九连环似的，把这盏无价琉璃灯摔了个稀碎。

雇主来到镖局的时候，哭得比上个月的高小姐惨多了，不知道的还以为刚办完丧事，他捧着盒子痛哭流涕，我爹迎了上去，直接说了一句："节哀，骨灰就交给我们吧，一定让他平安归去。"

雇主："……这里面是灯。"

还是碎的。

这次他把琉璃灯托付给我们，为的是送去西方找一位高人将这些碎片修合起来，但因为沿途有妖出没，常人难过，于是便把灯送来我们镖局。

这人出了高价，光定金就整整三箱黄金，箱子打开的时候我眼睛都直了，那金灿灿的样子让我觉得装下天上的太阳恐怕也不过如此。

我跟我爹对视一眼，此时正是秋天，妖魔频出，但人为财死，这一趟是不走也得走，更何况，我个人还有点儿小私心。

猴子被我爹送去私塾，晚饭时才回来，他虽然是只猴儿，但私塾的先生说他不穿衣服不成体统，非让我爹给他弄身衣服穿。

也不知道我爹怎么想的，连夜给他缝了件背心儿和一条虎皮裙，我怀疑他一直想生个女儿。

不过猴儿嘛，穿什么都好，也不碍事的。

这次我们走镖没个二三月回不来，晚饭时爹问猴子："我们走镖你去吗？"

猴子在私塾学得彬彬有礼："父亲去哪里，我就去哪里。"

我却不愿意让他去，他就知道跟我抢爹，我跟我爹说："爹，不如让他留下，带着一只猴子也不太方便。"

猴子据理力争："爹带我学武了！师父说我天赋异禀！你放心，这趟出去我肯定比你厉害！更何况……"他忽不知从哪儿拿出根金光闪闪的棍子，"我来之前从东海拿的，不知道为什么这么好的东西那个臭老头把它扔在海里。"

猴子还耍了一顿棍子，看起来确实有点儿本事，我便再说不出反驳的话，他此行跟我们去，我只希望他离我爹远点儿。

我们带足了银子，还带了些干粮药品，第二天出发，琉璃盏的碎片放在盒子里，我爹让我揣着，说他行走江湖多年，认识他的人太多，容易发生危险，我骑在马上，一颠一颠的，盒子硌着我的胸，只觉得有点儿疼。

当天夜里我们出了城，在城外的小客栈便遭遇了突袭，来人一共五个，黑衣蒙面，剑刃冷冽，直奔我爹而来，结果没想到被子一掀开，里面有爹有我还有猴儿。

我爹难得要跟我睡在一起，说是为了保护我的安全，那只猴子道貌岸然，在我爹面前装书生，可怜巴巴地也要一起睡，转过头就冲我大个翻白眼。

一个多月过去，他还是对我充满敌意，就好像我才是那个抢了他爹的人，真是个爹宝猴。

领头的那个黑衣人十分魁梧，光看露出的眉眼就可见其凶神恶煞，他伸手向前，手里一把弯刀直逼我们仨："快把琉璃灯交出来，否则要了你们的狗命。"

听到这句话的同时，我们三个反应不同。我爹骂了一句"夭寿"，肯定跟我一个想法，心说究竟是谁走漏了风声，这琉璃灯不是寻常之物，它在我们手上这件事一旦闹得江湖人尽皆知，那我们这一路又会多不少风险。

而我的忧愁之心此时更甚，因为那灯的碎片就在我怀里，保险起见我连睡觉都揣着，翻身的时候险些磨断两根肋骨。

而猴子则是对"狗命"二字心怀不满，他先呲牙向前："说谁狗，说谁狗命呢？"

这几个黑衣人的气息不稳，功夫应该还比不上我，不过是一些草蛇之辈，很容易解决。那猴子拿着棍子乱甩一通，就连身后桌子上的一杯茶都不曾溅出半点，那帮人就在我们脚下叠罗汉了。

"爹，怎么办？"我问。

我爹极其冷漠："这地方危险了，赶路吧。"

我很困，但是没有办法，爹让我们加快脚程，不知道这样半梦半醒地赶了多久的路，我突然听见我爹叫我："鸡崽儿！"

我睁开了眼睛，马停下了。

前面是一条林荫小路，两旁杂草丛生，各种奇花树木正在夜色里飞速生长，它们的藤蔓枝叶互相缠绕攀爬，发出蛇在爬行时独有的嘶嘶声，

我爹拿出一张地形图来，点着火细细地看，这一路的地形都不复杂，更何况爹还来过几次。这条小路入口处狭窄，随时会有草木偷袭，它们根茎粗大，强韧有力，最喜勾人脖颈脚踝，最后将人整个缠绕直至毙命。

马是不能再骑了，我们弃了马，准备等过了这段路再去买上几匹，可刚一下马我就觉得遍体生寒，这地方阴森，寒气从脚底嗖嗖地往上钻，隔着靴子我都能感觉到脚底错综复杂凸出地面的树根，它们向前延伸，无止境地蔓延到妖山林深处。

我们走路时非常小心，一手拿剑，一手火把。猴子灵活，举着火把在最前方开路，一个跟头翻出三米远，这些东西怕火，要走过去也不难。

出了这条幽径，是一家客栈，叫"路中阁"。爹说这不是人开的，却是给人住的。他还小声跟我们说："你们不要怕，这地方有我熟人，客栈门口有片小园子，里面还有两只可爱的小鹿呢……"

他话音刚落，我们就听见"咔咔咔"的声音远远传来。

园子里有三道幽光正冲着我们。

我看向我爹："两只？可爱的？小鹿？可爱的？"

园子里确实有鹿，却不同我爹所说的两只，而是三只，其中一只体型巨大，甚至比我们的马还壮硕几分。

那诡异的光是鹿的眼睛，看不出一点温驯无辜的样子，此刻正无比骇人地发出绿色的光来，我有些紧张，拽着我爹的衣裳不知进退。

突然，猴子说了一句："他们在啃骨头。"

我的目光落在那三头鹿的掌边儿，仔细辨别，发现地上竟是人的头骨，刚才那奇怪的声音想来便是这三头鹿咬头骨时发出的。

这三头鹿正与我们对视，我吓得哆哆嗦嗦，我爹拉着我的手，他走在前面，我们小心翼翼，准备穿过路中阁，忽听谁阴阳怪气地说了一句："这么晚了还赶什么路，住店吧？"

随着这句话，路中阁的灯笼亮了，挂在客栈的两层屋檐下，红色的灯笼像是凭空出现一般，照得人满面血色。

我看见园子里那只最大的白鹿忽然身体扭曲，伏在地上，转瞬便以人身站了起来。

他一身白衣白袍，模样竟然还有些英俊，手里摇晃着扇子，虚坐在园子的栅栏上望向我们，缓缓开口道："怎么又是你？"

我爹松了口气："我以为谁呢，吓我一跳，我光知道你是个妖，还是第一次见你真面目。"

爹回头拍了拍我的肩膀："不用怕，他恋童，光吃小孩儿。"

这白鹿看起来不太开心，从栅栏上跳下来抱怨："我已经很久没吃了，你知道最近怎么着了吗？不知道为什么附近突然来了很多东海的妖怪，这条路本来就没几个人来，偶尔路过那么两个不明真相的，哪够那么多妖怪分着吃，更何况我还挑食，现在都要饿死了。"

我们父子三人面面相觑，我爹突然反应过来什么事儿，喊猴子："你把你那棍子拿出来给我看一眼。"

猴子不明所以地拿了出来，我爹凑上前去，只见那棍子上明晃晃地刻着四个大字：定海神针。

"定海？定……海……"我爹捂住胸口，"这是不是那道士用来镇压东海妖气的宝贝？现在宝贝被猴子拿了，本来也要用来镇海的灵石蹦出来个猴儿，现在猴子也跑了……"

白鹿又接着说："所以才跑出来那么多妖怪跟我们抢吃的？"

大家一起痛心疾首。

白鹿叹了口气："你们不知道现在这些妖，别看有的爱吃人，但其实都可羡慕人了，个顶个儿地会修炼，全都变成俊男美女的样子。你们死都不知道究竟是死在哪个妖怪手里，不过那些妖是你们放出来的，今天又走到这儿，都是命了……"

他看了看我表示惋惜："这小子这么大了？江流儿你还记得不？那时候他都还没出生你就不想要他，我说生下来直接给我吃了，你还死活不同意，一转眼都快比你高了，这时候再叫妖怪给吃了，你说心不心疼。"

"这些事你就不要拿出来说了！"

"也是，见过你那窘迫样子的人毕竟不多。"

我听了这些话，当即就觉得胸口发闷，倒不是担忧附近妖怪，而是竟然连个妖怪都知道我爹根本不想要我。

我闷闷不乐，猴子倒是很开心，偷偷对我做鬼脸："爹根本不想要你。"

我觉得我很委屈，委屈得快要哭了。

所以当白鹿提出让我们在他的客栈歇下的时候，我拒绝了我爹要跟我住同一个房间的要求。

白鹿看样子跟我爹有点交情，说先留在他这儿，夜里贸然前行实在危险，不如天亮再想办法。

我的房间在最东边，关了房门我站在床边，把那个装着琉璃灯碎片的盒子拿出来，都说这灯是世间罕物，能实现人的愿望，我长到现在十六岁，浑浑噩噩，从小随着我爹四处走镖，见过很多东西，心中却无事可求，此时危机当头也不觉恐惧，唯有一个问题想要确定。

我对着盒子叹了口气："我就想知道我是不是江流儿亲生的。"

盒盖儿"嘎吱"一声，自己打开了。

我突然听见有人打哈欠的声音。

"我睡了多长时间？"这个声音问道。

盒子里的琉璃灯散发着光芒，声音竟也是从里面发出来的。

"你……你是谁？你是灯？"我问道。

"造我那人五行属土，给自己取了个沙姓，那姑且我也就姓沙，我是样儿会发光发亮的宝贝，你就叫我沙宝亮吧。"

我还是不敢相信："你真是这琉璃灯？"

他没个好气儿："要不然你是这琉璃灯？"

我赶紧脱鞋上床把盒子放在床里，拉好床幔："灯神，我听说你很厉害，能满足人的愿望，我不用那么麻烦，我只想知道一个问题。"

那些碎片的光芒忽然闪烁，灯神又打了个哈欠："你谁啊，我凭什么要回答你的问题？"

我飞快地自我介绍："我是江小河！是个跑镖的！这次就是要跑到西方去修你的。"

"修我？我怎么了？"

"你被你上一个主人砸碎了。"

他大惊："我碎了？我就睡了个觉，醒来以后你告诉我我碎了？我睡了多久？"

我报了年号。

他无比心痛："我睡了十年。"

我："……因为你一直在睡觉，所以没听见前主人向你许愿，他想另辟蹊径看看能不能把你砸出来，然后你就碎了。"

我这个解释十分简洁，他听了以后陷入沉默，半天才干笑两声：

"这真是个笑话，你说去西方修我，那现在我们走到哪儿了？"

我："可能会遇见很多妖怪的地方。"

我把猴子的事儿跟灯神说了一遍，忽然觉得还能救自己一命："如果我们在这儿被妖怪吃了，那你也别想修好了，所以灯神你要不要帮帮我们？"

"我虽然能实现人心中所想，却只能帮每个人做成一件事。你要不要再想想，这样许愿会不会太轻浮。"

"性命攸关，哪里轻浮！"

我话还没说完，他突然"嘘"了一下让我噤声。

有人窸窸窣窣经过门外，我屏息侧耳，听见脚步仿佛正停在我的房门前，我迅速关上了盒子把它塞进被窝并蒙头装睡。

"姐，姐你快过来，应该就是这儿。"这是一个男人的声音。

"小银，回去吧？"又有一个女人说话。

"姐你在东海就是几大剩女之一了你知道吗？你再不想办法的话还能嫁给谁？"

"我谁都不想嫁，就想嫁给……"

我听不清楚了。

他们说话声音渐小，听脚步声已经进了房门正向我的床靠近，我虽不知道他们的目的是什么，但绝不能坐以待毙，在他们掀开床幔的瞬间，我的剑已经指在了来人的脖子上。

听他的喘息声，应该是那个男人。

女人紧随其后，听之前门外的对话，两个人应该是姐弟，我用剑比划着弟弟的脖子，慢慢靠近，一把把他拉到床上，勒着他的脖子近距离制服。

姐姐也来到我的床边正对着我，她不敢轻举妄动，房里没有灯，即便如此我还是能隐约看出她的轮廓，是妖，明显的妖，还是丑妖。

"你们是什么妖怪？为什么要半夜偷袭我？"我有些担心他们

是吃人的邪恶妖怪，都怪我，先前跟爹闹脾气，挑了个离他最远的房间，现在就算是大喊大叫估计他都是听不见的。

眼下这对姐弟只好我自己对付了。

"我们偷袭你干什么？我们是为了琉璃灯！"

怎么又有琉璃灯的事儿？

"怎么又有我的事儿？！"灯神也说话了。

被子里像放了个灯笼似的发着光，将整个床照得透亮，我一抬头，看见了对面的妖怪姐姐，险些被吓死。

遇见她之前，我都不知道什么是丑，刚才隐约看见她丑，就是没想到她有这么丑。

都说女妖美艳魅惑人心，可眼前这位一丁点儿女性特征都没有，她头上有角，面部前凸，整个脸和身体呈不发光的金黄色，其实更像是屎黄色，而且她两侧的鬓发都外翻，像个秃了毛的狮子。可再看她弟弟，人模人样，比那白鹿还要英俊几分。我的眼睛在他俩身上转了好几个来回，头有些晕。

幸好这时候琉璃灯的光渐渐暗了下去，不然再看一会儿我能吐。

它的光暗了，不知怎的屋里的蜡烛却亮了起来，我看见我的被子被空气掀开，在露出的盒子上竟慢慢凝聚出一个模糊的人形。

"灯神是你吗？"我问道。

灯神语气平平地"嗯"了一声，又说："江小河，你松开他，先听听他们找我什么事。"

灯神说话我不敢不听，放开弟弟之后，只听他"噗通"一声拉着他姐姐跪到地上磕头："灯神！灯神我拉着姐姐就是来找你的！我们从东海来的！东海很大，也算自由自在，可是那里妖怪不少，就是没一个瞎子，我姐姐到了嫁人的年纪，可是没人看得上她！我听说琉璃灯能让人如愿，所以就来了，只希望灯神让姐姐嫁一个真心喜爱她，不在意她这般面貌的人。"

姐姐摇头："我不要嫁给别人……"

小银弟弟："有的嫁就不错了，你就别指望嫁给江流儿了！"

"江流儿？"我抬起头来，"你想嫁给我爹？"

"你爹？"小银弟弟急忙拉着我到了明亮些的地方细细地瞧，又说，"长得倒真还有点儿像，你是江流儿的儿子？"

我点了点头。

他又说："姐你看江流儿的儿子都这么大了，你还惦记他干什么！"

我听这话，难道是我爹的一段旧情？

❧ 五 ❧

我去把爹叫来了。

爹和姐弟俩显然相识，前一秒还在对我骂骂咧咧："鸡崽儿你这大半夜的干什么？你刚才说谁来了？我没听清……"

后一秒进门揉了眼睛，看见姐弟俩非常意外："你们……怎么在这里？"

我竟然能在小金那张屎黄的脸上看出一丝羞怯。

他拍了拍猴子的脑袋："……差点忘了，你们在东海，前一阵我这小儿子把东海定海神针给偷过来了，听说不少妖怪都跑出来了。"

小银弟弟："你有个小儿子就算了，怎么还是个猴儿？"

我爹摇头："这是后领养的。"他指我："这才是亲生的。"

姐姐很颓丧："这么多年过去你果然已经成家了。"

我爹不太自在地戳了戳我的腰："他们怎么在你这儿？"

"他们来找灯神许愿，弟弟想让姐姐嫁人，但是姐姐要嫁给你，其实我觉得她就算不想嫁给你也嫁不出去，长得太丑。"

"胡说八道，你也不想想，这世上哪个妖精不会幻化人形？他们有一千张皮，怎有美丑之分，我当年在东海的时候，她还是个美人。"

姐姐低头："你果然……爱的是那副美人皮。"

多年前，东海里还没沉入定海神针，那里乌云蔽日，只有灰色的天和黑色的海，还有附近猖狂的妖。我爹走镖路过那儿，被吃人的妖逮住，又被这位金姐姐救了，金姐姐爱上了我爹，要跟我爹一起离开东海。金姐姐那时的美貌是整个东海数一数二的，东海的许多妖都对她有意，他们自然不许我爹带金姐姐走，一时间东海里的妖分成了两派，一派支持，一派反对。两派妖精进行了旷日持久的恶战，就连附近的城村都民不聊生，人们也知道是妖物作祟，便四处求神拜佛，最后寻得了一个云游道士。

道士觉得结束这场战斗的根本在于金姐姐和我爹，于是他让金姐姐现出原型给我爹看，问我爹究竟能不能接受一个妖精本来的样子。

蜡烛的光忽然晃了几下。

金姐姐又接着说："他当时真的很害怕，因为我这幅样子实在是太丑了，那个道士又一直在旁边说，人妖殊途人妖殊途，我看得出来江流儿在犹豫。我本来以为能有什么好的结果，可是那天晚上他就离开了，我不相信他就这么走了，想去找他，东海又为这件事陷入了僵持之战，所以那个道士才用定海神针压了东海，我们便没办法出去了。江流儿走了以后东海的不少妖都来向我提亲，说江流儿道貌岸然，可他们何尝不是？你们看看现在哪个妖不是人皮模样，明明一个个骨子里都是妖，偏偏见我以妖相示人后又开始退缩，总归还是不喜欢这副皮囊，人也是，我们妖也是。"

"走了？"我问。

我还以为找着妈了呢，结果我这个爹半路走了？

渣男！

我看了看我爹，他表情凝重，双唇紧闭，似乎已经没有话了。

小银弟弟倒是无比愤怒："定海神针被偷了我们才得以出来，江流儿你知道吗！我姐出了东海第一件事就是找你，但是被我拦住了，我听说琉璃灯就在附近，就带着她找来了，本只想寻个真心对她的人而已，没想到这么巧又遇见了你，我定要杀了你这个负心人，吞肉喝血才能解我对你之恨！"

他一个转身，已从那般英俊之貌变得一身丑陋，尖利魔爪直奔我爹而来，速度极快，我还没来得及反应，我爹却已经一副视死如归的模样。

我只觉眼前光芒一闪，猴子亮出了定海神针，那根棍子金光灿灿，小银弟弟马上倒在地上露出恐惧之相，我突然想起，这可是能镇住万妖之海的定海神针！有了它我们哪还用怕一路的妖怪！

"慢着！"金姐姐忽然喊道，她却渐渐靠近猴子，从后面拦住他的腰，"慢着……"

她走到我爹面前，用那样一张丑脸抬头凝望，我听她说道："我当年便有个法子能跟你在一起，可我一直没用……我有办法让你爱上我，我就是没有那么去做。"

她声音淡淡，身子娇弱，当真与样貌不配。

她回过头来问我："你真的是他儿子？"

……这问题别问我，我不知道。

我爹在一旁替我轻声回答："我亲生的。"

金姐姐缓缓地说了一个"好"字，她的腰上别着一个紫金葫芦，她拿了起来，打开塞子。

小银弟弟喊道："姐！姐！不行！不行！"

他冲了过去，金姐姐却一施法力将他推远，她一双眼睛看着我爹，竟从眼角开始幻化出人的皮肤和衣裳。

一个美人就这样出现在我们面前。

我以为她要开始施什么妖术，没想到她却只叫了一声："江流儿。"

我爹轻轻应了一声。

那一瞬间葫芦突然掉落在地上，美人化作一缕白烟钻了进去。

小银弟弟扑上前，他捡起葫芦使劲在地上磕，往地上倒，可是什么都没有，地上什么都没有。

他抬起头来问我爹："知道这是什么吗？这是她的心境。你应了她，就等于你许了她做梦的机会，她进到这个葫芦里，里面过的是她想要的日子，她或许在里面做人，可能还是个美人，我都不知道，我只知道，这个葫芦里一定有你。这便是……她跟你在一起的法子。"

❧ 六 ☙

爹看着那个紫金葫芦发愣，半晌说了一句："我还什么都没说……"

小银弟弟吸了吸鼻子，把葫芦放到了我爹手里，他一句话都没说，站在那儿看了看我，又看了看我爹，然后推开窗翻出去了。

天开始像鱼肚翻白一样有了颜色，他跳出窗外，在微弱的光亮中，就这样逐渐远去。

我爹半天才缓过神儿来，他摸了摸猴子的脑袋："再睡一会儿，早上接着赶路。"

"爹……我娘到底是谁？"我问他。

我看见他把那个紫金葫芦挂在腰上，他看了我一眼："你没娘，别问了。"

……天亮了。

我们离开了路中阁，想来东海的妖怪都怕猴子那定海神针，继续前行也无妨。

往前是光明大道，猴子扛着棍子走在最前面，忽然挠了挠头说："这地方我怎么觉得有点儿熟悉了呢？"他问我爹，"爹，再往前走是哪儿？"

没想到灯神抢先一步回答："女儿城。"他从盒子里钻出来化成虚浮人影张望，"这里的女人都是些厉害人物，她们本是东南一个神奇的部族，寿命比一般人要长很多，且骁勇善战，比男人还厉害，可偏偏只有极少的人能生育，长久如此这个部族迟早会灭亡的。于是她们便想在之前做点事情，刚巧这地方原来有条河，那河水奇怪，饮了那儿的水能让人变成妖魔，所以这群女人在此建了座城把河围了起来长久守卫，以免有人有意无意来饮河水。"

我爹摇了摇头："传说罢了，怎么会变成妖怪呢。"

他欲言又止，表情为难，从那神情看来不是曾在这里有过故事，就是有过事故。

我们从城门进去，说是走镖经过，走过了三道城门才看见那条河，河边站着很多女守卫。

这条河不算太宽，水很清澈，却像是个巨大的水缸，我看过去发现河底什么都没有，连块儿石头都不见。

守卫让我们离远点儿，且万万不能喝这条河里的水，哪怕一滴都不可。

"这河水真能让人变成妖？"我多嘴问了一句。

一个女守卫答："很久以前可以，后来出了件事儿，已经不行了。"

"那你们还守在这儿干什么？"

"这个……"

"你们干什么呢？"一个女人走了过来。

女守卫回头行礼："族长。"

来的女人很漂亮，只是她走过来的瞬间，灯神突然钻回了盒子里，我爹也扭过头踢草地。

"族长，他们走镖经过而已。"

"走……镖？哪个镖局？"

"好像是来去镖局？"

那个女人忽然大声："来去？来去镖局？江流儿？是不是江流儿？"

怎么还有我爹的事儿？我仔细打量那个女人，难不成这是我娘？

我小声问灯神："灯神，到底是谁生了我？我娘究竟在哪里？"

灯神叹了口气："远在天边，近在眼前……"

我心里一惊，听他这意思，眼前这女人恐怕就是我娘了。

只是当下看来，她跟我爹这气氛有那么点儿不对。

她转到我爹面前，扳着我爹的肩膀仔仔细细上上下下地看了好几遍，最后一把抱住我爹："江流儿，太久不见了……"

我爹"嗯"了一声。

那个女人又说："当年是我不对，我不该纠缠你……"

我爹摇了摇头："是我不告而别……"

"我知道你心里有别人，你说你偶然经过此地，可后来想想，我知道你是来做什么的。"

我听得云里雾里，回头看见猴子正挠着头走向河边："我觉得这个地方我真的很熟悉。"

女人笑了笑："我们这儿可从没有过猴子。"她又转向我，"你又是谁？"

"……呃，我是江小河，江……江流儿的儿子。"

一提到我的名字我忽然一拍巴掌，江小河！我叫江小河！我这面前不就是条河吗？没错了！我就是在这儿生的！面前的这个女人就是我娘！

我抑制住自己叫"娘"的冲动，可没想到她比我还激动，她面向我爹，拼命地摇头："怎么会？人妖殊途，你怎么会跟那妖精有孩子？不……不对，这不是她的孩子……"

我："……我到底是谁的孩子？"

我爹叹了口气："说来话长……"

前面忽然传来嬉闹的声音，很多小姑娘跑了过来，我问灯神："这不孩子挺多吗？不像是会灭绝的样子。"

有几个女孩儿过来管那个女人叫娘，其中还有一个和我年纪差不多的姑娘。

我爹问族长："那夜……这该不会是我们的孩子吧？"

族长低下头："我倒希望她是。"

忽起了一阵风，她把我们往城里迎，城里有些居住的房屋，她带我们去了她的阁楼。

她倒了茶，坐了下来，那样子似乎是想话几句家常："你们这次走镖又保些什么？"

从阁楼的窗户也能望见外面那条河，我跟猴子并排坐在窗边往外看着。

爹说："你可曾听说过那个能实现人心愿的琉璃灯？"

"何止……何止是听说过。"她有些伤感，又跟我爹说，"当年你突然闯进女儿城，只说偶然路过，但我知道你是为了河水来的，我问过你，你说你从东海来，东海是什么地方，那里是妖怪肆虐之地，你到来之后日日管我讨酒喝，每每见你月下独坐，我都知你有段未割舍的感情。你要喝那河水，变成妖然后回到东海跟那个妖精在一起是不是……我都知道的。"

我爹手扶着茶杯却没有抬起来："我也知道你钟情于我。"

他看了看腰上的紫金葫芦："可我心里有人，当时那些妖怪为了我们大战，总说人妖殊途……人妖殊途，那我便要与她走上同一条路，于是我就想到了这条河。她肯定不会同意我这么做，所以我从东海偷偷跑出来，那时候是冬天，我记得那年很冷，这条河结了冰，即便如此河边也都是守卫，我想靠近却总也找不到机会，所以我停留太久了，在这儿的时候，你总是陪我喝酒，我便知道你爱我，可我不但负了你，也负了她，你不知道！那河水！"他突然激动起来，"那河水根本就不能使人化成妖魔！而是！而是会让人变成怀孕的妖怪！"

什么？！

族长却说："你喝了那河水对不对？"她随即摇头，"是了，你就是奔那水来的，只可惜你错了，不是我不知道，而是你不知道。"

她又问道："灯呢？灯神在吗？"

灯神从盒子里现身，坐在桌子边上，他跟族长打招呼："好久不见。"

"你不知道当年这灯就在我手上，你不知道我们族人鲜少有人能诞育孩子，你不知道我每次陪你喝酒就是为了哪一天把你灌醉……"

"只是没想到，我准备了那么久，醉的却是我自己，我第二天醒来的时候，就发现你不见了，被冰封的河面上被凿开了一个洞。"她语气苦涩，"你不知道那水本来是要我喝的，琉璃灯在手，我与灯神许愿，一愿你不要喝那河水变成妖怪，二愿我能怀上孩子用他留住你。可是灯神只能为同一个人做一件事，后来我想了个法子，一举两得，将那妖魔之水变成了孕育之水，那天我支走了河边的守卫，然后拿了酒去找你，本来想灌醉你，我知道，就算你我行了那事我也诞育不了孩子，但是没关系，你会醉的，有没有夫妻之实都不重要，我只要去喝了那水，让你觉得我肚子里的孩子是你的，我想……你便会为我留下了。"

只是没想到，她醉得彻底，我爹却晕晕乎乎去喝了河水，我便是那时他生下来的孩子，他觉得此事耻辱，自己变成了怪物，所以离开了女儿城也没有回东海。

故而前些年他如此厌恶我。

❧ 七 ❧

"我记得一些事，爹，你还记得吗？最开始我就跟你说，我见过你，我还见过很多女人。"猴子依旧看着那条河。

"我来到这儿，看着那些守卫的人，我觉得那个画面特别熟悉，似乎我从前总是见到这样的场景，可是又不太清晰，像是带着波光，又像是蒙着一层水雾。"

族长低头捏了捏猴子的脸："你到底从哪儿来的？"

"石头里蹦出来的。"

"石头？"族长比划了一下，"可是这么大的？黑色的？"

我爹点了点头："你如何知道？"

她失笑："如果真是它的话，起先没有这么大的。江流儿，你离开女儿城的时候是冬天，那时候河水结冰，你是怎么破开冰面取到水的？"

"其实那天你醉得不省人事，我也是醉得过分，说了什么做了什么都记不太清了，我好像……随意在树下找了块石头……石头？石头沉进水里了？"

这河本是清清澈澈的，其中连杂草都没有，这世间万物但凡沾上一丁点儿灵性的，都会在其中成了妖魔，后来这水变化了，坠入了那块有造化的石头，石头不比人，它日渐成长，逐渐孕育，一天天长大，起先女儿城里的人都觉无碍，直至它长起原先三倍大小才注意起来，将它从河里打捞出来丢远了去。

恰逢一位道友受东海那个道士所托寻找灵气之物以镇东海妖气，途中见它实乃灵极却巨大无比，便托了我们来去镖局送去东海。

既是开始，又像结束。

2
6
7

"这么说来，你倒真该叫我一声爹。"我爹对猴子说。

猴子甜甜蜜蜜道："爹。"

我："咱俩都是没娘的孩子，不过细细究来，我到底是因为哪个女人而生的呢？"

我爹拍拍我的胳膊："细究这个没意思，早些年爹那么对你也是觉得因为有了你我才不能回东海，后来我听说东海太平，便想着就这样算了，她是妖精，而我是怪物，可当年我在东海那么久，偏偏忘了跟她说一句喜欢。"

族长有双眼眸，与金姐姐一样，里面装满了陷入恋爱的神情，可在那日的夕阳之下，我爹选择了离开。他站在河水边上，面对着夕阳，红色的光在山的边缘，隐去之前给他身上镀上了一层毛茸茸的光圈。

"小儿子，我们还是要继续往前走，前面若是有妖就都靠你了。不过这趟镖走回来你得把定海神针还给东海。"

猴子悻悻地点头："知道了。"

灯神也体贴了两句："一路辛苦了，我现在容器受损灵力残缺，不如等到了地方修好我，我满足你们心中所想如何？"

我摇头："我心中疑惑已解。"

我爹又盯着那个紫金葫芦看了好一会儿。

灯神："要让我复活她吗？"

爹弯下了腰，将紫金葫芦丢进了那条河里，葫芦竟飘悠悠地坠进了河底。

"你就保佑她重生为凡人吧。"

他又添了一句。

"……住在我家隔壁就行。"

完

碧海青天夜夜心

文 / 白三希

一

我叫月野兔。我代表月亮。

不不不，你先把刀放下，我不是要消灭你。

我不是美少女战士。

我住在广寒宫，我是嫦娥怀里的玉兔。

你看我的耳朵。

好吧，好吧，给你摸一下。

这回放心了吧？喏，桂花酒给你满上，今夜月色正好，我想请你，听听我的故事。

二

说来你可能不信，虽然我出生在尧时代，但其实我今年也才十来岁。

所谓天庭，不过是在你们所生活的这个叫地球的东西之外高速运行的地方罢了。

从前我们认为的仙术，其实也只是提前人间不知多少个世代的科技而已。爱因斯坦曾经无意间探到了天庭秘密的一角，就是那个钟慢效应。

因此天上一日，地上一年。算一算，我竟是见证了人类四千多年的历史，而实际上，我只真真切切地活了十二年。

作为一只白兔，我的生命之烛，支撑不了太久了。

其实从来，从来都不曾有什么长生。也从来不曾有什么修炼得道，羽化而登仙。

所有的"神仙"都是天庭的统治者按照某种标准选召的，比如后羿。他只拿到了一个名额，却不想抛下他的妻子，还是留在了人间。

彼时我灵智未开，只模模糊糊觉得后羿放着大好的成仙机会不去，反而囿于儿女情长，真是不知道该说他什么。

然而后羿还是没能与嫦娥厮守终身。天庭的人很快找到了我们。后羿在反抗中不幸被杀，最终进入天庭的，却是女主人嫦娥，以及她怀里的我。

我们并不是被选中的人，天庭震怒，最后把我们扔在了广寒宫。

广寒，广寒，恰如其名，是如此的宽广与寒冷。嫦娥每天疯了一样地研究药物，试图造出起死回生的灵药，然而人间的时间流逝得如此之快，还没等她炼出第一颗药丸，她的爱人就已经枯骨成灰。

开炉取丹的那一天，她抱着我，哭得撕心裂肺。

那一颗主要成分是桂枝的药丸最终被我埋在了桂花树下。本以为从此嫦娥就会放弃制药，没想到她竟这样坚持了下来。我看她辛苦，主动承担下了捣药的活儿。毕竟，广寒空寂，我需要做一点事情。慢慢地，浸淫在天庭的环境下，我的肢体越来越灵活，甚至也能开口说人言了，然而，我心里的话却无人可诉。毕竟，在天庭的人眼里哪会有我的影子，而我唯一的同伴嫦娥每日除了研究药材，就是守在水镜前，看着人间。十万世界熙熙攘攘，水镜中的画面不断变化，我总觉得她似乎在寻找什么，而不是同我一样随便打开一个人的人生，就像抱着 iPad 看剧一样消磨时光。

毫无办法，我只能把捣药当作工作，把偶尔看看水镜当作消遣，让自己莫名其妙地忙碌充实起来。因此，我竟没有察觉，嫦娥是从什么时候开始不再看水镜了。

有一天我研磨完了手头最后一点药材，却发现嫦娥似乎好久不曾送来新的任务了。那时我已经可以化为人形，只是走路还不甚熟练。我蹦蹦跳跳地跑去找她，正看到她从外面回来。

我变回白兔的样子跳进她的怀里，她把脸埋在我柔软的毛中，泪水无声地涌出。我惊讶，因为自从炼出那颗丹，她就再也不曾哭过。相依为命的我们已经有了一些默契，我觉得，她这次的哭泣似乎与以前有那么一点不同，我甚至从中感到了一丝喜悦。

后来我听说，那一日，天庭新晋了一位神仙，官拜天蓬元帅。

❦ 三 ❧

嫦娥不再研究制药，我也失了业。水镜中的人生看多了也腻了，人人勾心斗角、爱恨纠缠，最终却都躲不开生老病死。有人想要脱离轮回、得道成仙，然而终其一生求仙访道，殊不知这里从来没有什么长生，也从来没有人凭自己的所谓修炼被选召。毕竟，在天庭可怕的科技水平看来，人们养气炼丹的法子，是多么幼稚而可笑啊。

嫦娥经常溜出广寒宫，我有时候悄悄跟着她出去，发现她是假装不经意地出现在天蓬元帅的必经之路上。然而前呼后拥的元帅总是目不斜视地从她面前走过。

每一次，我都看到她的眼睛灰暗一分。终于有一次，元帅便服出行，并没有带随从，嫦娥扑上前去牵住了他的袖子，未曾开口先已哽咽："阿羿，你不认得我了吗？我是嫦娥啊！"

而那个面目陌生的男子脸上却露出迷惑的表情，还有淡淡的疏离："仙子说笑了，在下天蓬，并不识得仙子口中的阿羿。想是仙子认错了吧。"他不容分说地把袖子从嫦娥手中抽出来，礼貌地一拱手，转身离去。

而嫦娥还保持着牵着他袖子的姿势，难以置信地望着他离去的背影，呆呆地站了好久，好久。

我终于明白嫦娥在水镜中究竟看的是什么。我的男主人几经轮回终于还是逃不过被天庭选召的命运。嫦娥终于了却了与爱人团聚的执念，而她的爱人却早已把他们的故事抛在了奈何桥边。毕竟，对于嫦娥来说，一切才过去几百个日夜，而对后羿来说，却已经过了几生几世了。

我想开导她，可她总是用一种哀伤而怜悯的语气说我不懂。或许，尽管我可以化为人形，走路也日渐熟练，但在她心中，我永远只是一只低等的畜吧。

这广袤的天庭啊，嫦娥是我唯一的亲人，而她却一个人固守在自己的悲剧里，不愿向我敞开心扉。从前我不会讲人类的语言，还有同笼的小鸡日日拌嘴，而如今，我连诗都会背，却再也没有可交谈的伙伴。这样无趣的日子啊，一日一年，度日如年。

直到那一日。

东胜神州的某地，竖起了一面猎猎飞舞的杏黄大旗。

❧ 四 ❧

我听说过前些日子新上任的弼马温的事情。天地孕育的石猴，千年一见的灵物，拜得高师，学成仙法。是的，那位不世出的高人教给他的，并不是那些无知人类修行的所谓道法，而是与天庭如出一辙的、真正的科技。

　　开始，眼高于顶的天庭并没有在意。然而随着他广结妖友、龙宫夺宝，天庭终于坐不住了。地府前去勾他的魂魄，没想到反倒被他消去了全部猴类的死籍。

　　呵呵，如此可笑。他是石猴啊，是万年如一的、能把恐龙的骨骼保存下来的石头，怎么可能只有三百二十岁的寿命。天庭伪造册籍想坑他无知，没想到人家却并不是待宰的羔羊。既然这边消去了生死簿的记录，倒也是替天庭毁掉了证据。天庭自己心里本来有鬼，也就乐得做了个顺水人情，不仅没有追究他闹地府的罪过，反而招他上天，做了个不入流的小吏——一为收买，二为监视。

　　后来他得知自己的官位如此渺小，大闹天宫，太白金星这个老狐狸又奏请天帝封了他一个"齐天大圣"的名头。闻及此事，我仍是笑笑。用一个虚名换来太平，天庭从来算得一手好账。

　　可是天庭高高在上太久，仍是低估了他的骄傲。

　　他搅了王母的蟠桃会，吃了老君的紫金丹，十万天兵都拿他不住，二郎神堪堪与他斗了个平手。

　　我是天庭中微不足道的无名小卒，甚至算是个歪打正着的既得利益者，可我愿意看见有人站出来对这里的"规矩"提出挑战。

　　那一日他从炼丹炉中浴火重生，从兜率宫一路杀到了凌霄宝殿。仙娥们四散奔逃，我却喜极而泣。

　　我就知道我的英雄不会轻易被消灭，天庭的所有招数只能让他变得更强，他最终会推倒这一切，建立一个崭新的秩序。我撒开四足逆着人流奔向凌霄宝殿，可迎面就看到一块巨大的牌匾向我飞来。我吓呆了，忘记了躲避，缩成一团紧紧闭上了眼睛，只是心中遗憾，到死也没能见我的英雄一面。

　　而想象中的剧痛并没有传来，我睁眼一看，那块牌匾停留在离我鼻尖的毫厘处，被紧紧地抓在一只手中。我循着那只手向上望去，竟看到一张雷公嘴的毛脸。他皱着眉头，把牌匾抛在一边，眼睛一瞪：

"还不快跑啊，哪里来的小兔子。"

我突然莫名想笑。他不是我想象中高大伟岸的模样，他又矮又瘦，他毛发焦黑，他标志性的藕丝步云履、锁子黄金甲、凤翅紫金冠皆被六丁神火烧灼得残缺不全。可是，我含着眼泪笑出来，他是美猴王啊，他是齐天大圣，他是我心中的英雄，他矮小的身躯里蕴藏着巨大的能量，他以一己之力敢于对抗整个天庭。

我浑身的热血沸腾起来，我想对他说点什么，可是我竟突然丧失了语言的能力。他看我愣在那里不动，又皱了皱眉，干脆提起我的耳朵把我丢到了安全的角落，随手挽了一个棍花，转身又迎上了巨灵神的大斧。

"我相信你，你一定能成功！"我冲着他的背影喊道。

❧ 五 ❧

可是，他失败了。

那块差点砸死我的牌匾又挂回了凌霄宝殿，碎了的雕栏玉砌又恢复了以前的模样，仿佛那个不可一世的猴子从来没有出现过，天庭的威严也从未受到过挑战。

被搞砸的蟠桃会还是要举办，嫦娥又奉诏前去献舞。从前嫦娥对此深恶痛绝，因为她是好人家的娘子，不是供人赏玩的艺妓。然而我们在人屋檐下，又有什么办法。但是这次，她居然毫无怨言，早早地就开始准备。

这么久以来，我第一次见到她这样认真地去练习每一个舞步、每一个眼神。

是了，这一次后羿在场，她定是想用从前跳给他看的舞，来唤起他的记忆。

宴会上歌舞升平，我躲在那个猴子曾把我丢进的角落，竟觉得心痛。那一场翻天覆地的大闹，那一场令所有神仙束手无策的巨变，竟然没能留下一丝痕迹。所有人都不曾提过，似乎所有人都不记得。

不，也不是没有变化的。宴会的和乐融融中掺杂有一丝微妙的气氛。观音大士坐在上座与天帝言笑晏晏，可天帝的眼睛里却殊无笑意。此次西天出面镇压了作乱的妖猴，天庭可是欠了那边一个大大的人情。不知道，西天此次援手，开出了怎样的条件。看天帝的神色，怕是不低吧。

那个骄傲的齐天大圣一定不会想到，他的所有努力不仅没有推翻这一支极权，最终反倒成了另一支极权用来与天庭博弈的筹码。我听着天帝和菩萨说着漂亮的场面话，突然替那只猴子生出了万般的悲哀。

那一日我借酒浇愁，喝掉了整整一坛的桂花酒，因此我对那日后来的记忆混乱而模糊。待我酒醒的时候，天蓬已经被五花大绑地捆在了诛仙台上。

嫦娥披头散发地被几个仙娥看守在广寒宫中，哭得声嘶力竭："是我害了他，是我害了他……"

我从未见过她这样狼狈。

看到我，她嘶喊道："小月，去看看阿羿，求求你，去看看他……"

我虽然懵懂，却也知道这回出了大事，仗着四足的优势回头狂奔，即便是后面追赶的仙娥投来的器皿砸伤了我的背，我的脚步也不曾有一丝放缓。

待我赶到诛仙台，行刑官还在念着冗长的判决书。万丈深渊边，天蓬傲然独立，他的身影与很多年前射落太阳的那个男人重合。那一刻，我终于相信他就是后羿。

看见了我，他欣慰地笑了笑，"小月啊，都长这么大了。告诉阿嫦，我从来没有忘记她。替我向她说对不起，都怪我，忍了这么久了，还是没忍住与她相认……"他突然停了下来，脸上浮现出一

275

个苍凉的笑，嘴唇动了几下却都没能发出声音，似乎接下来要说的话要耗费所有的力气，"不，还是不要告诉她了。让她忘记我吧。

"拜托你了，小月。"

万钧的雷霆划破了天空。

天庭只处罚了天蓬。不知为何，嫦娥奔月的故事在人间广为流传，我和嫦娥基本成了月的代名词，同时稀里糊涂成了天庭在人间的代言人。

天庭在人间的影响力本来就日趋下降，我们两个活招牌对于维护它的地位竟有很大的作用，因此我们并未受到惩罚，仍然住在广寒宫内。

天庭甚至假模假样地给我们配了几个做洒扫活计的仙娥。嫦娥哭瞎了眼睛，只能由我替她从水镜里看天蓬的情况。我看到他错投了猪胎，不知这是天庭有意为之，还是一个失误。

可能是那天天帝因孙悟空的事情被西天敲了一笔，正在气头上，而天蓬和嫦娥居然两次破坏他的规矩，堪堪撞在了枪口上。我不敢告诉嫦娥下界的真实情况，只诳她天蓬投在了平凡人家，生活安稳幸福。说这话的时候，我看到嫦娥嘴角露出一丝凄楚的笑。

她或许终究是不信的吧。

我一直不明白为什么嫦娥奔月的故事会在人间流传，毕竟那天在场的只有我们几个。直到一个偶然的机会，我在水镜中翻看了后羿死后的某一世。

那一世，他是著名的说书人。我看着水镜中那个眉目陌生却温和的青衫男子，手中一把抚尺一柄折扇，把故事讲得百转千回催人泪下。原来是他。万万没想到，他竟然早早就为嫦娥铺好了后路。这究竟是怎样深刻的爱恋啊，历经千百年、几世轮回而不减一丝一毫。他默默为她做了这么多，这么多。

但我不能告诉她。

我答应过他，要帮她忘了他。

❦　六　❧

按照我这里的时间，距离大闹天宫已经一年了。而对于五行山下的美猴王来说，却是三百多年。听说，他在那里渴饮铜，饥食铁，困苦而寂寞。

我渴望见到他。

我想去看看他是否消瘦，我想给他送香甜的桃子，我想告诉他别灰心，坚持住，还有人一直敬仰他、相信他。

而我却不敢去看他。我怕。

我怕看见英雄末路，美人迟暮；我怕看到如此骄傲的他困于方寸，不得翻身。我更怕屈辱磨圆了他的棱角，漫长消磨了他的壮志。

我怕我心中的英雄再也不会回来。

多少次我在水镜前徘徊，遥遥地看着屹然矗立的五行山。而山下压着的石猴，我从来没有勇气看一眼。我似乎有些理解嫦娥那时翻看后羿转世时的心情，但是，我想我这大概还不是人类所谓的爱。慕，大概占了更大的部分。

半年后，水镜中的五指山轰然倒塌，我惊得扑在水镜前，心脏快要跳出胸腔。漫天的烟尘与石块中，我终于看到了他，头上堆苔藓，耳中生薜萝，鬓边青草，颔下绿莎，衣衫褴褛却仍旧光芒万丈。

我的英雄终于结束了漫长的苦难，巨大的喜悦向我铺天盖地地袭来。然而下一秒我愣在了原地。我看见在天帝面前只是唱个喏，斩妖台上也不曾低头的他在一位僧人面前屈膝跪倒，双手合十："谢师父解厄之恩。愿保师父西天取经，百折不悔。"

我震惊我困惑，我大睁着双眼不敢相信。

他怎会不知道，这一切都是西天的安排？压他的是西天，放他的仍是西天，困厄既是来源于此，又何谈解救之恩？

为什么？

是五百年的凄风苦雨、十万日的孤独寂寞磨平了他的心气？

是漫长而无望的屈辱、屡试却屡败的努力压折了他的腰杆？

是不是？是不是那些指天骂地皆不应，呼朋唤友无人来的日子里，他终于承认一己之力根本无法对抗那些高高在上生杀予夺的神佛，他想要的绝对的自由根本无法实现，而想要得到一点自由，就只能妥协？

我大声问，可回答我的只有遥远的回声，在空荡的广寒宫里往复回响。

❧ 七 ❧

你有没有过偶像破灭的感觉？

我的英雄啊，我曾全心全意地相信他，相信他会冲破天地桎梏，把诸天神佛拉下神坛，而他却选择了妥协。

可是，我又有什么资格埋怨他呢？

我真的全心全意地相信他吗？如果是，那么在他受难的时候，我在哪里呢？

我是不是早就认定了他失败的必然，却又寄希望于他梗着脖子与天庭较劲到地老天荒呢？

我想逃避，我不敢看他的旅程，可我又忍不住去看。我看他收服了龙王的三太子，看他降妖除魔，看他与唐僧怄气，看他戴上那道金箍。

我看菩萨面无表情念念有词，而他以头击石痛不欲生，我竟生生把水镜的边缘捏碎了一块。他是何等骄傲的人啊，自炼丹炉破炉而出衣不蔽体之日仍豪气干云，如今却被小人所趁，受一只金箍的约束。

我不知他会作何感受，而我既愤怒又悲哀。

他，会后悔么？

一只手搭上了我颤抖的肩。我没有回头，眼泪却夺眶而出。嫦娥摸索着把我搂在怀里，轻轻抚着我的后脑。浓浓的内疚淹没了我，我突然意识到，这些日子我耽于自己的心事，竟许久都不曾关心过她，而她失明的同时，内心的煎熬并不比我少一分一毫。

痛悔交加下，我终于放声大哭。

"小月……"她托起我的脸望向她空茫无焦的眼睛，"每个人都有自己选择的路啊。阿羿是这样，大圣也是这样的。还有你，也要选择自己的路啊。选定了，那么不论前面是天堑还是通途，都要走下去啊。"

"走下去？即便是错的，也要走下去？"

"你怎么知道，"嫦娥微微一笑，"有荆棘的就是错的呢？"

我无言。

"好了，帮我看看阿羿的情况吧，按说，这一世他也该娶妻了。原来那么正经的一个人，转生之后竟然这么花心。快帮我看看，新娘子有我好看吗？"

看着她脸上足以乱真的笑，我心头一痛。我不忍告诉她猪刚鬣虽然遍阅群芳却从未转世，本与高小姐明媒正娶却不慎露了行迹因而众叛亲离。

"他娶了员外家的小姐，虽然是入赘的女婿，却也蛮风光的。姐姐，他过得好着呢，比我们好多了。这种负心人哪，看他作甚。"我嗔道。

"问你新娘子和我谁好看呢，你打什么岔！哦，是不是因为人家更好看，你不敢说啊？"看她脸上娇嗔的神情，我一时竟不知她是否真的相信了我的谎话。不过，无论她信与不信，放下与否，不说破，装聋作哑，都是最好的方式吧。

❧ 八 ❧

当金箍棒与九齿钉耙碰撞在一起的时候，火花四溅，水镜外的我突然惊出了一身冷汗。

不，我不是担心两方都是我在乎的人，他们会有什么损伤。而是，我突然明白了一件事——

当日西天出面镇压孙悟空，开出的价码到底是什么。

是传教。是东方大门的打开。

或许当日谈判之下，天庭所能做的最大让步就是允许西天选一名僧人，徒步去西天取经。路途多艰险，十万红尘诱惑满满，天庭或许以为就凭一个肉体凡胎的僧人，就是给他十辈子也做不到。

天庭猜对了十有九。

取经人花了九辈子半路折戟，而这一世，他得到了齐天大圣。

不仅如此，他还有龙王的儿子，还将得到曾经的天蓬元帅。而之后，他还会把谁收入麾下，仍未可知。

我感到彻骨的寒意。

从前我认为天庭手段够毒辣，如今才明白什么叫老谋深算。

趁火打劫撬开东方世界的缺口，用一个人九世的失败放松对手的警惕，恰到好处的施恩为自己网罗助力，而这些助力不仅本领高超，还与天庭素有嫌隙。我佛慈悲，还真是慈悲得很啊！

可怜天庭，剜肉补疮请了西天这座大佛，大概也没想到要付出这样的代价吧。

怪不得近来天庭诸多仙兽思凡下界，我还奇怪以天庭规矩之严，它们到底是怎样脱离了监管，且东窗事发被主人收服后竟也没受到什么处罚，与当日后羿的遭遇简直云泥之别。

我曾想是它们主人护短，今日才明白，原来他们下界出的竟是公差。

我也终于明白为什么会流传出吃了唐僧肉能长生不老的说法。大概，除了吸引非公差的真妖怪阻拦取经之路，生啖其肉是天庭的统治者们最真实的想法了吧。

我很讨厌天庭的，你应该知道。可是，看着天庭吃了这么大一个瘪，我却没有一点喜悦。不过是两支极权的博弈罢了。更何况，他们利用了我和嫦娥各自最在意的人。

我感到有些心灰意冷。我不知道猴子是不是早就想明白了这一层。但或许，无论唐僧的内核是不是灵山上的学渣金蝉子，至少他爬山揭开咒语的每一步都是踏踏实实，每一日的相处都是真真切切。他们的师徒情，或许是真的吧。以猴子的品行，他不能弃唐僧于不顾，不能看着那个傻和尚落入妖精手中，杯煎炒烹炸成为腹中餐。

或许有一天，他和后羿会扫除天庭设下的一切障碍，保护着唐僧最终走到灵山，然后得到他应得的报酬，成为西天正式的一员，能封个什么菩萨也未可知。此生，我们便再也不会有什么交集。

而我却没想到，下界做绊脚石的任务，有一天会跟我扯上关系。

❧ 九 ❧

那一日我正在陪嫦娥制药。她失明之后，又捡起了研究药物的事业，真是一个身残志坚的好妇女。

她的新药刚刚加入了最后一味成分，我俩抱着桂花酒守着炉子正在讨论这种新药该叫什么名字。

我说既然最后一味是八岐大蛇的鳞片，不如就叫大蛇丸好了。

嫦娥觉得这名字不够霸气，没有一种荡平天下的气势，还是杀生丸比较合适。

我正嘲笑她这药丸又不是毒药叫什么杀生，突然听到月宫仙娥吵吵嚷嚷，说是一个仙娥下界去人间做了公主，从伺候人的变成了被人伺候的，真是命好。

我竖起了耳朵。

下界？这时节，能光明正大下界的，不就是去给他添堵的吗？再仔细一听，那个仙娥还正是后羿被贬人间那日打伤我的那个。

我的心里突然起了一个念头，如燃起了一把山火，渐成燎原之势——我何不下界去？去取代她的位置？去离他更近一点？

于是我成了公主。不过，我对唐僧真的没有一点兴趣。我只是，只是想看看我的英雄，而深宫中的我，再怎样受到父王宠爱，如果不是借绣球选夫的机会，也无法见到这几个普通的"僧人"。

我本想仅仅站在高楼上望他一眼——不隔着水镜的浅波纹，真真切切地望他一眼而已。而当我真的站在高楼上，在人群中望见他的那一刻，才知道我之前的想法是多么天真。

那一刻，仿佛突然有人按了暂停键，笑语盈盈的宫女，吵吵嚷嚷的市民，所有人都静止下来，天地间一切声音都消失不闻。他还是那么瘦小，穿着僧衣和虎皮裙，一副满不在乎的模样。

我和他，相隔我的两年，他的五百年，如今却仅有几百尺而已。我身体的每个细胞都在叫嚣着"留下他"。可我不能，我不能妨碍他要走的路。

"公主，公主？"

"公主！"

我悚然一惊，从思绪中被拖出，猛然转头望向一旁的宫女。

"时辰到了，您有选好的吗？"她笑着说。

"我……"我嗫嚅着，再看向人群，竟看到他们一行人正要离去。

情急之下，鬼使神差地，我抛出了那个绣球……

我还是没能忍住，想见他再久一点，想离他再近一点。

后面的故事你们大概很清楚了。当他的金箍棒向我挥过来的时候，我恍惚中似乎又回到了第一次在凌霄宝殿见他的时候。只是，那时他是想救我的性命，而此时正相反罢了。我看见他眼睛里的怒意，像冰凌一般寒冷而尖锐。他大概早就不记得我了吧。

他也从来不知道有一只傻兔子一直关注着他，为他哭为他笑，为他借酒消愁，为他下界成妖。死在他手里似乎是个不错的选择，可是我不能，月宫里还有嫦娥在等着我，在失去后羿之后，她不能再失去我了。

我举起捣药杵拼命格挡，心里却明白我根本就不是他的对手。然而想象中巨大的力道并没有传来，是一杆九齿钉耙帮我架住了他毁天灭地的一击。

"小月！"空中突然传来熟悉的声音，我抬头望去，心里一惊。

是嫦娥。我刹那间忘记了自己的处境，只是担心嫦娥与猪八戒在这里相遇，我之前编来骗她的那些谎话会不会被拆穿。而真相如此残酷，不知道她能不能接受。

我望向猪八戒，而他却并没有看嫦娥一眼。

"这是月宫嫦娥仙子的心头好，不要伤了她。"他把猴子的金箍棒拨到一边，平淡地说道。

"小月！"嫦娥跌跌撞撞地跑过来把我抱在怀里，语气充满了惊恐和后怕，"不要怕，我在这里……"

她站起来，把我挡在身后，向着猴子深深一福："大圣，孽畜不懂事，但念在她并未杀生，真公主也曾在天宫打过她，还请您看在我的薄面上，放她一条生路。"

"啊，我还道是哪里来的小兔子，原来是仙子的心头好。她与公主种种，既都是因果循环，那就没什么大不了的。"他随意地摆摆手，继续道，"只是她看上我师父这个笨和尚老顽固，这个审美啊，还要仙子好好教导教导。仙子请回吧，请回吧！"

我注意到嫦娥浑身紧绷的肌肉顿时为之一松。她又矮身福了一福："那便多谢了。"她又强撑着拿出得体的笑，"待大圣修得正果，可要赏脸来我月宫一坐。"

"好说，好说！"

她和猴子依礼拜别，回头示意我跟上，腾云离开。

我呆呆看着她的背影，又看看猪八戒，又看看刚才还举着金箍棒要取我性命，此刻却笑得一脸人畜无害的孙悟空，一时竟没有反应过来。自始至终，她都没有看猪八戒一眼，同样，猪八戒也一直没有抬头。

看她渐渐飘远，我终于反应过来，向她追过去。腾空而起的那一霎，我回头望去，猴子已经不见踪影，只有猪八戒一个人呆呆地低垂着头站在那里。而他脚下的一片水洼，正映出他孤独的倒影。猴子的心中从来没有过我，而后羿呢？他在望着谁？

"你的眼睛……好了？"我小心翼翼地问。

"好多了。"

"是'杀生丸'？"

她笑了笑。

"不是。"

"而且，我给它起了一个新名字。它叫'夜夜心'。"

哦？夜夜心？

何人夜夜心，夜夜挂何心？

❧ 十 ❧

齐天大圣成了斗战胜佛，天蓬元帅成了净坛使者，就连小白龙都被封了八部天龙。虽然我并不知道盘在华表上到底有什么好。他们终于修成了"正果"。

神仙们提起他们再也不会加上"妖"这个字，然而他们的名号短暂地在神界被家家谈论之后销声匿迹，再也不曾有任何消息传来。

我再也没看过水镜。

正如嫦娥再也不曾提过后羿。

"你爱他吗？"等不知是第几百炉"夜夜心"完成的间隙，毫无铺垫地，她突兀地问我。

"爱？怎么会……"我慌乱地笑，一时竟忘记这个"他"字并未指明，"我不过是慕罢了。"

"哦？从前你慕他勇敢无畏一往无前，如今，他还有什么可慕之处？你时时挂心的又是什么？"

炼丹炉升腾出飘渺的紫色雾气，是仙丹初成的征象。嫦娥取出炉膛内的药丸，不理会我的如遭雷击、张口结舌，就如同她什么都没有说过，刚才的对话只不过是我的幻觉。

"吃一颗尝尝吧。"她诱惑我。

"做什么用的都不知道！我不！"我怒目而视。

"这个啊，是遗忘呢。"她笑得眉眼弯弯。

哦，是遗忘啊。

要忘了他吗？

忘了他大闹凌霄宝殿，忘了他冲破五行大山，忘了他九九八十一难，忘了他成佛归隐？

忘了我卑微的仰慕，失望的叹息，无望的挂念？

还是算了吧。

你想啊，毕竟是没有资质的药师自制的药丸，万一……

被毒死了呢。

完

Xi You

西游

作者
喵大人 等

总策划
朱家君

选题策划
罗晓琴

执行策划
陈雪琰 唐钰颖

流程校对
汤诗蕊 邓玉玮 王文倩 夏金铃

宣传营销
郭海洋

运营发行
常驀尘

出版社
长江出版社

总出品
漫娱文化

平台支持

小说馆 脑洞W

图书在版编目（CIP）数据

西游 / 喵大人等 著 .—武汉：长江出版社，2017.9

ISBN 978-7-5492-5329-6

Ⅰ．①西… Ⅱ．①喵… Ⅲ．①故事－作品集－中国－当代　Ⅳ．① I247.81

中国版本图书馆 CIP 数据核字（2017）第 212090 号

本书由喵大人等委托天津漫娱文化传播有限公司正式授权长江出版社，在中国大陆地区独家出版中文简体版本，并取得其他衍生授权。未经书面同意，不得以任何形式转载和使用。

西游 / 喵大人等 著

出　　版	长江出版社
	（武汉市解放大道 1863 号　邮政编码：430010）
出　　品	漫娱文化
	（湖北省武汉市积玉桥万达写字楼 11 号楼 19 层　邮政编码：430060）
出 版 人	赵　冕
选题策划	漫娱文化图书
市场发行	长江出版社发行部
网　　址	http://www.cjpress.com.cn
责任编辑	钟一丹
装帧设计	赵一麟
印　　刷	深圳福圣印刷有限公司
版　　次	2017 年 9 月第 1 版
印　　次	2017 年 9 月第 1 次印刷
开　　本	787mm×1092mm　特规 1 / 32
印　　张	9
字　　数	220 千字
书　　号	ISBN 978-7- 5492-5329-6
定　　价	35.00 元